ヤタニ・ケース

アメリカに渡った
ヴェトナム反戦活動家

The Notebook of An Undesirable Alien in America.

矢谷 暢一郎

鹿砦社

The New York Times

THE NE

Business Day, Sports

Metropolitan Report

New Yo

Choichiro Yatani, a Japanese citizen who is a student and teacher at the State University of New York at Stony Brook, at Federal detention center on Varick Street in Manhattan and, below, his wife, Nanako, and two children, Wii, left, and Sohra, at their home on Long Island.

The New York Times/Dith Pran and Tony Jerome

Mystery Shrouds Effort to Deport Japanese Instructor Living on L.I.

By CLIFFORD D. MAY

Last month, Choichiro Yatani, a Japanese citizen who for the last nine years has lived quietly in the United States as a student and a teacher, returned from an academic conference in the Netherlands.

Upon his arrival at Kennedy International Airport on July 7 he was arrested because, an immigrations official said, the United States Government believes Mr. Yatani is "a terrorist or engaged in other subver-

Ruth van Heuven, a State Department spokesman, said yesterday that Mr. Yatani's visa was revoked for a number of reasons, chief among them that he has belonged to "a Communist Party or an organization affiliated with a Communist Party."

Asked to provide the name of the organization, the dates of membership or evidence substantiating that charge, she replied: "I'm not free to comment."

In an interview, Mr. Yatani denied that he had ever

逮捕後報道されなかったが、釈放近くになってNewYorkTimesが報道。

当時の新聞はボロボロになっている。(NewYorkTimes 1986年8月16日)

'Ideal Person' Faces Deportation

By Nicholas Goldberg and Joshua Quittner

To professors, administrators and friends at the State University at Stony Brook, Choichiro Yatani is a hard-working, intelligent, dedicated scholar — "an ideal person," according to his doctoral adviser.

But to U.S. immigration officials, Yatani is a suspected terrorist, Communist or security risk. And because they suspect that, Yatani, 39, faces deportation on Tuesday.

"I have been here nine years. I have never even violated traffic laws," Yatani said yesterday in a phone interview from the federal Immigration and Naturalization Service detention center in Manhattan, where he has been held without bail for five weeks. "This is terribly unjust, undemocratic, terrible stuff."

Yatani's problems began July 12 when he arrived at Kennedy Airport from an academic conference in Holland. He was arrested by U.S. Customs officials when his name showed up on the Immigration and Naturalization Service's "lookout list" of people who may be denied entry to the United States.

"I'm not at liberty to discuss the specific grounds," Scott Blackman, assistant director for deportation at the immigration service, said yesterday. "But there was some indication that he may have been involved with some subversive, terrorist or Communist organizations."

Choichiro Yatani

Yatani said he is not a Communist and has never been a member of any Communist group. He said he is politically active — "I tend to criticize American nuclear policy — as a Japanese, this [nuclear weapons] is a terrible thing" — and was arrested in 1968 in Osaka for participating in an anti-Vietnam War demonstration. But he said he is not a subversive or a terrorist and has been peacefully pursuing his PhD in social psychology.

But the State Department thought otherwise, and withdrew his visa. "Once he didn't have a visa, nothing else mattered," said Blackman. The immigration service has ordered Yatani to leave the country by Tuesday, and says it will deport him to Japan if he doesn't.

A State Department spokesman said yesterday that she could not reach officials who could comment on the case.

Yatani's attorneys plan to file suit tomorrow before Immigration Judge Howard Cohen, to try to block his deportation, said Arthur Helton, of the Lawyers Committee for Human Rights in Manhattan. Helton said he would ask the judge to waive Yatani's visa requirement.

"I'm optimistic," Helton said. "If we're not successful on the administrative level, we'll be going to federal court."

In the meantime, Yatani's friends and colleagues are writing letters to congressmen, planning benefits and doing what they can to gain his release, said Ronald Friend, a psychology professor at Stony Brook.

Lynn King Morris, director of foreign student affairs at Stony Brook, said Yatani was a popular person at the university and at Middle Country Junior High School, where he was assisting in an experimental Japanese language program that began last year. He taught students the five levels of bowing, she said, adding, "He even taught them how to make sushi."

Dana Bramel, director of studies in social psychology, who is advising Yatani on his dissertation — on the susceptibility of American culture to Japanese management techniques — said that 30 to 40 graduate students and faculty members have been taking turns visiting Yatani in his fourth-floor cell in Manhattan. Others have been helping Yatani's wife, Nanako, and their two children, who were born in the United States and are U.S. citizens, at the couple's home in Port Jefferson.

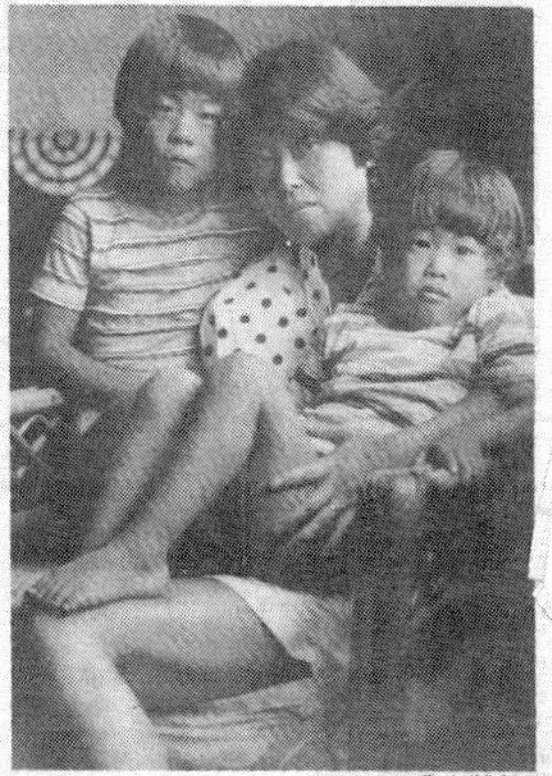

Newsday / Julia Gaines

Nanako Yatani, and her children Sohra, 7, and Wil, 4

"I haven't seen him since June 30 when he went to Holland," his wife said yesterday. Yatani said he does not want her to see him in jail.

Dr. John H. Marburger, president of the university, said his office has engaged in a letter-writing campaign to Sens. Daniel Patrick Moynihan and Alfonse D'Amato, as well as to the Immigration and Naturalization Service and the State Department. The letters declare "that Mr. Yatani is an exemplary student and scholar and we are counting on him to teach this year."

The senators could not be reached yesterday. But an aide to Marburger said the university was told three weeks ago that nothing can be done. The matter rests in the immigration courts.

"It is a nightmare," Marburger said.

NewYorkTimes に続き Newsd も矢谷逮捕・拘留と心配する家の様子を報道
(Newsday 1986 年 8 月 17 日)

A Call of 'Encouragement and Love'

UPI Photo

Yoko Ono

By Nicholas Goldberg

For four years in the mid-1970s, John Lennon and Yoko Ono fought a U.S. government order that would have expelled the former Beatle from the United States.

Yesterday, Ono recalled those "years of trouble" as she placed a call to the family of Choichiro Yatani, a scholar at the State University at Stony Brook who faces deportation for suspected subversive activities. In a 10-minute conversation in Japanese with Yatani's wife, Ono said she had offered her "encouragement and love" and asked if there was any way she could help.

"I am appalled by the un-American treatment Mr. Yatani has received," Ono said yesterday in a telephone interview. "I can only assume there has been some mistake and that it will be sorted out quickly."

Yatani, a nine-year resident of Port Jefferson who has been described as hard-working and likable by his colleagues, is being held without bail in the federal Immigration and Naturalization Service detention center in Manhattan. He denies having been a member of any subversive, terrorist or communist organizations.

Ono said she was interested in the case because of her own experiences with the immigration service, which waged a four-year battle to deport her husband. Lennon was branded "undesirable" by the agency because of a 1968 conviction for possession of hashish, found in a binocular case in his London apartment. Lennon's supporters argued that the U.S. government wanted to deport him because of his radical views. In 1976, a federal immigration judge ruled that Lennon could stay.

Ono said she did not yet know what she could do for Yatani. "After the experiences John and I had, I can fully understand what the family is going through," Ono said. "I am very worried about Mr. Yatani's wife and children."

Yatani's wife, Nanako, said the phone call was "encouraging."

Yatani, 39, who has been pursuing his doctorate in social psychology, was arrested by U.S. Customs officials on July 12 at Kennedy Airport after his name appeared on an immigration service "lookout list" of people who may be denied entry to the United States. He was on his way back from an academic conference in the Netherlands.

Several weeks later, the State Department revoked his visa on the grounds that he had had ties with a communist or a communist-related organization, a department spokesperson said.

Yatani's lawyer, Arthur Helton, said he believed the charges stemmed from a 1968 arrest in Japan for organizing an anti-Vietnam War demonstration while a student at Doshisha University in Kyoto.

Yatani's lawyers plan to file suit in immigration court today, hoping to block his deportation. They will also ask Immigration Judge Howard Cohen to waive the visa requirement. If they fail, Yatani could be deported tomorrow.

"I'm not a mugger or a rapist or a murderer. I'm just a small fish — a Japanese teacher, a student, a husband and a father," Yatani said yesterday. "But it's hard to be optimistic."

いち早く矢谷支援を表明したオノ・ヨーコ（Newsday 1986 年 8 月 18 日）

Newsday

THE LONG ISLAND NEWSPAPER • WEDNESDAY, AUG. 20, 1986 • 35 CENTS • SUFFOLK

The Man On the List

Choichiro Yatani says he's a scholar, not a threat to the United States. The government contends he concealed his former membership in a Communist group, and won't let him return to Stony Brook. He's on the U.S. list of 'undesirables,' 2 million strong. / Page 3

コミュニスト・グループに属している疑惑があるとの当局の考えを報道
(Newsday 1986 年 8 月 20 日)

Legal, Moral Support For Jailed Scholar

Photo by Linda M. Baron

Choichiro Yatani in visitors room of detention center in Manhattan.

Lawyers for a Long Island scholar facing deportation to Japan began their legal maneuvers yesterday, as Choichiro Yatani said he was receiving many messages of support.

Yatani was visited at a federal Immigration and Naturalization Service detention center in Manhattan by officials of the Japanese consulate and interviewed by Japanese television. Yoko Ono, who in the mid-1970s fought a federal order that would have had her and former Beatle John Lennon deported, called Yatani to urge him to "never give up."

"I'm so happy I have gotten so much support from the American people," Yatani said in an interview, during which he broke into tears. "I'm sorry to cry, but it makes me very happy. But I don't know why the American State Department doesn't listen to the American people. The State Department has made a big mistake. I was never involved in anything bad."

Meanwhile, lawyers for Yatani, who has lived in the United States for the past nine years, sought a waiver of immigration regulations that would permit him to remain in this country.

Arthur Helton, of the Lawyers Commission for Civil Rights in Manhattan, requested a stay of the order that Yatani leave the country by tomorrow or face deportation. Immigration Judge Howard Cohen is expected to decide the stay request at 11 a.m. today. Helton said that if his motion is denied, he will appeal immediately to federal district court.

Yatani, a 39-year-old instructor of psychology at the State University of New York at Stony Brook, has been held at the detention center in Manhattan since July 12. He was refused entry to the U.S. upon returning from a conference in Holland because his name appeared on an immigration service "lookout list" of people who, for security reasons, may be denied entry into this country.

Yatani was arrested in a 1968 anti-Vietnam War demonstration in Osaka but called that "an ancient thing." He was given one year's probation.

Scott Blackman, assistant director for deportation at the naturalization service, speculated that Yatani's case would be decided quickly.

"I certainly hope from my point of view and Mr. Yatani's point of view that it ends as quickly as possible," he said.

Sen. Alfonse D'Amato (R-N.Y.) said State Department officials have told him "there are certain allegations surrounding his [Yatani's] entry they're going to question" but added that Yatani will have ample opportunity to defend himself.

"He's not going to be deported tomorrow," D'Amato said.

Neither D'Amato nor Sen. Daniel Patrick Moynihan (D-N.Y.) has taken a position on whether Yatani should be expelled. Both have asked the State Department to keep them informed.

拘留中の矢谷の様子を伝える（Newsday 1986 年 8 月 19 日）

邦人研究者 米が拘置

隠岐出身矢谷さん 再入国を拒否され

既に1カ月半

【ニューヨーク十九日共同】米国在住九年になる日本人研究者が学会で海外出張後、共産主義組織との関係を疑われて米国への再入国を拒否され、一カ月以上もマンハッタンの拘置所に拘置されていることが明らかになった。

この人はニューヨーク州立大学博士課程の日本人研究者、矢谷暢一郎さん(四〇)＝島根県隠岐郡海士町崎出身＝。

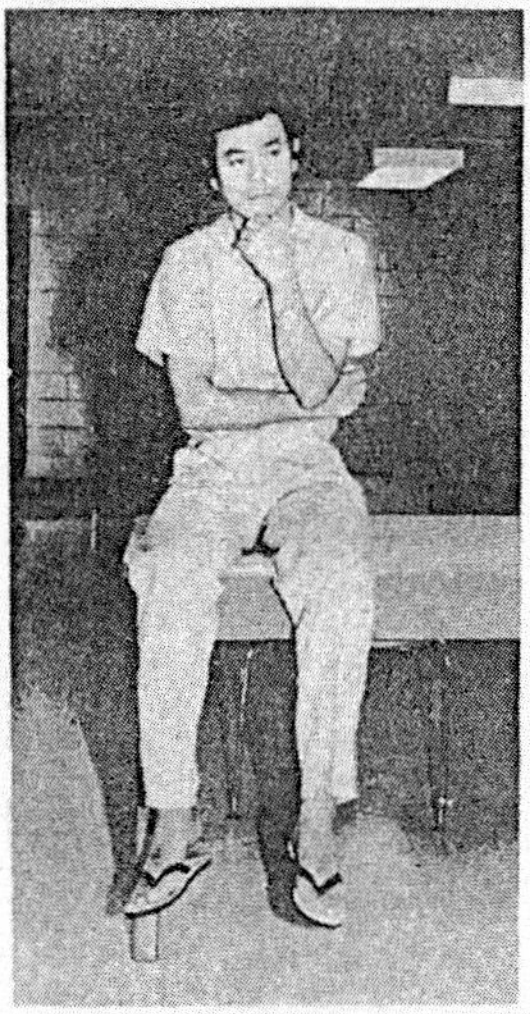

米国への再入国を拒否され、ニューヨークで拘束された矢谷暢一郎さん（AP＝共同）

矢谷さんは再入国拒否を不当として米移民帰化局に審問を要求していたが、ハワード・コウン移民審判官は十九日、予備的事情聴取で、任意退去期限を二十二日深夜まで延長することを認め、審問も行うことを決定した。

矢谷さん側は、取り消された矢谷さんのビザ回復を求める書類を既に米国務省に提出しており、認められなければ二十日にも連邦地裁に提訴する方針という。

矢谷さんは、オランダでの学会に出席、七月七日米国に再入国しようとしたところケネディ国際空港で逮捕され、拘置された。

決定後、内外の記者と会った矢谷さんは「米国の安全を脅かすという理由で連行、拘置されたが、私はテロリストでも共産党員でもない。詳しい理由を言わないだけでなく、裁判もしないでビザを取り消された。早く地位を回復し、大阪市在住の両親を安心させたい」と語った。

矢谷さんには米国籍の子供二人がおり、妻と子供ら家族はニューヨーク市ポートジェファーソンに住んでいる。

矢谷さんは学生時代の一九六八年、反戦デモで逮捕されたことがあり、最初の入国時にこれを問題とされた。しかし、矢谷さんによればその後、カナダに出国した際や滞在延長許可申請時にも問題は起こらなかった。

矢谷さんは核問題を研究し、全米心理学会の「社会的責任を果たすための心理学者の集まり」のメンバーでもあるが、これは科学者としての立場からの学術的研究であり、ビザ取り消しの理由が分からない、と言っている。

「共産主義者」の査証虚偽申請で拘束

米国務省が公式説明

【ニューヨーク二十日AP＝共同】ニューヨーク州立大博士課程の矢谷暢一郎さん(四〇)が、米国への再入国を拒否され身柄を拘束されている問題について、米国務省のキャラハン報道官は十九日、「矢谷氏は先月、アムステルダムで入国査証を申請した際、共産主義者であることを申告しなかった」と指摘、虚偽申告の疑いで拘束したことを公式に明らかにした。矢谷氏は共産主義組織の構成員との疑いを強く否定している。

キャラハン報道官によると、矢谷氏が一九七七年に入国した際も共産組織のメンバーであることを隠していると信じられたが、国務省は査証を発給した。しかし、今回は二度目の虚偽申告をしたので査証を取り消したとしている。

同報道官は「協力的で、事実を率直に述べ、他に問題がなければ、不適格にすることはない。彼の場合は不正直だ」としたうえで、矢谷氏が反戦デモで有罪判決を受けたことにも触れ「反戦運動への参加それ自体は査証発給不適格の理由にはならないが、共産組織のメンバーは不適格者だ」と強調した。

日本でも報道された

（山陰中央新報 1986 年 8 月 21 日）

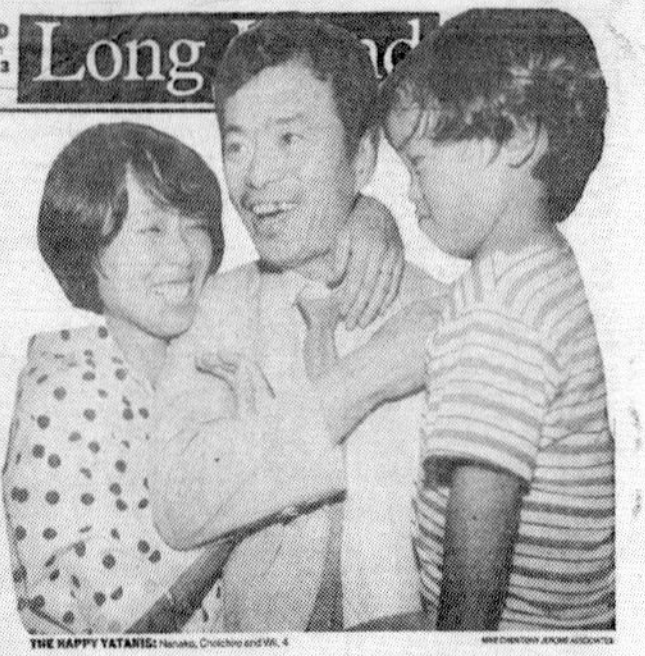

THE HAPPY YATANIS: Nanako, Choichiro and Wil, 4

Home sweet home

By LAWRENCE NEUMEISTER

Detained scholar back in Port Jeff.

CLASSIFIED ADVERTISING IN THIS SECTION

（DAILY NEWS 1986年8月22日）

Immigration Frees Yatani, Allows Him to Stay in U.S.

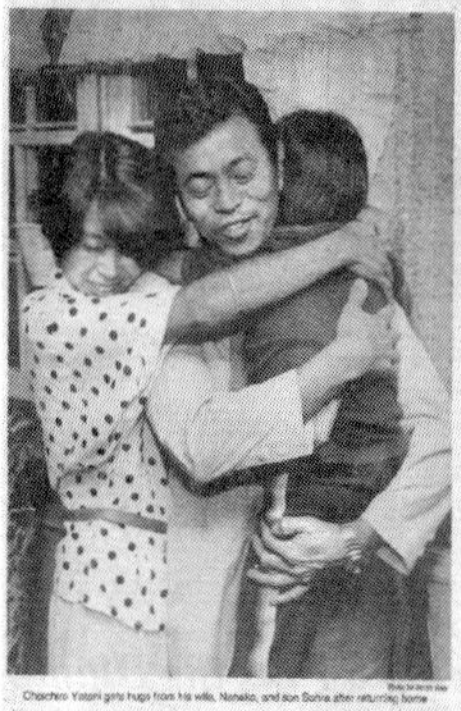

Choichiro Yatani gets hugs from his wife, Nanako, and son Sohra after returning home

（Newsday 1986年8月21日）

遂に釈放！ 米各紙一斉に報道

His Visa Is Reinstated, But Struggle Goes On

By Nicholas Goldberg

In a brief, formal appearance before a federal immigration judge yesterday, Choichiro Yatani was officially admitted to the United States.

The Stony Brook scholar, who spent six weeks in a federal detention center in Manhattan after being charged with belonging to a communist organization, arrived at the immigration court in Lower Manhattan yesterday morning with his wife and two children.

"My trip to and from Amsterdam is over now," he said, holding his 7-year-old son, Sohra, in his arms. "I am finally free."

But Yatani, 40, also said his freedom would not be complete as long as he remains on the government's automated "lookout list" of undesirable aliens.

Until his name is removed, he said, he will live under the stigma of the government's accusations and the possibility of future arrest and deportation.

At yesterday's 10-minute, closed-door hearing, Yatani's visa, which had been revoked in July by the State Department, was reinstated. Immigration Judge Howard I. Cohen crossed out a line on an order that would have deported Yatani and wrote in the order of admission.

Photo by Jennifer Jecklin

Choichiro Yatani with his wife, Nanako, and sons Sohra, 7, and Wil, 4, after hearing yesterday before an immigration judge.

Yatani's new papers will permit him to leave and re-enter the country for as long as he is a student. The government agreed not to deport him in a deal in which he said he would drop his suit against the State Department and the Immigration and Naturalization Service.

When his visa expires, he would again have to face charges of communist activities before entering the United States.

"As long as my name is on the list, my freedom is not perfect," Yatani said.

Yatani, who has lived in the United States for nine years, was detained July 7 when he landed at Kennedy Airport after a trip to an academic conference in Holland.

Yatani, who denies ever having belonged to a communist or terrorist organization, said he would keep working to get his name off the lookout list.

For the time being, Sen. Daniel Patrick Moynihan (D-N.Y.) has agreed to pursue the question.

"If the department indicates that they can't remove him because of information they have, then we will ask them at least to share their charges with Mr. Yatani," said Jeff Viohl, regional director of Moynihan's office.

Viohl also said Moynihan had serious concerns about the practice of excluding people from the country solely on the basis of their political beliefs.

Federal immigration law — and specifically the language of the McCarran-Walter Act of 1952 — allows for the exclusion of suspected communists, anarchists and others whom the attorney general deems "prejudicial to the public interest."

Over the years, civil libertarians and others have complained that enforcement of those provisions often means the freedom of speech and association the United States guarantees its own citizens are being denied to foreigners who arrive at U.S. shores.

Last year, the immigration committee of the New York bar association called the exclusion of aliens for ideological reasons a "legacy of McCarthyism" and an "unabashedly cynical betrayal of [U.S.] proclaimed beliefs." Yatani's lawyer, Arthur Helton, chaired the committee.

In the last decade, Congress has moved to liberalize the laws, so that former members of subversive organizations who are not considered dangerous generally can get waivers to enter the country.

James Callahan, a State Department spokesman, said, "Congress was obviously concerned at the time the law was written about communism, subversion and anarchy, and they gave the decision-making power to the State Department and the attorney general. We don't really have a choice as to whether or not we're going to carry out the law."

（Newsday 1986年8月23日）

B2 THE NEW YORK TIMES, FRIDAY, AUGUST 22, 1986

Effort to Deport Scholar Brings Calls for Change

By CLIFFORD D. MAY

Choichiro Yatani being greeted by his wife, Nanako, left, and son Sohra at their home in Port Jefferson, L.I., Wednesday night after being released.

（NewYorkTimes 1986年8月22日）

judgment 判定

「それはまるで悪夢のようだった……」。44日ぶりに釈放された社会心理学者の矢谷暢一郎さん(40)は、ニューヨーク州ロングアイランドの自宅で、奈都子夫人(39)と息子の杜良ちゃん(7)を抱きしめてこうつぶやいた。7月7日、オランダで学会を終えて米国に再入国しようとしたところ、矢谷さんはケネディ国際空港の出入国係官に止められ、理由をはっきり告げられないまま逮捕されたのである。その後、入国ビザも取りあげられ、マンハッタンにある連邦移民帰化局の拘置所で6週間も身柄を拘束されていた。強制退去処分も間近というところで、8月20日、突然、彼は釈放されたのである。

もともと矢谷さんは京都の同志社大を中退し、心理学の勉強をするため、77年、米国に留学。ユタ州立大、オレゴン州立大を経て、82年からニューヨーク州立大ストーニーブルック校で社会心理学の博士課程に入り、ここで講師として教壇に立つこともあった。そんな彼を拘束したのは、米国務省の発表によると、共産主義者として国家安全保障に脅威を及ぼすためだという。これに対して矢谷さんは、同志社大に在学中、学生自治会「学友会」の委員長をつとめ、68年にベトナム反戦デモに加わった時に公務執行妨害、道路交通法違反などで逮捕されたことを認めたものの、自分は共産主義者ではない。また、共産主義者グループに加わったこともない、と否定したのである。矢谷さんはいわば、この"時代錯誤の条件"の"犠牲者"となったわけだが、彼の他にもカナダのトルドー前首相、コロンビアのノーベル賞作家ガルシア・マルケスも"要注意人物"のブラックリストに載せられていたことがある。

ところで、矢谷さんの拘置が明らかになったのは8月16日。逮捕されてから1カ月以上も経っている。その4日後、彼は釈放された。この異例の早さには、様々な人脈が関係している。まず、ニューヨーク・タイムズ紙をはじめとする米マスコミは、矢谷さんの釈放を求める一方、米政府の方針を強く問いただしたのである。また、国際人権弁護士委員会が矢谷さんの救済に乗り出して、4人の弁護士を派遣した。この他にニューヨーク州立大は彼を支援し、オノ・ヨーコ女史も弁護士を紹介するなど、街中で釈放ムードが漂うようになったのである。ここまで事態が大きくなるとは思っていなかったせいか、米政府当局は、理由を明らかにしないまま、矢谷さんを釈放することに決定した。"悪夢から一転してアメリカン・ドリームへ"。米国の不思議な両極端を見てしまった矢谷さん、社会心理学者としてとても貴重な体験をしたようである。

PHOTO

矢谷釈放は日本でも報じられた（Focus 1986年9月5日号）

THIS WEEK

日本人講師拘留事件の怪 なぜ「彼」の名が要注意人物リストに載っていたか

「共産党との関係」を疑われ、六週間余り米連邦移民帰化局に勾留されたニューヨーク州立大学講師、矢谷暢一郎さん(40)。晴れて釈放されたものの、事件の背景はいまひとつ釈然としない。

矢谷さんが拘束されたのは七月七日。オランダでの学会出席後、ニューヨークのケネディ空港に帰着し、再入国手続きに入ったときだった。係官は「要注意人物」リストに矢谷さんの名を発見、入国を拒否し、即時出国を命令。矢谷さんが拒むと、不法入国者として勾留したのだ。

米国務省が挙げた理由は、矢谷さんがアムステルダムの米大使館で再入国査証の申請をした際、「共産党員か過激派の一員」だった過去を正直に告白しなかったというもの。共産主義者の入国を拒否できるマッカラン・ウォルター法（一九五二年制定）が根拠だった。

※

実は矢谷さんが入国拒否に遭ったのは初めてではない。九年前の七七年、留学のため渡米したときにも、シアトル空港で三日間足止めを食っている。だが、以来九年、ユタ大留学からニューヨーク州立大博士課程に転じた矢谷さんは、すでに二児の父でもある。

矢谷さんによると、同志社大生だった六八年に、東京でのベトナム反戦デモに参加、道交法違反で逮捕されたことがあるという。

「それにしても不可解なのは、重要犯罪人、テロ容疑者しか載っていない要注意人物リストになぜ矢谷さんの名が加わっていたかです。このリストは国務省と司法省が作成するんですが、九年前にシアトルで引っかかったことはあるとはいえ、その後、何の問題も起していない矢谷さんを、今さら拒否するのは尋常ではないですよ」（ニューヨーク特派員）

一番考えられる理由は、テロ対策で過敏になっている国務省が、最近になって対象リストを作り直し、かつて反米デモに参加した矢谷さんをテロ活動にかかわりうるシンパと見なしたことという。

「米国では、ソ連や中国の大使館に行った人物はFBI（連邦捜査局）がチェックしているほどでネ。反核論文を書いたこともある矢谷さんが、ソ連の手先と疑われた面もあったのではないか」（ワシントン特派員）

「要注意人物」を引っくくるのがアメリカである。同時に、この一件を米最有力紙ニューヨーク・タイムズが紹介、次いで社説で当局の狭量を批判するに及んで、一転して、矢谷さんが訴訟を断念することを条件に、滞在許可を出したのもアメリカである。

だが、ニューヨークの日本総領事館が動きだしたのは、タイムズ紙報道後で、身柄拘束から五週間もたってからだった。これはコワイ話である。

釈放されて次男を抱き上げる矢谷さん

同（週刊文春1986年9月4日号）

The Three Village
Herald

Wednesday, November 12, 1986 Second Class Permit paid at East Setauket Post Office Thirty-third year • Twenty-[illegible] issue 25¢

Yatani goes to D.C.

by Karla Jennings

Chuichiro Yatani came to the United States expecting only to get a doctoral degree in social psychology, but may end up helping to strike down a decades-old immigration law as well.

Yatani, who was on the CBS evening news Monday night and has also been interviewed by ABC, may testify before a Congressional committee in favor of repealing the McCarran-Walters Act, an immigration law passed during the McCarthy era which allows for the deportation of aliens considered subversive. He made national headlines last summer when, after returning from a conference in the Netherlands, he was held for 44 days in federal prison because his name was on a "look out list" of potentially subversive aliens compiled by the federal immigration department.

A Manhattan-based organization, the Lawyer's Committee for Human Rights, fought for his freedom. That, along with the uproar the case provoked in the national media, resulted in Yatani's release August 20. The State Department gave no reason for his detention, saying that the information is classified.

Patricia Lara, Colombian journalist invited to attend an awards dinner at Columbia University in Manhattan last October, was also detained for five days and then deported for being on the "look out list." Again, the State Department gave no explanation for her detention, saying the information was classified.

Senator Patrick Moynihan, a Democrat from New York, became interested in Yatani's dilemma and is trying to set up the hearing to repeal the McCarran-Walters Act. According to Yatani, Congressman William Simon (R-Illinois) and other Senate and House members are also working on the issue. A spokeswoman from Senator Moynihan's Manhattan office said that Congress is in recess until January so the date of the hearing has not yet been determined.

According to the CBS Evening News, the McCarran-Walters Law, Section 212C of the Immigration and Nationality Act, has been invoked with increasing frequency over the last six years. In [illegible], it was used twice. In [illegible] it was used five times, and, in [illegible], 19 aliens were detained for deportation because of it.

釈放後平穏な日常を取り戻した矢谷と２人の息子
（Herald 1986 年 11 月 12 日）

ゆうかん・わいど

海外人間模様

再入国拒否の壁と闘う 米国

市民・マスコミが支援
5年間の体験 近く本に

NY州立大助教授
矢谷暢一郎さん

米国での体験をつづった著書出版のため今春、一時帰国するニューヨーク州立大助教授で日本人心理学者の矢谷暢一郎さん(四五)=ニューヨーク州アルフレッド在住=にとって米国への再入国は、国務省のブラックリストから名前の削除を求めて闘ったこの五年間の総決算の意味を持っている。

一九八六年七月七日、オランダでの国際心理学会出席を終え、妻の誕生日を祝う花束と子供たちへの土産を抱えてニューヨークのケネディ国際空港に帰った矢谷さんを待っていたのは、思いもよらぬ再入国拒否の壁だった。

「なぜ私を…。初めは訳も分かりませんでした。それまで米国で九年間暮らし、民主主義のこの国を信じきっていたのですから」雪に覆われた州立大アルフレッド校の研究室で当時を淡々と回想する。

四十四日間にわたる拘置の末、やっと釈放。研究が終わるまでとの条件で滞在が認められたが、入国拒否の理由は名前が国務省のブラックリストに載っていたためと判明した。身に覚えのない矢谷さんは「このままでは将来出国しても再入国の保証がない」と、リストからの名前の削除を求めて提訴、米政府は昨年九月、名前の削除にやっと同意した。

米国では冷戦時代の五二年に成立した移民法（マッカラン・ウォルター法）で、共産主義者らの入国が厳しく規制されてきた。

生時代にベトナム反戦デモに加わり、逮捕されたことがブラックリストに載った理由らしいのです。東西の冷戦は終結しましたが、米国の中ではまだ終わっていませんでした」

リストには三十万人余りの氏名が記載されていたといわれる。

九〇年になって思想・信条による規制は行わないとの改正移民法が成立。これを受けてブッシュ大統領にブラックリストからの名前の削除を求める手紙を書いたが、国務省から来た返事は「ノー」だった。

提訴に持ち込んだ矢谷さんを支援したのは米マスコミや草の根的な運動を推進する市民だった。有力紙ニューヨーク・タイムズも裁判を一面トップで取り上げ「ブラックリストと闘う」との見出しで大々的に報じた。

「この国の個人は強い。政府が間違ったことをすれば批判するし、政府から面白く思われない外国人に対しても、筋が通っていれば助けます。私はこのような人々に支えられてきたのです」

近く出版する「アメリカを訴えた日本人」（仮題）は、このような五年間の体験を詳しくつづったものになる。

島根県隠岐郡に生まれた矢谷さんが京都の同志社大学に在学中の六〇年代後半はベトナム反戦、大学紛争と続く激動期。

「女友達に誘われたパーティーをすっぽかして初めて反戦デモに出て以来、私の価値観はそれほど変わっていません。パーティーかデモか真剣に悩んだ程度のことだったのですが」と苦笑する。

大学を中退し結婚、翻訳会社などに勤めたが体をこわして一年半の入院生活。医師から「君の体では高度成長期の労働は無理」と言われ学習塾を開くが、英語を今度はきちんと勉強したいと思い、二年間だけのつもりで七七年渡米した。

しかしオレゴン州立大で心理学の修士号を取得、ニューヨーク州立大で講師をしながら博士課程で研究している時、この事件に遭遇した。

「今回の一時帰国から戻る際に米国に再入国できれば、本当にブラックリストから削除されたのが確認できることになります」（二

アルフレッド校の研究室で語る矢谷助教授（共同）

５年後の回想（信濃毎日新聞 1992 年３月 10 日夕刊）

ヤタニ・ケース　アメリカに渡ったヴェトナム反戦活動家

The Notebook of An Undesirable Alien in America

ヤタニ・ケース　アメリカに渡ったヴェトナム反戦活動家◯目次

序章

一九八二年六月一五日、三歳の長男と生まれたばかりの三カ月の次男を乗せ、西海岸のオレゴン州の町から東海岸のニューヨークに向けてアメリカ横断の旅に出た。三二〇〇マイル先の目的地はロングアイランドにあったニューヨーク州立大学機構の一つストーニーブルック大学。心理学の博士号を目指していた。アメリカの大学で教職に就くためにはそれが最低限の資格である、と修士論文の顧問教授の忠告に僕はかなりこだわっていたからである。あっちこっちに少なくない書き直しを求められていた修士論文のタイプされた最終原稿を受け取ったのが出発の前日。英文の最終原稿をタイプしてくれたキャサリーンに謝礼を払い、原稿を顧問のラーセン教授の自宅に届けたのが出発当日の朝。教授夫妻の〝グッド・ラック！〟の励ましを後にして、それこそ鍋、釜、布団にオムツ、あらゆる生活必需品を積み込んだ貨車を後ろに牽きながら僕と奈那子はインパラを走らせた。日本人には大きすぎるアメ車を、後ろの座席は「乳飲み子と母親の部屋」、前の座席は「運転手とオモチャで遊ぶ長男の子供部屋」として改装し直して、五〇〇〇キロの旅に出たのである。行き先での住居も定まってはいなかったうえに所持金も心細い額だったが、三日後の卒業式を待たずにコーヴァリスの町を飛び出した。

「難民みたい……」と、不安気な奈那子は呟いた。だが、運転手である僕は相槌を打ったかどうか今でも覚えていない。僕はキャサリーンにタイプ料が払えたことで本当にホッとしていたところだった。一人娘と暮らすシングル・マザーの大学院生だった彼女は、同級生の僕が英文のタイプ打ちが遅いのを見かね、アルバイトとして論文のタイプ打ちをしてくれていた。手渡された論文の封筒の中の手紙に、「あなたがかなりスッカラカンになっているのは知っているから、お金は払える時に払って（でも、わたしは全くスッカラカン、そのことはよく覚えていてね、おねがい。すべてがうまく行きますように、キャサリーン）」とあった。カッコ付きのところが気になっていた。

二年前に学士を終えたユタ州での時もそうだった。六月の初めの卒業式を待たずに大学町ローガンからカリフォルニア州のサンフランシスコまでインパラを走らせた、歩き始めて間もない一歳の長男と奈那子を空港まで見送るために。夏のアルバイトで少しでも生活費を稼がなければならなかった僕は、三人が一緒では身動きもできないと、大阪で一人暮らしをしていた彼女の母親に二人を無理やり押し付けるようにして日本に送り出した。早く仕事探しに取り掛からないと、夏休みの前は求人広告に学生たちが殺到するからいい仕事に就くのが難しい。飛行機の中に入っていく二人に別れの手を上げて、すぐ空港から大都会のサンフランシスコの繁華街にあった日本人旅行客専門の土産物店に仕事を求めた。いざなぎ景気を引き継いだ日本はカラーテレビ、クーラーに車の「新三種の神器」の好景気、アメリカに次ぐ世界第二位の経済大国となり、海外旅行ブームのさなか団体旅行の日本人で賑わうサンフランシスコの土産物店は大繁盛。独り身の僕は朝から晩まで懸命に働いた。

それから三カ月近く経って、八月の終わりに再び日本からの二人をサンフランシスコ空港で迎え、一〇〇〇キロ北にあったオレゴンのコーヴァリスまで、同じ貨車をインパラで牽きながら二日間かけて辿り着いた。秋の学期を直前にした新しい土地でも、しかしながら、再会した三人の束の間の喜びに割り込むようにして、生活費の問題が待ち受けていた。オレゴン州立大学の大学院から授業料免除の奨学資金が約束された入学通知を受け取ったが、赤ん坊一人が増えた貧乏な外国人一家の生活費をどう稼ごうか確かな目途があったわけではなかった。修士学位の目標はあっても、衣食住の生活の手段は見通しがなかった……。極楽とんぼだった僕を子連れの奈那子は哀しみ嘆いたに違いない。今でも、「貧乏人のお殿様」然の相方を皮肉って、彼女の日本向けブログに時々「ノ～ンキ」(暢気《のんき》の呑気《ノンキ》)が出てくる。漢字で書くと痛烈な非難が込められていると分かるのだが、カタカナで綴られた綽名は英語の翻訳のようで、読者には書き手の懐の深さと優しさは伝わっても長年積もった相方の無念さは届きようもないかもしれない。

ヴェトナム戦争を終えたばかりのその頃のアメリカは、敬虔なクリスチャンのジミー・カーターが大統領。深手を負った国を癒すかのような優しさを求めたアメリカ人たちが選んだのだろうか。日本にいた時は子供をつくることを嫌がっていた奈那子だが、ユタ州ローガンの大自然の中でその気になったのか、僕たちに長男が生まれた。五月生まれの男の子に付けた名前は、「壮良《ソーラ》」。一年の半分以上青空から照り付けるユタの太陽《ソーラー》に因んで奈那子が名付けた。仕事を持たぬ貧乏な外国人学生一家に生まれたが、壮良は生まれるとすぐにアメリカ政府から金銭的な援助をもらえることになった。何十万人という外国からの移民滞在者の子供たちは、合法・非合法を問わず、アメリカの土地で生まれたからにはすべてアメリカ人であり、すべての貧しいアメリカ人は政府の援助と支援が提供されると病院の産婦人科で伝えられた。後になって分かるのだが、これは一八六八年憲法修正第14条にあったらしい。よって、貧しい外国人学生一家に生まれた壮良も、三年後コーヴァリスで生まれた弟、宇意《ウィ》も、アメリカ政府には感謝しきれないほど世話になった。二人の出産にかかった払い切れない医者と病院の医療費は全額政府が負担し、生後一年間の食は母親の母乳が主とはいえ、牛乳やジュース、果物にコーンフレークのシリアル等の補助食品が無料で供給された。

　ユタで壮良が生まれた時のカーター大統領は民主党で、オレゴンで宇意が生まれた時のレーガン大統領は共和党だったが、党派を超えたアメリカの建国精神に基づいて両方のアメリカ政府の援助から、難民みたいな四人の日本人一家は救われた。オレゴンでは、賃金労働が禁止されている外国人留学生の僕と、宇意を身ごもった奈那子の二人に図書館と学生食堂でのアルバイトがもらえた。貧しい学生家族には大学も優しかったのだ。西海岸から五〇〇〇キロの旅を始めた僕たちには、東海岸の生活も難民のそれかもしれなかったが、アメリカの大学で働く定職を願う僕には、まだ見ぬ未知のニューヨークに何か良いことが待っているという小さな希望を抱かせた。それはたぶん移民や難民の多くが抱く希望に似て、醒めるまでは分からぬアメリカン・ドリームの夢だったかもしれなかったのだが……。

オレゴン、アイダホ、ワイオミング、ネブラスカ、アイオワ、イリノイ、インディアナ、オハイオ、ペンシルヴァニア、ニューヨークの一〇州をほとんど一直線にアメリカを横断し、一二日間かけてやっとロングアイランドに辿り着いた。ほぼ三六〇年前、イギリスのプリマスから大西洋の彼方にあったマサチューセッツ州のプリマスまで旅した清教徒・ピューリタンたちを迎えたのは、その新大陸に二万五〇〇〇年以上住み続けてきたネイティブ・アメリカンたちだったが、僕たち一家を迎えたのは、ピューリタンの子孫だったかもしれないアメリカ人たちであった。キリスト教の教会の一室が僕たちの仮住まいで、オレゴンを出発する前に大学のカフェテリアのスタッフの主任、セルマさんが手配してくれていた。「短期間だけど定住居が見つかるまで住めるように」と。旅に疲れた奈那子と二人の子供を教会に残し、僕は東に二〇キロぐらい離れたストーニーブルック大学の下見に行ったり、住居探しをした。

幸運にも、また教会の伝手で大学から車で三〇分ほど先のヤパンクという町はずれに住居が見つかった。ひっそりとしていたが、美しい林の中に建てられた古い一軒家に一人暮らししていた初老婦人、ルイーズ・マックオーターさんが家主で、彼女の家の半地下に僕たちを住まわせてくれることになった。彼女が敬虔なクエーカー教徒で、ヤパンクが一七二六年にオランダから移住してきた清教徒たちによって建設されたコロニー（植民地）であったことを、後になって知った。ヤパンクという名前が、川の土手を意味すネイティブ・アメリカンの言葉から来ていることも知り、僕たち一家はアメリカの歴史の一部に足を踏み入れたような気がした。日本海の離れ島、隠岐の島で生まれ育てられた僕の家は浄土真宗だったが、遠い大昔にアジアから渡ってきたアメリカ先住民たちのアメリカ大陸に、ヨーロッパから宗教迫害を逃れ、自由で平和な天国のような国を創ろうとした清教徒・キリスト教徒たちの子孫と暮らし始めることになるとは、夢にも思わなかった。

第1章『The Unfinished Nation』とAn Alien

Nation（ネーション）は「国」または「国民」の日本語訳が当てはまるが、unfinished（アンフィニシュト）はいろいろな日本語訳がある。「未完、未了、未成、中途、中途半端、未処分……」とそれぞれが幾分異なる含意があって、どれを選んだらよいのか確信がない。しかし、わずかな訳の違いから来る多くの含蓄が僕はとても気に入って、最初の見出しをここに英語で記すことにする。これはアラン・ブリンクリーというアメリカの政治歴史学者が書いた九〇〇ページを超す本の題名である。著者に尋ねればタイトルの理由が分かることであるが、彼は三年前に他界してしまっていた。しかし、原題の英語から、アメリカ人のアメリカは「建国」の途上にあって、未だ国創りが終わってない、という形容詞で表された国のイメージが伝わってくると僕には感じられた。

Alien（エイリアン）とは僕自身のことだが、いやな響きで僕は気に食わない。アメリカでは日本人は外国人であるから、「外国人」の英訳foreigner（フォリナー）の呼称が一般的で、僕自身も外国人・フォリナーだと思ってきた。エイリアン（alien）の呼称は人間というより宇宙からの怪物的な異星人や侵略者、そう、まさにハリウッド映画の『エイリアン』を想起させる。英語辞書を調べると、alienの日本語訳に、形容詞では「奇妙な、疎外された、外国生まれの、エキゾチックな、地球外の、除外可能な」等があり、名詞では「外国人、外人、異邦人、余所者、毛唐、流れ者、アメリカ国籍のない外国生まれの人、宇宙人《エイリアン》」等がある。アメリカに住む外国人は、フォリナー、エイリアン、どちらの呼称を使ってもいいわけで、僕が気に病むことはないのであるが、ただ、初めてエイリアンという英語を目にした時のことは忘れることができない。それはオランダであった国際政治心理学会で研究論文を発表してニューヨークのケネディ空港に帰ってきた時、僕は突然逮捕されて、連邦拘置所に四四日間監禁され、矢谷一家が国外追放の危機に見舞われた事件が起きた時のことだった。その時アメリカ政府の国務省の公式文書に「チョウイチロウ・ヤタニは、アメリカ合衆国に不利益で且つ危険なalien（エイリアン）」とあった。テレビや新聞、ラジオでアメリカ社会を賑わせた「ヤタニ・ケース」と呼ばれた事件だったが、僕たちは多くのアメリカ人と幅広い進歩的な団体、組織に支援され、正式にアメリカの地に戻ってくることができた。

後日、僕たち一家を支援してくれたLawyers Committee for Human Rights（人権弁護士会）の年次晩餐会で、来賓のシガニー・ウィーバーさんと出会った。映画『エイリアン』の主演を演じた彼女は、獰猛で破壊的な怪獣、「ゼノモーフ」という宇宙人エイリアンと果敢に戦い地球と人類を救って一躍有名になるのだが、ヤタニ一家をアメリカから追放しようとするアメリカ政府の擁護者ではなかった。Alien を機械的に単純に「外国人」と翻訳するのではなく、ブリンクリー教授を真似て、含蓄の多い英語・Alien をそのままここに記すことにする。ちなみに、大昔からこの地で暮らしてきたネイティブ・アメリカン以外のアメリカ人は、元々はすべて外国から来たエイリアンであり、先住民にとっては侵略者と思われた人々を含め、何億という人々がそれぞれ異なった背景と目的を抱えているにせよ、アメリカン・ドリームに込められた理想の国を目指して今日を生き、明日を追い求めている、と考える。

ストーニーブルックでの暮らし

ジャパニーズ・アメリカンの二人の子供を抱えた日本人の奈那子と僕の生活が新しい土地で始まったが、ヤパンクの新しい土地に慣れるのにはユタとオレゴンのように長い時間がかかった。そばにいつも保護者が必要な幼児たちのために奈那子はルイーズさんの家を離れることはめったになく、僕は三人を残して車で大学に出かける日々だった。幸いにして、敷地の広かった大家さんの中庭は三人が散策するには十分な刺激があり、週に何度かは宇意を乳母車に乗せ、壮良は歩かせて、冒険するほど遠い郵便局に出かけた、などと子供が寝た後、日々の暮らしを奈那子から聞かされた。ストーニーブルック大学からは授業料免除と月々五五〇ドルの奨学金が支払われたが、大学の子供連れ学生寮が月額五五〇ドルだったから、便利なキャンパス内の学生寮とはいえこれでは住居費ですべて消えてしまう。ヤパンクの半地下住居は二五〇ドルで、校外にある住居で不便とはいえ浮いた三〇〇ドルを生活費に回すことができた。月々の五五〇ドルの奨学金は、博士課程の大学院生への月給のような手当であり、院生は自分のコースワーク以外に、すなわち博士号を修めるための様々な学科・教科の勉強以外に、教授たちの講義や研究の手伝いを課せられ、博士課程二年目からは一つか二つ学部生用の講義を持たされた。前者はティーチング・アシスタントもしくはリサーチ・アシスタント、後者はレクチャラーといい、博士の卵たちは両者を兼ねることが多かった。

僕は四人の教授たちのアシスタントを務めながら、一、二年生向けの「一般心理学」、三、四年生向けの「産業・組織心理学」あるいは「人格・個性心理学」や「社会心理学」を教えた。ストーニーブルックに来て二年目を迎えると、コースワークの他に、自分自身の研究課題の仕事も始まり、講義の担当が重なると忙しくて、夕食の後三人を残して大学のオフィスに週に二日は泊まりがけをするような毎日であった。残された三人は毎日が陸の孤島のような暮らしぶりで、寂しさが募ったり、何かとストレスのたまる生活でもあったに違いない。土曜日や日曜日は家族生活を大事にしたかったから、ファミリーデーと称してもっぱら四人で過ごした。特別なことをする余裕はなかったが、一週間分の食料を買いにスーパーマーケットに行ったり、見知らぬ土地の散策に出かけたりした。大西洋に浮かぶロングアイランドはすべてが特別でハラハラさせられる出来事ばかりのファミリーデーを提供してくれたと言ってよい。車で北へ三〇分ほど行けばロングアイランド湾、南に行けば大西洋、西に車で一時間ちょっとでニューヨークのマンハッタン、東に向かえば島の果てモントーク。ロングアイランド湾には小さい漁港や釣り場、土産物店にレストラン、日本で見慣れた風景に外国の彩りが加わり、時間を忘れて楽しんだ。495号線のロングアイランド高速を西に時速一〇〇キロで走っていくと、ヤパンクから四五分ほどで絵葉書にあるような美しいマンハッタンが見え始め、摩天楼の中に入り五番街を歩くと、それはもう映画の中のシーンにいる「田舎からのお上りさん一家」の気分が味わえた。

モントークでは釣り船からのマグロの船降ろしが見られ、大部分が冷凍後すぐ日本へ運ばれると聞いた。日本行き用のマグロ、重さ一五〇キロを二匹釣ると、それだけで一年間何もせず生活できるとアメリカ人漁師は話していた。モントークから舟を漕ぎ出せば、この大西洋の先に、ヨーロッパのまだ見ぬたくさんの国々があると想像するだけで、胸に高鳴りを覚えた。ある週末、大西洋側の漁村に買いものに出かけた際に、マスチックの魚屋でマグロの切り身を見つけた。赤身の切り身四五〇グラムが二ドル九九セントの値札で、その横にある腹部の大きな切り身には値札がなかった。が、白い表皮の下にピンクの身が見えていた。普通の客には無縁の高級高値なトロに値札は不要、といった風だったが、訊くのはタダだから、と僕は値段を問うた。「そんなもの食べられるんかい？」といった表情で、店員は「食べるんだったら、持っていけよ」とぶっきらぼうに言った。大人の客一〇人分以上の塊をタダでもらった僕たち四人一家が、その週末の夕食時久しぶりの大パーティーをしたのは言うまでもない。マスチックにはその後もちょくちょく通ったが、トロの切り身は、一年後には貧乏人の外国人学生一家には手に届かぬ値段になっていた。

やがて、子供たちも喜ぶ週末を普通の日でも味わえるようにと、僕たちはバスも通らないヤパンクからの引っ越しを考え始め、翌年の春頃、大学に近いポートジェファーソンに一軒家を見つけた。そこは家から歩いて一二、三分あまり坂を下った小さな港町で、ロングアイランド湾の向かい側ニューイングランドとフェリーで結ばれていて賑わっていた。家賃は幾分高かったが申し分ない環境で、部屋の一つを誰かに間貸しすれば何とかなる、と奈那子は家賃を気にして不安気な僕を宥め説得した。高台にあった平屋の一軒家は野菜畑もできる土地付きで、波止場で魚を釣り、我が家で採れた野菜があれば、自給自足の生活ができると、僕たちは一七、八世紀にヨーロッパからやって来た移民たちの生活の真似事を想像した。貧しい人々だけに与えられたロマンチックな空想だったかもしれないが。

ポートジェファーソンに引っ越すと間借り人はすぐに見つかった。その同じ頃、博士課程の二年目に入ったが、僕には「セカンド・イヤー・プロジェクト」と呼ばれる課題が待っていた。修士論文に匹敵するプロジェクトで、様々な理由で博士号を修めきれなかった院生たちがこれを成し遂げることによって、博士課程の中途で修士号が与えられる制度であった。僕はオレゴン州立大学で修士号を修めていたから、これを幾分書き直して、「セカンド・イヤー・プロジェクト」の要件を満たそうと担当教授に申し出た。修士号を得た論文の出来には正直言って自信がなかったが、ブレット・シルヴァースティン助教授は、「現在われわれが取り組んでいる反核運動調査とも大いに関連があるから」と、申し出を承認し書き直しを勧めてくれた。

オレゴンで、ストーニーブルックに来る二年前、ラーセン教授は僕の論文のテーマを聞いて驚きを隠さなかった。「政治参加と暴力志向」の関係を研究テーマにしたいと話したら、「それはどういう意味だ？」と訊き返された。反問にはテーマの意図が諮りかねぬ、といった響きがあり僕自身狼狽してしまった。どうしてそんな提案を述べたのか、本人にも即答できなかったからである。二、三分の沈黙が部屋を覆った。二、三時間経ったと思われるほど長かった。

「ダメですか？……修士論文としてはダメですか？」

「ダメとか良いとか、とは言ってない。何をテーマに選んでもいいが、ポリティックス（政治）とヴァイオレンス（暴力）の何を勉強するんだ？」

「はっきりとは言えませんが、どんな関係があるのか調べたいのです……」

研究するのはよいが、もう少し具体的な目標が分かってから説明してくれ、と顧問教授は応答し、それはまだ狼狽中の僕にとって部屋を出ていく有り難い口実になった。

かけがえのない友人を亡くしてから一〇年以上経っていた。一九六〇年代後半のヴェトナム反戦運動のさ中、学生運動の指導をめぐる党派・党内闘争で彼は死んだ。京都から政治組織の会合に出かけたものの、東京の大学の学生会館の中で起こった内ゲバで死に、京都には戻れなかった。殺されたと言い換えてもよい彼の死で、僕の反戦・平和の学生運動は終わった。しかし、死ぬ必要も必然もなかったと僕には思われた彼の死は、今日まで僕の生に取り憑き、離れることはなかった。その後も内ゲバで死んだ若者たちは一〇〇人以上と聞き、僕の「政治参加と暴力志向」のテーマはそこから来ていた。その二つの政治運動と暴力志向、心理学で言えば二つの「変数」の関係が知りたかった。それが少しでも理解できれば、望月上史が二度と死ぬことはないだろうと思ってきた。彼を含めた多くの死が防げ、傷ついた何千人もの若者たちの苦悩と絶望と、それがもたらした学生運動の死も無駄ではなかっただろう。一〇年経っても何一つ分からぬ自分の不甲斐なさは、論文顧問教授の真っ当な質問にさえ答えられなくて、狼狽を隠すようにしてラーセン教授の部屋を出た。一〇年前、京都の学生運動の中心的立場にあった僕には、この二つの変数の関係に答えが見つかって初めて、死者たちに顔向けができるかもしれないという思いがあった。

学生運動の政治性は明らかで、暴力もまた何か説明する必要もない行動の一目瞭然な平明さがあると思う。心理学専攻で学士を終えたユタの大学で、心理学は科学（science）であり芸術（arts）ではない、と口酸っぱく言われた。僕の卒業証書には Bachelor of Science（BS：理学士）とあって、Bachelor of Arts（BA：文学士）とはなっていない。そして、科学としての心理学科目のクラスはほとんどが、実験、観察、数量化も含めた具体的な事象の言い表しと、説明、分析、反証を伴う客観的な研究およびそこから立証された事実の習得を求められた。

四〇〇ページを超す一般教養的な心理学入門の教科書を学ぶ最初の大学生活がユタ州立大学で始まったが、その最初の学期、僕は四科目集中英語コースを必須科目として取らされた。それが日本の大学を卒業していない外国人学生が、アメリカの大学の正式な入学資格を得るための条件だった。月曜日から金曜日まで「英語の読み取り」「英作文」「英文法」「英会話」の四教科のクラスが毎日あり、もう一時間はユタ州立大学の一般教養コース（三単位）のクラスを取ることが許された。深い考えもなく選んだ科目が「心理学入門」（Introductory Psychology）コースだった。英語の専門用語に苦しめられながらも嵌まりこんだ心理学科目だったが、二学期からはハトを使った実験中心の「学習の基本原則」（Basic Principles of Learning）、観察と理論応用のラボを伴った「異常心理学」（Abnormal Psychology）等と続き、アルバイトにハトや袋鼠《オッポサム》の世話をしたり、彼らを被験者に使って実験し、自主研究（Independent Study）の単位を修得したりした。「オッポサムの味覚嫌悪」は、地方の心理学会で発表した研究テーマで、アメリカでの最初の論文発表だった。僕を自分の弟子のように育て上げようとしてか、動物たちの世話を任せてくれたり自主研究を勧めてくれたカール・チェニー教授は、「刺激 - 反応」の行動主義をパラダイムに、「チョウイチ、心理学を勉強すれば、戦争の好きなハトでもつくれるぞ」などと僕をドキッとさせることもあった。

反戦運動と心理学

ユタからオレゴンにやって来て、オレゴン州立大学の修士課程の卒業論文で目指したのは、行動科学としての心理学を通して、学生運動の悲劇的な結末に何かしらの教訓を見つけられないか、というヴェトナム反戦運動の反省に根差すものであった。平和の象徴でもあるだろうハトを、オペラント条件付けを通して戦争好きなハトに行動形成する実験など考えもしなかったが、政治運動と暴力の二つの事象を比較・考察するアイディアはずっと頭から離れなかった。ただ、その二つの心理学的変数（variables）の関係をどう説明するかは分からずにいた。

一九六八年、二万人に近い大学生を擁する同志社大学の全学自治会の中央委員長だった僕にとって、ヴェトナム反戦運動は、第二次世界大戦の悲劇から生まれた「平和」の推進と、戦争放棄を謳う日本国憲法を守るという「護憲」に根差した学生運動であり、アメリカのヴェトナム侵略戦争反対とヴェトナム人民の祖国解放運動支持、日本政府のアメリカ政府加担反対を掲げていた大衆運動だった。当時のマスメディアは過激な僕たちに「暴力学生」というレッテルを貼ったが、アメリカやヨーロッパ、世界中で起こった国際的な反戦・平和運動と連帯した僕たちの学生大衆運動は、ソヴィエト社会主義連邦共和国（ソ連）や中華人民共和国、それらとイデオロギーを共有する政党・党派の革命運動とは必ずしも一致した目的・手段を有したものではなかった、と僕は思っていた。

後日、修士論文審査の口頭諮問の際も、反戦・平和を目指す大衆運動と暴力革命を志向する党派の運動の本質的な違いは区別して取り扱うべきだと考えていた。「結論の一つに、多様な政治行動と暴力志向の相関関係が負の関係（negative correlation）があると導き出しているが、なぜ負の関係にあるか説明できるか？」と問われて、「Haphazardly...」と口走ったものの、僕の答えは自信なさそうに沈んでいた。三人の学位審査官のうち、二人の教授が下を向いたまま小さな笑い声を漏らし、質問したラーセン教授は苦虫を嚙みつぶしたような顔つきで、僕の答えの続きを待っていた。英語がまずかったのだろうか、と最初は思った。しかし、僕は応答しなければならなかった。

「二つの変数の相関係数値が r ＝ -0.02 で、多様な政治行動と暴力志向には統計的に意義ある重要な関係が見られませんでした。自発的に参加した男女二四一名の大学生たちに配布した質問書には、様々な政治運動への参加・関与の調査と、暴力志向を含めて他に四つの事象において好意的あるいは否定的な態度や政策選択に関する測定調査を行い、その相関関係を調べ、分析しました。手元の論文の中の統計表に見られるように、統計的に意義ある重要な相関関係を提示したのは、二つの変数だけでした。（一）政治参加と政治的疎外感（$r = -0.39, p<.005$）、（二）政治参加と外国・外国人に対する敵意・敵対心（$r = -0.16, p<.05$）。他の三つの事象では統計的に意義ある重要な相関関係は見つけられませんでした。それらは（三）政治参加とnegativism（権力に対する心理的否定・反抗的行動・反抗癖）（$r = -0.07$）、（四）政治参加と暴力志向（$r = -0.02$）、そして（五）政治参加とエルサルヴァドル内戦に対する軍事的解決策（$r = -0.02$）の関係です」

　ラーセン教授の問いにすぐには答えられなかった。僕は早口でほかの調査結果を述べながら、時間稼ぎにラーセン教授の質問の答えを見つけようと考えていたらしい。「Haphazardly」（行き当たりばったり）と答えたのは、「by chance」（偶然）といった意味であり、論文作業を軽んじたつもりはなかった。この大学に来た時から顧問である彼に話していたように、政治参加と暴力志向の相関関係は僕にとって分からないことばかりだった。嘆願書にサインしたり、平和《ピース》のバッジを着けたり、集会やデモに参加したり、市役所や議会の代議員、大統領選挙に立候補することも政治参加の行動であるし、国内・国外の政治に関する新聞記事やテレビニュースを見ることも政治参加の一つであると、多様な政治参加の定義として僕は調査の中に含めた。暴力志向については、他国・外国人に対する敵意・敵対・交戦や軍事的解決志向なども質問事項に加えた。しかし、被験者としての大学生たちを対象に調査するまでは、これら二つの変数にどんな関係があるのか正直分からなかった。調査結果は、相関関係はほとんどない（r＝-0.02）、と出た。しかし、相関関係の方向性がマイナス（negative）とあり、二つの関係は「負の関係」または「逆の関係」であるということである。言い換えれば、多様な政治参加と暴力志向の相関関係は「逆の関係」であり、「政治参加の様々な形態が増えれば、暴力志向が減り、多様な政治参加が減れば、暴力志向が増える」という関係になる。さらに、政治参加と他の四つのそれぞれの変数との相関関係の方向性が、すべて「負」になっている調査結果は僕には無視できない関係だと思えた。直線的な相関関係はほとんど存在しないが、関係の方向が「負」または「逆」の結果は、正直なところ、歓喜したい結果だった。学者の卵としては不適切に違いないが、反戦運動に参加した僕自身は、暴力的行為はいつもよくないことだと心底思っていたから。他人の目にはそう映っていたとしても、僕は自分が暴力学生だと思ったことはなかった。調査結果は、少なくともそんな僕自身の心理を映し出した。修士論文は個人の日記や意見書ではないのだが。

「なぜこれら二つの変数が負の関係になるか、僕には分かりません。しかし、他の変数と多様な政治参加の相関関係も、すべて同じように負の関係になっています。これも偶然かもしれません。しかし偶然が四つも続くというのは、ちょっとおかしいと思うし、ひょっとしたら偶然ではないかもしれません。

多くの場合、修士論文も含めた心理学の論文の多くが、初めに仮説を立てて、その仮説の成否を調査するために研究・実験を行いますが、僕はその仮説を立てませんでした。何度も言いましたが、分からないことだらけで仮説のないまま研究に入りました。論文の序文で述べたように、一九六〇年代後半、アメリカ、日本、アジア、ヨーロッパ、世界の国々で学生たちのヴェトナム反戦と自国政府のアメリカ政府加担反対運動が起こりました。日本にあっては、学生たちの反戦・反政府運動とそれを規制する当局の対立が厳しくなるにつれて、運動自身も過激になり、他方では、学生たちの親が自分たちの子供の予期せぬ政治参加と過激化に驚き、鎮めようとして、意図せずして当局と結託するような社会的抑圧として、学生運動の統制に加わりました。その過程で、先鋭化した運動は死を含めた肉体的・精神的犠牲を結果し、運動組織はさらなる暴力化・軍事化に突き進み、組織内の内ゲバ・分裂（violence inside political groups and their further break-ups with violence）を繰り返す結果となり、運動自体また組織自体の瓦解を招いたのです。七〇年代半ばまでには、誰も予見できないほどの痛ましい結果を露呈させました。反戦・平和の運動が意図せずして運動体の僕たち自身を自滅させる、という因果関係に愕然、啞然とするばかりでした。あまりにも不道理（unreasonableness）で、不条理（absurdity）ですら感じました。一〇年経った今も同じ理由で、政治参加と暴力志向の変数に仮説が立てられなかった、という言い訳になりますが……」

僕の言い訳が論文の評価にプラスになるかマイナスになるかは分からなかったが、言い訳を否定している雰囲気ではなかった。論文審査員の年恰好からすれば、僕と同様に彼らもまたヴェトナム戦争の当事国の学生または青年として逃れられない六〇年代を過ごしたに違いなかった。戦争に駆り出されたか、反戦運動に参加したか、あるいはカナダに逃げたか。他にどんな態度・行動が選択できたのか僕には想像できなかった。無関心とかノンポリでいられるはずがなかったと思う僕の言い訳を、三人の論文審査委員会のメンバーは真剣に聞いていたと感じた。

「多様な政治参加と暴力志向には統計的に意義ある重要な相関関係は見られなかったが、君は相関関係の負の方向性に注目している。それはどうしてか?」

「調査には五つの態度・行動測定アンケートが含まれていました。様々な政治行動は、政治学者レスター・M・メルブラスが確立した『政治関与の階層的分類』(*Hierarchy of Political Involvement*, 1965)から僕が作出した様々の政治行動、マーヴィン・E・オルセンの『政治的疎外感』(*Political Alienation Scale*, 1969)、ロバート・ヘルファントの『外国・外国人に対する敵意・敵対心』(*Scale of Hostility in International Relations*, 1952)、A・H・バスとA・ダーキー共著の『権力に対する反抗的行動』(*Negativism against Authority*, 1957)、そして現在進行中のエルサルヴァドル内戦に対する軍事的解決策の五つです。様々な政治活動と他の四つの変数の負の関係を叙述的に説明すると以下のようになります。

様々な政治活動の形態が増えると政治的疎外感が減り、外国・外国人に対する敵意や敵対心が減り、権力に対する反抗的態度・行動が減り、そしてエルサルヴァドル内戦に対する軍事的政策への支持が減る。様々な政治活動の形態が減ると政治的疎外感が増え、外国や外国人に対する敵意や敵対心が増え、権力に対する反抗的態度・行動が増え、エルサルヴァドル内戦への軍事的政策への支持が高まる。

二つの直線的な相関関係を『負』と『正』で表す方向性を叙述的に表現すると、以上のようになります」

三人の委員たちは黙ったまま、お互いを見合っていた。ラーセン教授から心理学のクラスを二つ取っただけの僕の相関研究（correlational studies）を、修士論文顧問の彼は諸手を挙げて支持する自信はなさそうに見えた。政治参加と暴力のテーマが学術論文の主題（subject）としては極めて稀なことは知っていたし、人気のあるトピックでもなかった。むしろ多くの院生や学者たちが避けて通る研究課題だと僕は感じていた。これら二つの変数を、independent variable（独立変数）とdependent variable（従属変数）として小さなラボ（実験室）に持ち込み、ハトやネズミを使うようにして二つの因果関係を予見できる実験が可能とは思えなかった。因果関係（causal relationship）が明確にならない相関法（correlational studies）を使った僕の研究は、変数間における相関関係の強弱は分かっても、どの変数に因果関係があるのかは判断できにくいという限界があった。デンマーク出身の白髪が混じった金髪のアドヴァイザーは、オレゴンに来た最初の学期に「ハトと人間は違うんだ。君はピジョン・サイコロジストではなくヒューマン・サイコロジストにならなくちゃならない」

と言って、僕を揶揄ったことを思い出した。ユタのチェニー教授がその場にいたらかなり機嫌を損ねたに違いない。本気だったたか、日本からの新入生を揶揄っていたのか分からないが、実験を重視したビヘイビアリスト（行動主義者）の彼は「チョウイチ、人間とハトは同じだ」と言っていたのも思い出した。そういえば、彼も白と灰色の胡麻塩頭だった。二人目の委員は哲学助教授のフローラ・リボーウィッツで、フェミニストと噂される彼女のクラスはいつも少数だったが、広い教室が白熱した議論で熱くなるほど盛り上がり、いつも授業時間をオーヴァーし、次のクラスに遅れることになった。フェミニズムを論ずる彼女の講義にいつも見惚れた。三人目の委員、スタン・シャイヴァリー准教授は社会学者で、彼の「政治はゲームだ」という発言をめぐって何度も質問を繰り返したのを思い出した。僕は学生運動がゲームだと思ったことはなかったから。たとえゲーム論を誤解していたとしても。

「しかし、政治参加と暴力志向を含めた四つの相関関係は、ほとんどなかった、と君は言った」

シャイヴァリー准教授は断定するように発言した。関係がなければ、二つの事象の方向性を議論してもそれほど意味がないじゃないか、といった疑念が含まれた発言に思えた。

「おっしゃるとおりです。相関関係数 r が -0.02 というのは、関係の強さが極めて弱く、統計的に重要な意義を持たないと言えます。しかしながら、統計学上の相関関係と因果関係とは大変な違いがあります。因果関係は二つの事象が原因と結果で結ばれている関係性を言いますが、相関関係は二つの事象に何らかの関係性がある場合すべてを言い、因果関係はその中の一つにすぎません。

政治参加と政治的疎外感は相関関係数 r が -0.39 で非常に強い、重要な意義のある負の相関関係を指しています。また、政治参加と外国・外国人に対する敵意・敵対心の関係数 r も -0.16 と統計的に意義のある高い数値を出しました。他の三つ、暴力志向と権力に対する反抗的態度・行動とエルサルヴァドル内戦への軍事的解決策についてはそれぞれ、r = -0.02、r = -0.07、r = -0.02 と相関関係数は低かった。しかし、僕の解析上の関心は、この数値の低さは、政治参加とそれぞれ三つの事象に関係がなかったというのではなく、低い数値をもたらした何か別の要素あるいは要因があった、作用・影響したのではないか、ということでした。例えば、被験者の数が増えると、それに伴ってたとえ相関関係数値が低い場合でも統計上は重要な意義が認められるケースもあります。被験者の中に他の被験者と極めて異常に違う回答値があった場合に、そうでなければ高い相関関係数があるのに、その極めて異常な回答値によって相関関係がないと思われるほどに低い数値に変わる場合があるということです」

どういう例があるか報告できるか、と問われたら、答えに窮したに違いない。心理学を含む社会科学の研究に必要な統計学はオレゴンに来る前のユタ州立大学で勉強していたが、それは一般教養的な統計学で、具体的な例を提出できる知識を僕は持ってはいなかった。一般教養の教科書には英語の大文字Uの形をした穏やかなV字型の曲線が描かれていて、二つの変数の相関関係数rが0に近いため、xとyという二つの変数に相関関係はほとんどないと解釈されるが、実際にはxとyに強い関係があり、二次関数の式で表される、という参考例が記憶に残っていた。大事な修士論文口頭試験で言い訳ばかりになったが、相関関係数が低くても、関係を無視できぬ現実社会の実際の例があることを説明できる知識は当時の僕にはなかった。ユタの大学でハトやネズミの実験を通して、動物の学習行動（behavior）と褒美のエサ（reinforcement）の因果関係を説明するのは留学生の僕でも簡単だったが、人間社会の政治行動と暴力志向の相関関係については、僕にとって言い訳ばかりになった。人間とハトは同じなのか違うのか、ということさえ説明できないでいた……。

「科学的な心理学の研究論文発表に『haphazardly』とか『by chance』等という英語を使うのは慎むように。そのような英語によって、君自身の修士論文の価値を下げる必要はどこにもないから、気をつけるように。条件付きだが、口頭試問委員会の論文評価は悪くない。ストーニーブルックに行く前に、わたしも手伝うから少し書き直しをした方がいい。君がかなり多くの参考文献を探索したり、引用したことを委員会のメンバーは認めている。これは大きなプラスだ。政治的なテーマは研究論文には向いていないと君も分かっただろうが、わたし自身は面白かった。政治的テーマはどう結論しても、物議を醸し出すからね。たとえ多くの証拠を提出してもだ」

口頭試験の翌日、オフィスに立ち寄った僕に「ストーニーブルック大学に行く前に論文の書き直しをして、三人のサインをもらおう」と話し、ラーセン教授は赤ペンで記したクエスチョンマークや下線付きの論文コピーを見せて、指導してくれた。驚いたのは、手渡されたコピーにはすでに委員三人のサインと大学院の学監（dean）のサインが付いた一ページが挟まっていて、全体としては修士論文が認可されたと感じた。クエスチョンマークや下線付きが多かったのは、英語の力が弱い僕の欠点を表していた、とも感じた。

書き直しの原稿を受け取って、アパートに帰るなりすぐ作業に取り掛かった。居間で生まれたばかりの宇意に授乳していた奈那子から「口頭試験、うまく行った？」と訊かれたが、「まあまあだった、ちょっと書き直しがあるけど……」と生半可な返事。「すぐニューヨークに出発するけど、書き直しなんかやってて、荷造りする時間あるの？　わたし、ウイとソーラであんまり手伝えないから……」。真っ当な言い訳と苛立ちの交じった口調だった。「書き直ししないと、卒業証書がもらえないじゃないか……」

僕は四人のサインの付いたページを思い出し、育児に携わる者に比べれば正当性の弱い言い訳を口にしながら、論文タイトルの下にある「Abstract」（概要）の赤線から始めようとした。ところが、最初のその赤線は二本の感嘆符で、勢いのある赤線マークだった。二本の感嘆符の付いた文章に、書き直しと東海岸への引っ越しの荷造りと長い横断旅行から来るストレスを抱えた僕の気分がちょっとばかり和らいだ。〝The results also raised questions as to areas of possible future research on ideological factors and violence〟（「（研究）結果はまた、今後イデオロギー的な要因と暴力についての研究が望まれるといった疑問も投げかけた」）。僕は論文の中でラーセン教授の書いた最近の著書（一九七六年刊。僕の渡米一年前）を引用した時、彼が「政治的なイデオロギーによって、暴力を肯定、正当化、推進する政治行動を例証していた」ことを知った。彼によれば、とりわけ革命的な政治運動と暴力志向は強い「正の因果関係」があった。顧問を務める彼の大学院生は、しかしながら、様々な政治参加と暴力志向に相関関係はほとんど見られなかったが、二つの変数には「負」の方向性があると発表した。口頭試験でラーセン教授が大学院生の僕に最初に投げかけた質問は、先生と彼自身の学生の異なった報告に、当然にも疑問を挟んだものだった。一般の大学生と革命運動家たちは全く違うんだ、とは思っても、口頭試験で自分の調査結果が説明できなかった僕は、将来の研究に委ねますと意思表示をすることが、まだ心理学教授の卵にさえなっていない学生の謙虚な姿勢でなければならないと正直に思い、かつ本気で付け加えた文章が「Abstract」の終わりに書いた僕の文章だった。すなわち、修士論文の結果は、顧問教授のラーセン博士が過去の研究結果で報告した通り、「政治参加における暴力志向はイデオロギーの影響であり、政治活動それ自体ではない」という可能性を探りたいと願った。ラーセン教授の赤ペンの感嘆符はそれを受け入れ、僕を励まし、勇気づけていた、と僕には思われた。独りよがりだったかもしれないが……。

反核一〇〇万人集会と『ヒロシマ・ノート』

ストーニーブルックにやって来て一年半、新しい生活は、ユタやオレゴンの生活とは異なった新鮮さがあった。家では、長男の壮良が大学キャンパスの中にある保育所へ通い始め、次男の宇意は独り歩きを始めた。奈那子は家計の足しにと、大学病院に研究留学をしている日本人家族の子供二人のベビーシッティング（子守）を始めた。大学では、レーガン大統領による核兵器のヨーロッパ配備に反対して、反核運動が始まっていた。僕の「セカンド・イヤー・プロジェクト」の顧問となったシルヴァーステイン助教授は、僕を反核運動リサーチに誘った。書き直しをした修士論文がセカンド・イヤー・プロジェクトとして認められ、日本人の僕が加わったアメリカでの反核リサーチは、心理学部の社会心理学専攻グループの中で際立った活動となった。

アメリカの反核運動を知ったのは、難民みたいだった矢谷一家が車でアメリカ横断をしている一九八二年の夏のことだ。アイオワ州の州間高速道路80号線を走りながら、突然車のラジオから反核運動のニュースが聞こえてきた。ニューヨーク市のセントラル・パークで一〇〇万人の反核集会が持たれた、と。僕たちもまた、そのセントラル・パークのあるニューヨークに向かっているという何とも言えない奇妙な興奮と日本のヒロシマの原爆慰霊碑の面影が同時に全身を覆った。広大なアメリカの大地を車で長旅をしながら体験した一瞬の出来事は全くの偶然だったのだが、とんでもない事件の始まりのほんの一部であったとは後になって認識することとなる。

ニューヨーク州に入る前に、長い州境を共有するペンシルヴァニア州に入ってから、山の中の友人一家を訪ねた。初めての土地で五年ぶりに会おうとしたジェニファーとスティーブは、以前ユタの大学町ローガンから車で一〇分ぐらいの田舎で百姓をしていた。二人とは、英会話の担任だったトムと相方のキャッシーに誘われたパーティーで偶然一緒になり、それから二、三週間後、二人の家で催されたディナーパーティーに出かけた。若夫婦は、四、五歳位の一人娘と二ダースほどのニワトリを飼いながら暮らしていた。その時どんな人たちに会ったか、何を食べたかは覚えていない。ただ、ジェニファーが裸足で庭を歩き回り、彼女の足のあっちこっちにニワトリの糞がくっついていたのが、日本の都会からやって来たばかりの僕たちに強烈な印象を与えた。もっと安い土地のある中西部のどこかに引っ越して百姓を続けるが、近くに来ることがあったら連絡してくれと言われた。だが、僕も奈那子もペンシルヴァニアがどこにあるかも分からなかったし、「ありがとう」と返事はしたものの、彼らとはもう会うこともない偶然の出会いだとしか思っていなかった。その偶然が、ニューヨークのロングアイランドにあるストーニーブルック大学に行くことで再び実現し、一晩泊めてもらえることになったのだ。トイレは家の外にあり、夏にもかかわらず冷える深夜、山の中を五〇メートルも歩かねばならなかった。広い敷地に散在して立ち並ぶリンゴの木々の根元には、夕食時の話で聞いていた熊の糞らしきものが月の光に照らされていた。

カーラジオから聞こえてきたセントラル・パークの反核一〇〇万人集会のニュースは、ジェニファーとスティーブが住むペンシルヴァニアを離れた後もニューヨークに着くまでしばしば思い返した。一九六六年の夏、隠岐の島に帰省する途中で僕は広島に立ち寄った。同志社大学の一年目、大江健三郎の『ヒロシマ・ノート』を読んで、どうしても広島に行かざるを得なくなっていた。広島には高校の大学受験勉強中にできたペンパルの岸本和子がいたから、彼女と一緒に原爆慰霊碑に行こうと京都から連絡を取り合っていた。一九四六年生まれの僕たちの世代は、広島・長崎に落とされた原爆で敗戦を迎えた日本に生まれた最初の子供たちだった。『ヒロシマ・ノート』を小脇に挟んだ僕が広島駅に降りると、一人で来るとばかり思っていた岸本和子には彼女の母親と思える婦人が付き添っており、二年間文通だけで一度も会ったことのない彼女への期待が一瞬にして萎んでしまった。一車両だけのチンチン電車で三人は広島平和記念公園に向かったが、車内で和子さんも僕もあまり話ができず、彼女の母親だけが僕たち二人を気遣ってか、多弁に町や通りを案内、説明してくれた。どこかのレストランで三人一緒に夕食を摂り、僕は夜行列車に乗り、隠岐汽船の発着場の境港まで帰ってきたが、平和記念公園からどのようにして隠岐の島の我が家に帰ってきたかは、あまり記憶にない。しかし、墓碑銘に刻まれた二〇万人に近い被爆者に対する追悼と平和への誓いは決して忘れることはできない。

「安らかに眠って下さい　過ちは繰返しませぬから」

あれから、過ちを繰り返さないために僕たちはいったい何をしてきたのだろうか？　第二次世界大戦の終わりが見え始めた一九四四年九月、議会下院で行われたイギリスの首相演説に、『無駄ではない』ことが、生き残った人々の誇りであり、亡くなった人の墓碑銘であるだろうに……」とあった。死者に対して「（あなたの）死は無駄ではなかった」と言う生存者たちは、生き残ったことを誇りにしなくてはならないはずなのに、誇りになるようなことは何一つしてこなかったのではないか、といった疑問が付きまとうのを感じるのは決して僕だけではないと思う。

フェスティンガーの「認知的不協和理論」

「反核もしくは核軍縮に関するリサーチは、ほとんどが核武装や核兵器に対するアメリカ人の態度もしくは感情の調査とその報告であって、核武装および核配備に反対する行動・行為をリサーチしたものではない」とブレットは指摘する。「われわれのリサーチがユニークであって、特記したいのは、核武装および核配備に対する反対行動、抗議運動のアクション、アクティヴィティの調査のことだ」。二回目か三回目の反核リサーチのミーティングがブレット・シルヴァーステイン助教授のオフィスで始まった。一階下でも三階の廊下からでも聞こえそうな大きな声でブレットは叫んだが、僕たちのリサーチがアメリカ人の反核の行為、行動、運動を重点テーマとして強調しているのが特徴だと言いたかったのだ。大教室での講義や公園での集会ではなく、心理学部専用のビルの二階の彼のオフィスの中で始まった会合だったが、アン・ロバーツとキティー・フォードは自分たちの耳に人差し指を入れて、僕の方をチラッと見て微笑んだ。自分のオフィスでこんなふうに大声で話す大学の先生なんて見たことなかったでしょう、といった表情だった。ストーニーブルックに来たばかりの僕は日本からの留学生であり、日本の文化ではブレットのように周囲を気にせず大声出すのは禁物で、礼を失していると留学生である僕に思われたくなかったのかもしれない。全然気にしていませんよ、と僕もニヤッと微笑んで二人に応えた。三人の仕草に気づいたのかブレットの声が少し小さくなったようだった。

「ギャラップ社の調査でも、全国紙のニューヨーク・タイムズやワシントン・ポストでも、反核の意見が八〇％以上、核凍結を好ましいというアメリカ人が大多数だというのに、どうして反核や核凍結を推進する活動がほとんど見られないのですか、二年前のセントラル・パークの一〇〇万人反核集会を除いて」

「わたしたちアメリカ人がいつも矛盾している証拠ってこと」

アメリカ人のアンはちょっと怒ったような口ぶりで、日本からの留学生に呟いた。ほんとにそう、とキティーも続いた。

「言動の不一致はなにもわれわれアメリカ人に限ったことじゃない。日本人はどうだい、チョウイチ？」

先生のブレットは僕を見た。自分たちの国と国民に対して不平を発している二人のアメリカ人大学院生に、日本からの留学生である僕はどのように答えるべきかちょっとまごついた。ミーティングのトピックが戦争と平和と核兵器で、第二次大戦で人類史上初めて原爆を落としたのがアメリカ、落とされたヒロシマとナガサキの日本から来た留学生としては、反核におけるアメリカ人の言動不一致にやはり欺瞞性を認め、非難すべきだっただろうか。

「日本人も同じだと思いますよ。でも、言動不一致はよくない、恥ずかしいことだとする倫理観もあります。言うは易し、行うは難しといって、言動一致の難しさを認識している文化もありま す……アメリカもそうじゃないですか？」

「アンケートやインタヴューで、反核や核凍結に賛成するって答えながら、反核の行動も抗議のアクションも何にもしないのは、おかしいじゃない？　欺瞞そのものだわ」

キティーはアンの方を見て彼女を支持した。

「ちょっと待って。カームダウーン、フォークス」

ブレットはいつになく、急に声を低くして「落ち着け、みんな」と二人を諭した。僕は二人にアメリカ人の良心を感じ、嬉しかった。日本の真珠湾攻撃は卑怯だったが、だからといってヒロシマ原爆投下を忘れちゃ困る、もうちょっと反核運動があってもいいじゃないかと思った。

「様々な調査で、国民の大多数、八〇％が反核の態度を表明した、われわれは調査結果を歓迎している。そうだろう。ところが、反対や抗議行動が表面だってない。ある調査では国民の反核運動参加率は二％から三％以下という報告がある。勿論、われわれはこの結果に非常に失望している。二人が、言動不一致を欺瞞だと怒るのも分かる。チョウイチは怒ってはいないが、彼も調査結果には不満を感じているとわたしは確信する」

僕はアメリカ人だけが言動不一致とは思ってなかったし、日本人も他のアジア人もヨーロッパの人々もそうだろうと思った。言動一致は理想だろうが、発言通りに行動するととんでもないことも起こると、日本での学生運動の中での出来事を思い出した。

「言動不一致がいいか悪いかと議論しても始まらない。重要なことは、言動不一致がなぜ起こるのか、ということだとは思わないのか？　反核を支持する思いや態度がありながら、なぜ反核運動に参加しないのかを探り当てることが大切で、それがわたしたちのリサーチの目的でなければならない、とわたしは思う」

三人は、言動不一致の理由を見つけることが目的だという先生の意見にうなずいた。関脇か大関ぐらいの体つきをしているブレットの、ゆったりとして音量の下がった発言にわたしたち三人は全く異議がなかった。ブレットは社会心理学者レオン・フェスティンガーのことを言っていたに違いなかった。ストーニーブルックにやって来て最初の秋の学期、大学院新入生の専攻の「社会心理学」を取った。シルヴァースタイン助教授が担当していた科目であり、フェスティンガーの「認知的不協和理論」(Theory of Cognitive Dissonance)が社会心理学における三大理論の一つであることを知った。さらに、スタンフォード大学で心理学教授だった彼の当時の学生がデナ・ブラメルで、デナの博士論文の顧問がフェスティンガーであったことも知らされた。認知的不協和理論が僕にとって最も緊密になったのはこの時だったと思う。それは、その理論が芸術的なまでに見事な展開で人間の心理を解き明かすことと同時に、ブラメル教授の博士論文顧問がフェスティンガーであり、僕の博士論文顧問がブラメル教授であるという学術知識の継続の歴史に驚かされたからであった。もし僕が博士号を獲得したら、もしそれを持って心理学の分野で仕事をするようになったら、僕の仕事を、認知的不協和理論の発展と継続を引き受けてくれる誰かが出てくるのだろうか、誰かを生み出せるような仕事が僕にできうるのだろうか……。

反核支持の態度と反核行動の不一致に介在する何かを見つけようとする僕たちのリサーチはどんどん進んだ。ビルの二階にある大学院生のオフィスは二人ずつ共有しているが、アンとキティーは同室、僕はトム・デーヴィスと同室、二つのオフィスは長い廊下を挟んで向き合っていたから、お互い何をしているか丸見えといった親近感があった。教授たちの広いオフィスはもちろん各々が占有していたが、ブレットのオフィスは僕のオフィスから三つしか離れておらず、何か用事があるとすぐ大声で呼ばれた。リサーチに関する話があると、彼は「チョウイチ、ちょっと来てくれ」と叫び、僕は向かい側の二人に手を振って、三人はすぐブレットの部屋に集まった。ユタ、オレゴンの学部生時代とは異なって、大学院生と教授たちの間ではほとんどの場合、ファーストネームで呼び合った、あたかも同じ年齢の友人か同僚のように。だから、シルヴァースティン助教授が招集したリサーチ・ミーティングでも、会議はまるでサークルかクラブ活動のような雰囲気で、屈託のない、自由な意見交流が持たれた。とはいえ、師弟関係、上下関係と社会の階級・階層関係が厳格に文化に組み込まれてきたアジアからの留学生は、この垣根のない自由な人間関係に溶け込むのに少なからず時間がかかった。

リサーチに自発的に参加したのは三つの大学の学生たち。ニューヨーク北西部のカソリック系大学のセント・ボナヴェンチャー大学、ニュージャージー州ニューワーク市内にある総合大学ラトガー大学とニューヨーク州郊外のロングアイランドにある我がストーニーブルック大学からの合計三六三人（女性二一四人、男性一四九人）の学生たちから合計五五の質問に対する回答が寄せられた。アンケートは、反核態度、反核運動に関する質問、そして、両者の不一致に介在されると仮定された他の研究からの発見項目から作成された。回答の点検、検討、分析は僕たち四人の共同作業によってなされ、統計学の専門知識が必要な場合には、その分野を得意とする臨床心理学大学院教授の援助を得た。調査目的であり、中心課題としてとりわけ重要な、言動不一致の心理的「原因」を探るためには、統計学上最も有効とされている因子分析方式（Factor Analysis）を採用した。研究目的に関連した結果は以下の通りである。

（一）回答者の七八％が核兵器の凍結（nuclear freeze）、六五％が非核武装（nuclear disarmament）を支持した。しかし、

（二）核凍結および非核武装に向けた政治的行動をしたと回答した学生は全体の二〜三％だけだった。内訳は、反核政治行動を全くしなかったと答えた回答者が五四％、核凍結か非核武装化いずれかの反核行動の一つに参加したと答えた人が二一％、二つに参加が一一％、三つが六％、三つ以上が八％。

反核行動に一回から三回以上と回答した結果にバラツキがあり、反核行動の一貫性、継続性が見られぬ故に、言動一致の一貫性の測定が正当化できないと判断した。それ故に、反核言動一致か不一致かの調査を行うにあたって、反核行動を全くしなかったグループと反核運動に一回以上参加したグループの二つのグループを対比することによって、このグループの違いはどこから来るのかを分析した。結果は、

（三）反核態度を持ちながら反核行動に全く参加しなかったグループと反核態度を持ちながら何らかの反核行動に参加したグループを判別する「心理的原因」は（a）政治的無気力感（political powerlessness）と（b）愛国・国家主義（nationalism）

（四）回答者全員の中で、様々な反核運動のうち、一つか二つ参加した人たちのグループ（消極的参加者：low activities）と三つ以上参加した人たちのグループ（積極的参加者：high activities）の違いを判別する「心理的原因」は（a）愛国・国家主義（nationalism）と（b）核兵器に関する知識（knowledge about nuclear weapons）もしくはその知識の欠如

（五）回答者全員の中で、反核態度を持ちながら反核運動に全く参加しなかった女性と反核運動に一つでも参加した女性のグループを判別した「心理的原因」は（a）愛国・国家主義（nationalism）と（b）核兵器に関する知識

（六）回答者全員の中で、反核態度を持ちながら反核運動に全く参加しなかった男性と反核運動に一つでも参加した男性のグループを判別した「心理的原因」は（a）政治的無力感（political powerlessness）と（b）愛国・国家主義（nationalism）

（七）反核態度を持ち、一つか二つの反核運動に参加した女性のグループ（消極的参加者：low activities）と三つ以上参加した女性グループ（high activities）を区別した「心理的原因」は（a）反ソヴィエト連邦（anti-Sovietism：反ロシア感情）と（b）核兵器に関する知識、もしくはその

知識の欠如
（八）反核態度を持ち、一つか二つの反核運動に参加した男性グループ（消極的参加者：high activities）と三つ以上参加した男性グループ（high activities）を区別した「心理的原因」は（a）愛国・国家主義（nationalism）と（b）政治的無気力感（political powerlessness）

アメリカ国内における核凍結・非核武装運動のリサーチから、僕たちは反核態度と反核運動の不一致に介在する心理的原因として、政治的無気力感、アメリカ人の愛国・国家主義、反ソ・反ロシア感情と核兵器に関する知識を明らかにした。

「社会的責任を果たすための心理学者」（PSR）結成

八〇％という大多数の国民の反核態度・感情をいかにして反核運動に結び付けるか、そのことを発表するために一九八五年の三月マサチューセッツ州のボストンで開かれる第五六回東部心理学会に向けて準備を進めた。八二年の夏、アメリカ横断の途中、州間高速道路80号線上のアイオワ州でカーラジオから聞こえてきたセントラル・パーク反核一〇〇万人集会のニュースから三年が過ぎていた。オレゴンからストーニーブルックやって来た当時、まだセントラル・パークの反核集会の興奮が続いているような感じがし、僕たち日本人一家を迎えたことで心理学部社会心理学科の領域にヒロシマが近寄ってきたかのようだった。

半年経った翌年の三月、ニューヨーク市内の大学で反核・平和運動を推進する心理学者および心理学専攻の大学院生たちが集まる、「社会的責任を果たすための心理学者」（Psychologists for Social Responsibility：ＰＳＲ）――反核・平和推進運動組織――の結成集会の知らせを聞かされた。ＰＳＲ結成の呼びかけは、コロンビア大学のモートン・ドイッチェ社会教育心理学教授、ジョージ・ワシントン大学名誉教授ラルフ・ホワイトの二人。集会はマンハッタンにあったニューヨーク市立大学機構の一つジョン・ジェー刑事司法大学で開かれた。ニューヨーク市内から車で一時間ちょっとのストーニーブルック大学心理学部社会心理学科から、ブラメル、ズワイヤー、フレンド、シルヴァーステインの四人の教員に交じって、アン、キティー、ダン、トムと、僕を含めた他二、三名の院生が出席した。多数の参加を期待してかかなり大きい教室に集まったのは五〇人ほどだった。大勢とは言えなかったが、初老の心理学教授や公衆衛生関連の学者、専門家たちを見て、七〇年代初めの日本時代からこの日までの一〇年間あまり、こうした政治集会には参加したことがなかったから、小さな集まりとはいえこの外国の大学での集会に僕は胸の高鳴りを抑えられなかった。

ラルフ博士とドイッチェ博士二人の結成趣旨の説明が始まると、すぐ分かったのだが、ＰＳＲ結成には、アメリカ心理学会（American Psychological Association）の各分野で名の知れた錚々たる心理学者の賛同があったとのこと。読み上げられた名前は一〇人を超えていた。元ＡＰＡ会長でカリフォルニア大学サンタ・クルズ校のＭ・ブルスター・スミス、カーネギー・メロン大学社会心理学教授のスーザン・フィスケ、ハーヴァード大学のハーバート・ケルマン社会倫理学教授、ハーヴァード大学のジョン・マック精神科医教授などは学術誌や教科書などでその名を知っていたし、彼らの業績を参考文献として使ったこともあった。他にも七、八名の名前が紹介された。とりわけスミス教授は、僕が三年前ユタ州立大学卒業の折、サンタ・クルズの大学院応募の申し込みをした際に興味を持ってくれ、カリフォルニア州の西海岸の海辺に立つ校舎にわざわざ面会に行ったことがあった。補欠として順番待ちリストに載せられていた僕であったが、結局お呼びがかからずオレゴンの大学に行かざるを得なかった。この苦い思い出とともにスミス教授のことも思い出された。

年恰好から推し量ると、ここにいるのは一九二〇年代に生まれた先生方から六〇年代に生まれた院生たちだろうか？　ジェームズ・ズワイヤー助教授は僕と同じ四六年生まれだから三六歳。ブレット・シルヴァースティン助教授は僕より二、三年下。アンやキティーは多分二三、四歳ぐらいか？　彼女らは小さかったはずだからヴェトナム戦争当時の社会的騒動は記憶にないだろうが、四〇人近い人たちはきっと第二次大戦、朝鮮戦争、ヴェトナム戦争の当事国として戦争生活を体験してきたに違いなかった。この場に集まってきたからには、きっと「反戦」の立場、態度をはっきりとさせてきた人生を送ってきただろう。何らかの反戦活動さえしてきたに違いないとも思った。そう勝手に想像し、平和運動参加者だと決めつけたのは、そんな集まりの中にいる僕自身の心理分析に依ったからか。小さい集会ながら、「言動一致」という生き生きとした爽やかさが会場を包んでいたと感じたのも、これもまたその場にいた自分自身の心理分析から来ていた。老若男女の彼らは、平和のシンボルのハトたちであり、戦争をするハトたちではなかった、とユタのカール・チェニー教授に断言したい気分でもあった。ただ、表情に興奮が見られないジムの佇まいが気になってもいた。昨年の学期末、ズワイヤー助教授は昇進とテニュアー申請が認可されなかった、と噂に聞いていた。アメリカの有名一流大学にあっては、「Publish or Perish」（出版するか滅びるか）が助教授から准教授への昇進と終身在職権（テニュアー：tenure）獲得の決定的な基準であり、採用されてから六、七年以内にその分野での業績を認めてもらわなければ、六年目の終わりか七年目の終わりにその大学を去らねばならないという大学学術機関からの締め付けがあった。業績とは名のある学術誌に専門分野での研究を発表・出版することで、それが生産的で優秀な学者である証拠とされた。ハトどころでなく、スズメのヒナほどでしかない僕が気に病んでも仕方がないのだが、ジムの表情は「社会的責任を果たすための心理学者」（PSR）設立の会場にあって、冷や水を浴びせられたような気分にさせ、僕は消沈した。

ヒロシマとナガサキに落とされた原子爆弾によって迎えた第二次大戦の終わりは、そのまま米ソ冷戦の始まりとなり、二つの超大国の核兵器による脅威の下、米ソ対立が局限化された朝鮮戦争とヴェトナム戦争が続いた。しかしその二つの戦争中、核兵器は戦争手段の選択から外されることはなく、レーガン政権が誕生した一九八〇年代のアメリカは、核兵器のヨーロッパへの配備を公然と世界戦略政策として打ち出した、あたかもヴェトナム戦争敗北の失地挽回戦でもあるかのように。一九八二年のニューヨーク、セントラル・パークでの一〇〇万人反核集会は、ヨーロッパとアメリカで同時に起こった国際的なつながりを反映したものだったのかもしれない（二〇一七年三月に出された『北海道大学公共政策学研究センター年報』で研究員瀬川高央氏が、アメリカ政府機関の国務省、軍備管理軍縮庁ACDA、CIAの「欧州平和運動に関する米国のインテリジェンス分析」を報告している。それによると、一九八一年一〇月から八三年一一月までに、ヨーロッパの一一の国々と東独、ソ連を含む東側まで、二〇万人、三〇万人、五〇万人という人々の反核運動が、八二年日本の広島では二〇万人集会がもたれた)。

反核運動は国際的な反戦運動にほかならず、地球上のすべての人々が人類の存続を懸けたそれである。核兵器が使われた瞬間、世界の生けるものすべてが無に帰する。想像すら不可能な結果、いや始めすらない終わりの時。何十億年もの月日をかけて進化、創造してきた今日の人類世界をすべて無に帰す愚かさをなす国も政府も人間もあってはならない。集会がどのように終わったのかはよく覚えてないが、反核態度からの反核活動への始まりを確認したPSR発足は、大学院生活二年目となる僕の活動を動機づけるのに十分だった。

日本語補習校の教師に

コースワークとティーチング・アシスタント、反核リサーチのを共同作業を続けていた時、以前から応募していたニューヨーク日本語補習校から連絡があり、僕と奈那子はそこの教師として雇われることになった。三、四年後には二〇〇〇人を超すという小学生・中学生たちの親御さんは、そのほとんどが日本の企業で働く会社員である。一九八〇年代世界第二位の経済大国となった日本のアメリカへの企業進出は、「パールハーバー攻撃の経済版」としてアメリカ人には畏怖され、日本人は傲慢さを併せ持ったプライドを持ち、「戦後は終わった」と、まるで日本の過ちとアメリカの過ちを忘れたかのようだった。しかしながら、アメリカで働く日本人の親御さんたちの悩みは、日本で働く日本人の親御さんたちに比べて多岐にわたり深刻だった。アメリカでの生活体験は家族揃って「留学」するという有益で肯定的、国際化時代に生きる最高の機会《チャンス》となったが、帰国後の日本の高校や大学受験の厳しさを考慮すると、このポジティブな機会はネガティブなピンチともなり、それが家庭全体の悩みとなっていた。

日本人の子供たちは、月曜日から金曜日まではアメリカの学校に行き、アメリカ人の子供たちとアメリカ人の先生と一緒にすべての科目をイングリッシュで勉強した。午前中三科目、イングリッシュだけの一八〇分が終わり、束の間のランチタイムをイングリッシュが響くカフェテリアでアメリカのメニューをアメリカ人と食べ、それから午後三科目、イングリッシュでさらに一八〇分勉強する。アメリカ人の子供が大好きな待ちに待った週休二日の土曜日、日本人の子供たちには休日の代わりに日本語補習校での勉強が待っていた。朝早く寝ぼけ眼で親の車に乗り、アメリカの学校の校舎を借りたニューヨーク日本語補習校で、日本人教師と国語、社会、算数等を日本語だけで勉強した。アメリカ滞在が終わって帰国した後、子供たちは厳しい日本の学校教育に追いつけるか、受験戦争に立ち向かっていけるのか、帰国後の一家の将来を危ぶみ、教育熱心な親御さんほどその心配の種は尽きなかった。永住組やアメリカ生まれの子供を持つ親御さんたちは少数で、帰国を前提にしている多くの親御さんたちは、滞在が長引けば長引くほど悩みは深まっていくに違いなかった。

ユタとオレゴンで日本人の親に生まれた二人のジャパニーズ・アメリカンのソーラとウイは、奈那子と僕が日本語教師となったニューヨーク日本語補習校があまり好きではなかった。名称はニューヨーク日本語補習校だったが、学校は隣のニュージャージー州のハッケンサックにあって、ストーニーブルックから車で一時間半以上かかった。幹線のロングアイランド高速道路495号線は土曜日の早朝にもかかわらず平日のラッシュアワー並みの混み具合で、九時前に学校に着かなければならない毎週土曜日はいつもイライラさせられた。マンハッタンの手前で二つの別の高速道路を通ってジョージ・ワシントン橋、ニューヨーク州とニュージャージー州を隔てたハドソン川を結ぶこの橋を渡ってから二〇分ほどでハッケンサックの町。そこに住む中国人の家庭にウイを預け、そこからアメリカの学校校舎を借用した補習校へ。ソーラは小学二年生のクラスに入学した。奈那子は幼児部の子供たちを担任し、僕はもっぱら五、六年生の高学年を受け持った。

日本人の先生たちや日本人の父母、職員、子供たちに囲まれ、そして何よりも日本語が自由にいつでも話せるこの環境で、生徒たちは生き生きとして楽しい「日本の学校」を体験していると僕は思ったが、帰国後の受験のことなど子供たちの将来を考える親御さんたちにとっては、楽しいながらも同時に悩みも深まっていったに違いないだろう。先生としての仕事が終わると、ストーニーブルックの我が家に帰る前に、僕たち四人はしばしばマンハッタンに立ち寄って子供動物園で過ごしたり、チャイナタウンでラーメンを食べたりして、本来休日であるはずの土曜日の「埋め合わせ」を行った。それまでは友達の家に外泊したり、夜遅くまで遊んでいた金曜日を台無しにされたことで子供たちには不人気だった補習校通いであったが、二つの文化を得られる彼らの将来——日本とアメリカのどちらの国で暮らすにせよ——を考えると、奈那子と僕にとっては一石二鳥だった。そして何より有り難かったのは、アメリカに来て初めて、補習校からの収入が我が家のエンゲル係数をわずかながら低める働きをしたことだ。

そんな時、補習校の仕事に関係する別の新しい仕事の問い合わせが心理学部の事務室に舞い込んできた。車で一七、八分の町コマックの高校から日本語クラスのアシスタントを頼まれた大学は、僕にその役を引き受けないかと要請してきた。国際経済情勢と日本企業の進出で日本文化と日本語を学ぶクラスを新設したが、英語圏では最も特殊な日本語の授業はアメリカ人の先生には荷が重かったらしい。矢谷一家は二人の子供が生まれて以来アメリカ政府に世話になりっぱなしだったから、そのお礼の一〇〇〇分の一にでもなればと思い、引き受けることにした。新学期が始まる前の夏休み中、ノースカロライナ州で開かれた一カ月以上にわたる日本語教授特訓を受けたというエミリー・ハースト先生が、二四名の高校生と格闘していた。もともと社会科の担任だったエミリーさんはたぶん僕より若く、ほっそりとした感じの方だ。ひらがなの授業中、校長先生に連れられて教室に入ってきた僕を見てホッとした表情になった。こうして僕は平日はアメリカの大学生、週二回はコマックの高校生、週末の土曜日は日本人の小学生の「先生」と三役を務めることになり、まるで日々アメリカと日本を行き来する旅客機のスチュワードみたいだった。収入はわずかでも、日々二つの異なった国の人々と文化に触れる機会は、心理学の肥やしとなり院生の僕を育てた。

東部心理学会でボストンへ

　ボストンで行われた東部心理学会の年次大会にはキティー、アン、ブレットと僕の四人が車を使って参加した。三日間の会議の二日目がわれわれのプレゼンテーションの日だった。そのため会議日程の初日は移動日となった。僕以外の三人はキティーの車を走らせてストーニーブルックからポートジェファーソンまで来て、そこで僕を拾い、そこからフェリーに乗って対岸のコネチカット州ブリッジポートに渡りボストンへ向かった。五時間ほどでボストンのビジネスホテルに着き、男女それぞれ二人部屋に分かれて荷を降ろし、そのあと夕食のためのレストランを探しに賑やかな街へ繰り出した。アンは独身、ブレットはマンハッタンのマンションに臨床心理セラピストのワイフを残し、キティーは夫と三人の娘を置いて、そして僕はポートジェファーソンに奈那子と二人の男の子を残してやって来たから、四人はまるで高校生の修学旅行の気分だったかもしれない。翌日発表がある学会開催地だったが、ボストンの街は、イギリスとの独立戦争の舞台となっているせいか、大勢のアメリカ人ツーリストが集まる観光地としての雰囲気が漂い、僕たちを楽しませてくれた。われわれの論文はアンが発表することになっていたが、そのことから来る緊張とストレスからアンは少しは解放されたかもしれなかった。

　アンの前に四つほどの発表があったが、以前の学術雑誌の多くの報告にも見られたように、アメリカ各地や海外で調査した反核態度や意見、それと関連した変数としての、性別、年齢、教育程度などのアンケート参加者の社会的、人口統計学的な違いの発表、あるいは権威主義（authoritarianism）、国家主義（nationalism）、自己効力性（self-efficacy）、マキャヴェリズム（Machiavellianism：権謀術数主義）、宗教的正当性（religious orthodoxy）、政治的無力感（feelings of political powerlessness）などの個性や社会性と反核態度の相関関係の報告、発表が主なテーマであった。アンの発表は力強く、堂々としていた。話しながら大勢の出席者を等しく見回す余裕もあり、会場は一段と静まり返っているように思えた。何よりも、反核態度と反核運動が結び付いていない、言動不一致の指摘と反核運動が低迷している心理的因子の報告が、他の発表と際立って異なっており、それが聴衆を刺激したに違いない、と僕は思った。それから、アメリカのナショナリズムが反ソ感情によってさらに強められている（r = 0.41, p<0.001）としたわれわれの主張もアンは忘れなかった。レーガン政権の反共政策と中距離核ミサイルの配備政策に見られる「スターウォーズ政策」（戦略防衛構想）がいかに馬鹿げたものであっても、反核運動で政府批判することは憚れる作用が働いていたに違いなかった。

核戦争に勝利者はいない

ボストンの東部心理学会での発表の後、同じ年の一一月、四人は首都ワシントンＤＣで開かれたアメリカ公衆衛生協会（American Public Health Association：ＡＰＨＡ）の第一一三回年次大会に参加した。ストーニーブルックからボストン、そして首都ワシントンＤＣへの道は、地方から中央へ向けた反核リサーチの推進として自然の成り行きだった、と思った。「今度の発表はチョウイチの番だ」、と二人は言った。

ＡＰＨＡは一八七二年にニューヨーク市内の医者たちが設立した全国組織である。当時黄熱病（yellow fever）や結核（tuberculosis）等の伝染病の予防、治療を通して、アメリカ国民と地域社会の健康を推進するための組織づくりと科学的知識の全国民への教育的普及を目指していた。原子爆弾の製造と実験が拡大した七〇年代から八〇年代にかけて、医者たちを中心とする公衆衛生関係者たちの中から、核兵器を公衆衛生の問題として把握、認識する「社会的責任を果たすための医師団」（Physicians for Social Responsibility：ＰＳＲ）が生まれた。米ソ冷戦下の一九六二年のキューバ核ミサイル危機、そして八二年レーガン大統領の核兵器ヨーロッパ配備政策に呼応して、ＰＳＲはその年『人類最後の疫病——核兵器と核戦争から生じる医療的結果』（*The Last Epidemic: The Medical Consequences of the Nuclear Weapons and the Nuclear War*）と題した記録映画を制作、公開した。それは八二年のサンフランシスコにおける年次大会での報告をまとめたものであり、レーガン政府へも届けられた。政府は、アメリカ医師会およびアメリカ衛生協会の医者、看護師、医療関係者に対して次のような質問をしていた——「今、米ソ間で核戦争が起こったとしたら、医者および医療関係者たちはどのようにアメリカ国民を救出できるのか、具体的に答申してもらいたい。政府はそれを基に、核戦争に向けた国民の安全と救済政策を検討、実施したいと考えている」。国民の健康を守り、戦争が起こった場合に敵の攻撃から国民を守る責任のあるアメリカ政府の諮問だったが、当時一九八〇年代、医者および医療関係者たちに共通した答えは、心理学の分野で働き、研究している人々と全く同じ答えだった。

核戦争に勝利者はいない。核戦争が始まったら、地球上のすべての人間の営みは無に帰する。医者であれ、心理学者であれ、エンジニアであれ、百姓であれ、バスの運転手であれ、大工であれ、パン屋やカフェのウエイターもウエイトレスも、会社員も学校の先生も、老人も子供も、金持ちも貧乏人も、アメリカ人もロシア人も、ヨーロッパやアフリカ大陸、アジアに住む人々、政治家もその家族も、家畜もペットも、生あるすべてが破壊され、放射能と長年続く核の冬（nuclearwinter）は新しい生物の誕生すら許さないだろう。救出に最も必要かもしれない医者たちが怪我一つせず生き延びたとしても、治療に必要な薬、輸血用血液、血漿水もなければ、コップ一杯の水どころか、放射能に汚染されていない数滴の水さえないだろうし、外からの救援物資、救援者も期待不可能。数時間生き延びたとしても、次々と押し寄せる核爆発の波に、最初の原爆で一命をとりとめた被爆者たちも目の前に横たわる無数の死者を羨みながら自分の死を待つことになる……

僕の想像力では全く語りつくせぬ核戦争のほんの一端を、一九八二年のＰＳＲのサンフランシスコ学会でニューヨーク市立大学で地域医療を専門とするジャック・ガイガー教授（医師）は、科学的データを駆使して見事なまでに語っていた。「もしきょう、月曜日の午後三時のこの瞬間、一メガトンの原子爆弾が、この学会会場のあるサンフランシスコに落とされたら、どうなるか考えてみよう……」（インターネットで観れるこの記録映画のゾッとするような内容を、粋がって核戦争に勝てると意気込むアメリカ政府の指導者たちが正視できない様子も、ワシントン・ポスト（一九八二年二月一八日付）で読むことができる）。

一メガトンというのは、ヒロシマに落とされた原子爆弾をＴＮＴ火薬に換算して一五キロトンの約七〇倍の威力。科学的データといえども、アメリカおよびヨーロッパ、世界中で核兵器が使われた経験を人類は持ち合わせていない、ヒロシマ、ナガサキを除いてのことだが。医療に携わるわたしたち医者と医療関係者たちは、このヒロシマ・ナガサキのデータ、人類にとって唯一の貴重なデータを拠り所にして、サンフランシスコに落とされた一メガトンの核爆弾の結果を仮定、検討、査定してみようではないか。一メガトンは最大の爆弾ではなく、軍事機密だが今日の米ソ両国は五〇メガトン級の核爆弾を所持していることを念頭に置いてほしい。サンフランシスコの一メガトン核爆発は、ヒロシマに投下された原子爆弾の七〇個分が落とされたと想像してほしい……

核ミサイルが発射されて、最低一五分で目標地に到達、サンフランシスコの人々にはミサイルの着地一五分間前に注意、避難などの警報が発せられる。ヒロシマではこの警報はなかった。目標地の上空六〇〇〇メートルで核分裂爆発が起こる。爆風時速五〇〇マイル以上、秒速にしておよそ二二〇メートルの爆風。爆心地から一・五マイル、五〇〇メートル周囲は建物の完全な崩壊、放射線の閃光、火球の発生、熱線の照射で、一瞬にして七八万人以上が死亡し、三八万人以上が重症の火傷および崩壊した建物の下敷きで重傷を負うだろう。この死者と重傷者の数字は正しく、原爆で亡くなったヒロシマの人口三分の一の死者数と重傷者の数と一致しており、被爆直後に重傷を負った被爆者も数時間後から数日後、長くても数週間を待たずに亡くなってしまうだろう……

爆心地から半径八マイルから一六マイル（五キロから一〇キロメートル）の範囲は建物の崩壊から起こるガラスを含めた破片が爆風で飛び散り、殺傷、火事による被害者の増加となる。原爆から発せられる熱線と熱風の温度は、第二次大戦でドイツのハンブルクやドレスデンの火事場で記録された従来型の高温を数倍も超えたそれで、摂氏八〇〇度（華氏一四〇〇度）に至ると推測される。原爆被害を避け、安全と生存の唯一の手段は核シェルターに退避することだ、と我が政府の高官たちは勧告するが、八〇〇度（C）の環境の下では、核シェルターは炎となって燃え上がり単なる火葬場になってしまうだろう……。きょう、月曜日午後三時にサンフランシスコに落とされる一メガトンの原爆がもたらすシナリオだが、これだけの大惨事を結果する原子爆弾一メガトンにしては、「A Good job」（立派なもんだ）と言わざるを得ない。一発の原爆で人口の三分の一、一二万人を失った大悲劇はヒロシマを除いては世界のどこにも存在しないが、三六〇万人の人口を有するサンフランシスコは、二メガトンの原爆を二つ使うだけで消滅することをわれわれの科学的データは示している……

人の命を助け、ケガや病気から患者を救う医者、医療に携わる人々は、従来型の不幸な戦争でさえその任務を遂行した、少なくともそういう目的を持った医療の仕事に携わってきたが、核戦争はそのような医療行為自体をも否定するものである、とガイガー医師はＰＳＲ学会で語り続けた。医療行為（medical practice）を行うことを人生の目的とするならば、そしてそれが同時に社会的責任を果たすことになるならば、そのためにまず何よりも核戦争を阻むこと、未然に防ぐことによってしか達成できぬという認識と自覚が反核運動に向けられる。「皆さん、核戦争を阻むための様々な活動に参加しようではありませんか」。彼の学会発表は、デモの前のアジテーション（煽動演説）ではなく、地域医療（community medicine）に根差す科学者として当たり前の行動だった、と僕には思えた。核戦争を前提にしてアメリカ国民の被害を防ごう、と見せかける対策作成に参加を求められた現場の医者たちは、この政府の要請に対して強固な反核の意志を持って対抗した。大学院生の僕は未だスズメのヒナ位と自覚していても、社会科学者の卵の意気込みだけはあったから、心理学を修めることで自然で当たり前な反核、社会政治運動に参加する、その態度を維持したかった。同じ院生のアンもキティーもそうだった。

ＡＰＨＡ学会の演壇に立った僕の報告は、アンと同じように、アメリカ国民の大多数が反核の立場を持っているが、それに比べると反核運動が極めて少ないと疑問を投げかけ、様々な反核運動参加に結び付く要因、言動不一致に介在する心理的な潜在要因を提示した。われわれの携わる社会科学としての心理学は、会場の皆さんが専門とする生化学としての医学・医療ほどの効力には及ばないかもしれないが、人々の幸福と平和な社会建設を目指す共通理念を果たす社会的責任を有する、と僕は自分たちのデータから得た科学的知識の内容を具体的に話した。しかしながら、全米に広がる伝統あるAPHAの年次大会にしては、僕たちの発表の場となった部会は参加者が少なかった。朝九時半からという開始時間が早かったのか、核兵器・核戦争と公衆衛生の関連が未だ緊急課題とはなっていないのか、あるいは僕たちが焦点とした言動不一致、「認知的不協和」がAPHAの中にも起こっているのか、ワシントンDCという首都の政治的プレッシャーを反映したものなのか、発表しながら僕は気になっていた。「社会的責任を果たす医師団はリベラルで左派だけど、アメリカ公衆衛生協会はそもそもが保守的だからね」とワシントンDCを後にした車の中でブレットは呟いたが、僕以外の二人の大学院生はそれに同意していた。アメリカのそういった組織に馴染みのない日本人は、一九六〇年代の東京大学で始まった医学部のインターン制度反対運動を思い出し、アメリカも日本も同じかもと納得した。

「認知的不協和」説明のための四つの因子

ワシントンDCから戻って来てからの二、三カ月間は、計画しながらも後回しになっていた仕事に取り掛からねばならなかった。中でも一番重要な博士論文提案を書き上げることに専念した。修士論文とセカンド・イヤー・プロジェクトから生まれた疑問、政治運動における暴力とイデオロギーの関係を解明し、非暴力の政治運動を提案。反核運動リサーチから出てきた「認知的不協和」(cognitive dissonance) を説明する四つの因子――政治的無気力感、ナショナリズム、反ロシア感情、核兵器に関する知識――をどう反核運動に結び付けるか、その政策の具体的な提案。この二つのいずれかを、日米両国の異文化の視点から考察していくことができれば、特異な博士論文になるんじゃないか、と考えていた。博士論文顧問のブラメル教授によれば、博士号に値する博士論文は二つの特徴が要求された。一つは、その研究が誰も取り組まなかった分野でユニークであること、言い換えれば、彼もしくは彼女がその分野・研究で第一人者のアカデミックな貢献をなした、あるいはなしうるという実績を生み出したこと。もう一つの特徴は、多くの学者・研究者の仕事を発展させる過程で、新しい生産的な貢献を生み出した実績を認められた、変数か因子の発見か研究方法のユニークな展開を生み出したこと。いずれの特徴も想像するだけで、気の遠くなりそうな、手の届かないようなものに思えた。

デナは一九五〇年代後半のスタンフォード大学の大学院生で、「認知的不協和」という社会心理学で最も著名な理論の一つを打ち立てたフェスティンガー博士を論文顧問とした。彼は、精神科医フロイトの精神分析学の中から自我防衛機制 (ego defense mechanisms) の一つ「投影」(projection) という概念を取り出し、科学的には存在が証明できないと考えられ、物議を醸した「無意識」という概念の存在を実験で証明した（博士号Ph. D.を授与されたデナの博士論文のprojection実験が、アメリカ心理学会の学術誌に載っていて、それが社会科学の心理学界で大きな議論となったことは今日でもＡＰＡ（アメリカ心理学会）の月刊誌で読める）。フェスティンガー博士の院生だったデナを論文顧問とした僕は、「認知的不協和」の理論を介した反核運動のリサーチをテーマにした論文提案にかなり乗り気だった。とにかく論文提案を書き上げようと学術誌を漁っていた時、国際政治心理学界（International Society of Political Psychology）の年次大会がオランダのアムステルダムで開催されること、そしてその発表論文の応募要項が目に入った。三〇〇語以内の論文アブストラクト（概要）だけが求められていたから、応募してみようという気にさせられた。三〇〇語前後の概要だったら、たぶんこれが博士論文提案のイントロ（序論）になるだろうし、国際学会の審査に落ちても、論文提案の序論になるのであれば一石二鳥だと、虫のいい我田引水的な考えが頭に浮かんだ。もし幸運にも応募にパスし、オランダに行けたなら、ストーニーブルック、ボストン、ワシントンＤＣ、オランダとリサーチの国際性が認められることになると、胸が高鳴った。こうなると一石三鳥ではないか（!?）。

リサーチのペーパーを基軸にして国際学会に行くとなると、まず一緒に仕事をしてきたアンとキティーに相談しなければならなかった。彼女らに異議がなければ、ブレットは出来上がったペーパーをセカンド・イヤー・プロジェクトの時と同じように、チェックし磨いてくれこそしても、反対するはずはないと僕には思えた。ストーニーブルックにやって来て以来、彼は僕の「先生」というよりも一緒に仕事をしてきた「同志」だったという仲間意識があった。

「僕たちの反核ペーパーを書き改めて、国際学会で発表したらどうかな?」という僕の提案に、「えっ!?」という驚いた返事がすぐアンとキティーから返ってきた。突然の提案に意表を突かれ答えに窮したというよりは、「ワシントンDCの発表が終わって一息、溜まった仕事をやり始めたばかりなのに、何を言ってんのよ、チョウイチは!?」といったニュアンスの返事だった。それは、APHAの年次大会で発表を終え、週明けにオフィスに戻ってきた時の僕の気分と全く同じものだった。二人の返事の抑揚に応じて、二言三言話を続けたはずなのだが、何を言ったのかは覚えていない。二、三分も経たないうちに僕は自分のオフィスに戻った。博士論文に忙しい時に、余分なことをするべきではなかった……。

突然、二人が一緒に僕の部屋にやって来たのは、国際学会論文を諦めようと考え直していた時だった。アンは言った、

「オランダに行きたいんだったら、あなたはその学会に行くべきよ」

キティーが続いた。

「アンもわたしも博士論文で忙しいけど、チョウイチは国際政治心理学会に行った方がいい。わたしたちの反核リサーチは他の国々の人たちも知るべきだと思う。あなたのオランダでの発表をわたしは支持するわ」

「ブレットに話してみた?」とアン。

「まだ話してない……」

「彼は今、テニュアーのことで頭がいっぱいだから、ほんとにタイヘン。でも、ブレットも絶対あなたを支持すると思うよ」

嬉しい二人のオフィス訪問だった。オランダの学会に向けて良い論文を書こうと決心した。ニューヨーク市立大学機構ジョン・ジェー刑事司法大学で設立された「社会的責任を果たすための心理学者」組織に参加して二年あまり、四人で協力してやってきた反核リサーチを彼らを代表して国際学会で発表するという論文提案はいかにも大きな挑戦だった。

しかし、発表論文を書く前にブレット・シルヴァースティン助教授の准教授昇進と終身在職権(tenure)申請を支持する手紙を大学長宛てに書かなければならなかった。この二つの申請を拒否されたジムが大学を去った後、ブレットも失うことは僕自身が心理学部の社会から拒否されることと同じだと思った。

国際政治心理学会に受理されるかどうかも分からぬ反核論文応募の締め切り日を気にしながら、急がれる博士論文提案のテーマを考え、院生用コースのクラスに出席、学部生コースのティーチング・アシスタントとコマック高校での日本語コース授業、週末はハッケンサックの日本語補習校の仕事。ブレット支援の手紙が最優先事項であったが、書こうと机に座ってもなかなか効果的な手紙は書けなかった。大勢いる中で一人の院生の手紙がどれほどの意義があるのか僕には心もとなかった。臨床心理、生物心理、社会心理、発達心理、産業・組織心理、認知心理、健康心理、神経心理など、一五を超える学術領域から統合された心理学部教授会の審査会で審査、評価、決定があり、そこからCollege of Arts & Sciences（芸術と科学の統合カレッジ）のDean（学監・学部長）に送られ、彼もしくは彼女の審査、判断、決定が次の大学機構上部審査会で再度諮問、そこでの審査結果が副学長室に届けられ、彼もしくは彼女の判断を経て学長へと送られ、学長の承認が最終決定となる。こんな複雑な決定過程を思うだけで、僕は気落ちしてしまった。「Publish or Perish」（研究論文の出版の多少が昇進と終身在職権の是非を決する）が本当なら、教授会がそれを基にブレットの昇進・テニュアーを決定するわけだから、学位も実績もないヒヨッコ大学院生が書いた手紙など審議に値するものではないだろうと、もう諦めてしまおうかと思った。

受理される可能性は少ないとはいえ、オランダの学会論文書きはブレット支援の手紙書きよりも、幾分可能性があるとも思えた。「核武装に反対だけど、反核運動には参加しない」というような、政治的に無力な自分を見た……。これは自分自身の「言動不一致」の実例に違いなかった。反核リサーチを一緒にやってきたブレットを失いたくはなかったが、彼を助けるには僕はあまりにも無力だった。ただ長い時間座っているだけで、ノートには書き出しのアルファベットの一語すら書かれていなかった。

ブレット・サポート・レターを書く代わりに、締め切りの迫っていたオランダ学会の論文概要を書き始めようとしたが、こっちの方もペンは走り出さなかった。壁の地図を見た。行ったこともないオランダはロングアイランドの先端、モントークから大西洋を渡ったヨーロッパにあった。日本に行くよりもずっと近いが、自分の国にも一〇年近く帰っていないと思うと何かやるせなさを感じた。たった三〇〇語前後、一ページの概要も書けない情けない自分の目の前に、オランダとモントークの間に広がる大西洋の大海原が横たわっていた。国際学会だから、アムステルダムの会場にはアメリカだけでなく他のいろいろな国からの参加者が大勢いるだろう、ひょっとしたら日本人もいるかもしれないと想像すると、未だ会ったこともない人たちに僕たちの反核リサーチを話してみたいと気分が高まった。同時に、リサーチを指導してくれたブレットを絶対失ってはならないという思いが以前よりも高まった。ここからはよく覚えていないが、次の一週間で僕はなんとか二つのことをやり遂げていた。学会に応募するアブストラクトを締め切り日ぎりぎりに書き上げ、他の必要な書類とともにノルウェーの首都オスロの大学に郵送した。学会はオランダのアムステルダムで開催されるが、戦争と平和に関する分科会はオスロ大学のマッカーソン博士が運営していた。ブレットを支援する手紙はシングルスペースで八枚近い手紙になったが、それを学内郵便に投函するのではなく、ジョン・マーバーガー学長室に行き、秘書に直接手渡した。

「個人主義と国家主義――反核運動への参加を妨げる心理的障害」

一九八六年六月オランダで開催予定の国際政治心理学会の第九年次学会へ応募した論文のタイトルは、「個人主義と国家主義――反核運動への参加を妨げる心理的障害」である。三〇〇語前後の概要で、僕はこのアメリカ国民の言動不一致の社会政治現象を、心理学で言うフェスティンガーの理論「認知的不協和」を使って説明し、全世界共通となる反核政策を提示した。

（一）一九八〇年代初め、アメリカ国民の大多数八〇％を超える人々が、レーガン大統領のヨーロッパへの核兵器配備に反対意思表明をしたが、様々な反核運動に参加したのは一〜二％、ほんのわずかな人々だった、と多くの報告がある。心理学上の観点からすると、人は自分の言動不一致、態度や意見と行為が一致しない場合、心理的な不快感を感じ、精神的安堵を求めて、だいたい三つの典型的な態度・行動変化を見せるものである。一つは、態度や意見と一致するように行為・行動を変化させる。二つ目は、反対に、行為・行動を維持して態度・意見を変更する。三つ目は、自分の態度・意見または行動と同じ態度・意見を持つ仲間・他人を求める（social support）。例を挙げれば、タバコを吸う人が、タバコを吸う人は癌になると言われると、タバコをやめるか、または、タバコを吸いながら喫煙は癌と直結しないという情報を探したり、自分の周囲で喫煙しながら長生きした人を例にタバコをやめないか、あるいは、パーティーなどの集会に参加した時は、タバコを吸わないグループよりはタバコを吸っている人がいるグループに参加する。

（二）私たちのリサーチも他の報告と同じように、アンケート返答者たちの多くが反核態度・意見を持っていたが、反核運動に参加した人たちは少数だった。私たちのリサーチの極めて特異な点を報告した。反核態度・意見を持った返答者たちを、反核運動に参加した人々と参加しなかった人々に分け、二つのグループで何が違うのか、言い換えれば、反核態度・意見を持ち反核運動に参加した（言動一致）グループと反核運動に参加しなかった（言動不一致）グループを分離したと思われる心理的要因、因子を探した。統計学にある、Factor Analysis（因子分析方式）を採用して、データの分析をすると四つの要因・因子が見つかった。国家主義、反ソ連感情、政治的無力感、そして核兵器に関する知識（またはその欠如）。

（三）アメリカ人の愛国・国家主義と反ソ連感情の二つは、お互い強力な相関関係（r = .41, p <0.001）にあり、今日の米ソ冷戦下でのアメリカ人のソ連に対する強列な敵対感情を表している。心理学的に話せば、強い反ソ感情はアメリカ人の強い愛国・国家主義の表れであり、自国の愛国、優越感は反ソ感情の鼓舞と相通じる。また、政治的無力感が増せば増すほど、人は強さに憧れ、強い指導者、さらには強力な国家の権力と力強さに自分自身を同一化する心理作用が現れる。愛国・国家主義と反ソ感情は、政治的無気力な人々が反核態度・意見を持っていても、ソ連も、核兵器を持ってアメリカと敵対している米ソ冷戦下では、自国政府の核戦力政策に反対する行為・行動を慎み、控え押し込める作用が働くと思われる。さらに核兵器に関する知識が全くないかわずかな人々にあっては、たとえ核戦争や核兵器への恐怖があっても、反核（自国政府の核政策に反対）の政治的な活動・運動に参加するのを躊躇うだろうと推測された。それ故に、

（四）反核態度を持つ人々を反核運動へと導き推進する政策、活動は、国家主義と反ソ主義のイデオロギーと闘うことであり、核兵器を持つ国々、アメリカ、ソヴィエト社会主義連邦、英国、フランス、中国、パキスタン、イスラエル、その他世界に暮らす地球上のすべての国々の人々はいかなる戦争も拒否するために、インターナショナリズム（国際主義）の理念を推し進め、平和のための教育、核兵器、核政策の知識も含めた広い意味での平和教育を推し進めることが何よりも重要である。

学術論文で政府批判や政策を発表することは一種のタブーであることは承知していた。アブストラクトの（四）は、アン、キティー、ブレットの四人のリサーチの結果報告というだけでなく、反核運動参加へ向けた僕自身の積極的な運動拡大の方針発表であり、一心理学者としての社会的責任から出たものだった。PSR（「社会的責任を果たす医師団」）のガイガー医師は、「核戦争が起こった場合に、どのような医療政策を準備、用意すればアメリカ国民を被爆災害から救えるか」とレーガン政府から諮問され、「核戦争を起こさないこと」以外に医療政策はない、医者たちにとっては、核戦争を止めることが医療行為に先行されねばならないことだと提唱した。核戦争のない世界でしか医療行為は果たせないという、核戦争を公衆・地域医療（public, community medicine）の観点で捉えた発言だった。心理学者の卵になりつつあった僕も、核戦争のない世界であって初めて心理療法も成り立つということには同感だった。大学院のクラス、「異常心理学」（Abnormal Psychology）の教科書の中でも、著者のプリンストン大学臨床心理学教授ロナルド・J・コマーは、「あらゆる心理障害の一番の治療は、その予防である」と言っていた。平和とは戦争のない状態ではなく、むしろ戦争を予防する普段の活動行為に他ならないのではないか。

ブレットを支援する僕の手紙も、大学教育の持つ社会的な責任をテーマにして、彼の日々のティーチングに焦点を当てた。ブレットは学術雑誌へ多くのリサーチ論文を寄稿してはいなかったが、彼のティーチングは日々の心理学教室で多くの学生から人気を得ていた。学生たちに言わせると、「ドクター・シルヴァースティンは優秀なリサーチャー（excellent researcher）というよりもむしろ素晴らしい教師（great teacher）」であった。「Publish or Perish」のみに昇進とテニュアーの基準を求めるのではなく、教師というのは日々の教育現場でどれだけ多くの学生を、積極的で参加型の学びの若者たち（active and participative learners）に育て上げたかが大いに評価されるべきであるというのが僕の信条だった。学生が大学を出て社会の一員になる際、自分個人の人生と同時に社会的な責任も果たしていこうとする人生を目指すのは、受動的な学習よりは能動的な学習を修得していることが必要だと考えていた。それは、一九六〇年代の京都で大学生活を送った僕自身の体験から来ていた。

一般教養心理学の二〇〇人以上の大クラスを受け持つブレットであるが、彼の講義が広いレクチャー・ホールでなされた後、二五人から三〇人前後のリシテーション・グループという少人数のクラスに分かれる。そこで学部生とティーチング・アシスタントが教授の講義を基に質疑応答や討論会が行われ、講義や教科書の内容について相互理解を深める機会が持たれる。さらに、試験はマルバツ方式や複数の選択肢のマルティプル・チョイス・テストではなく小論文テストの書式方式の試験が課され、採点はティーチング・アシスタントの指導の下、同じクラスで選ばれた学生たちが行った。言い換えれば、「学生たちによる学生たちのための心理学クラス」であり、学生たちの積極的な参加を通した心理学学習修得クラスと呼べた。アメリカの三番目の大統領トーマス・ジェファーンの言う「民主主義と教育は一緒に育つ」を実践する教育学の真髄の一つの表れと言ってよかった。

僕はストーニーブルックに来て以来、ブレットと共に学び共に反核リサーチを行い、大学キャンパスからボストン、そしてワシントンDCへと大学の外の社会へ研究報告の場を広げてきたことなどを手紙の中に書き加えた。ブレット・シルヴァースティン助教授の准教授への昇進とテニュアーは、彼の熱心なティーチングと授業方法に対する褒賞というよりはむしろ、ストーニーブルック大学とその学生たちの将来にとってきわめて有益なものとなるだろうことを学長に訴えたかった。おそらく、ティーチングよりリサーチが重要視され、ほとんどの学部生が一生読むことがないであろう学術誌への論文掲載数などを目安にブレットの評価がなされ、彼のストーニーブルックでの教職の去就が決定されることになるのかもしれない。最終決定がなされる直前に学長の目に留まり、彼の評価につながることを願った。僕は書き上げた手紙を学長室の秘書に直接手渡したが、学内の手続きを踏まず、よって決定機関に携わる関係者たちの仕事に敬意を払わぬ不遜な行為をなした自分の非を認めないわけにはいかなかったが……。

二つの仕事が終わると、僕は博士論文のための研究テーマ提案作成に取り掛かった。オランダの国際学会もブレットの昇進とテニュアーの問題も僕から離れてしまって、もう手の届かないものになった。結果がどうなるかは、最低五、六週間は待たなければならない、それまでに博士号に向けて論文テーマを書き上げたかった。ストーニーブルックに来てからの三年間、ニューヨークに来てからのアメリカ生活はユタ、オレゴンの生活とはどこか違った変化に刺激を受けていた感覚があった。二人の子供も大きくなり、間借り人が一緒ではあるが一戸建ての家に移り住み、院生ながら母国語を使って日本人の子供たちとアメリカ人の高校生たちに日本のことを教えることのできる二つの教職にも就けた。心理学部の同僚の院生たちとわれわれの教師・教授との反核リサーチはストーニーブルックから始まり、ボストン、ワシントンＤＣへと広がり、さらに大西洋を越えてヨーロッパに届くかもしれない機会を持つことができた。日本海の孤島、隠岐の島で生まれ育った僕は日本海を渡って内地にやって来て、高校から大学へと進学した。一九六〇年代後半の京都の大学生活はヴェトナム反戦と日本政府の戦争加担に抗議する学生運動に明け暮れた日々であった。勉強どころではない環境に加え納得できぬ様々な事件もあり、結局僕は大学を卒業せず、サラリーマン生活を四回も転職しながら続け七〇年代を過ごした。自分自身が選択した行為ではあったが、不甲斐ない生活は雨雲の立ちこめた空の下でのそれであり、雨雲を突き破って雲の上に出なければもう進みようもない将来の人生の分岐点を迎えていた。そして雲の上を飛び太平洋を越えアメリカに渡った。ユタ、オレゴンで学士と修士を終え、アメリカ大陸を横断してニューヨーク、さらに大西洋も越えてオランダに行こうとしている旅は学生時代から続くもの、いや隠岐の島から続いているものなのかもしれなかった。長い旅の終わりが最後の学位博士号で、反核リサーチをオランダで発表できれば、そこからまた新しい始まりが見えてくるかもしれないと感じながら論文テーマ作成に取り掛かった。

ノルウェーからの手紙

一九八六年の四月初め、ノルウェーから突然手紙が届いた。当落の知らせにしてはちょっと早すぎると思った。国際政治心理学会への応募原稿に不備な点があったのかと恐る恐る開封した。博士論文テーマの原稿書きで忙しいから、今になって書き直しなどと言われても注文に応じられる時間はないし、それとも学術論文に反核運動方針などを書くというタブーをあえてやってしまったからダメだったのか……。外国郵便用の薄い手紙を開けるのは大変気が重かった。ところが、応募原稿が受理されたという最初のパラグラフを見て、重い気分が一遍に吹っ飛んだ。読み返しながら、嬉しさがこみ上げてきた。もう二枚のレター用紙には、会費、ホテル代、食事代等諸経費、そしてホテル予約の連絡先などの案内が記されていた。受理の返事は飛び上がるほど嬉しいものだったが、何度か読み返すうちに、学会日程四日間の費用の全額が二〇〇〇ドルを超えることに気がついた。そこには参加者の飛行機代などの旅行費は含まれていない。最寄りのケネディ空港からオランダのアムステルダムまでの国際線往復切符だけでも最低一五〇〇ドルはするだろうから、すべて込みで四〇〇〇ドル近くなる。それを用意するのは家族持ちの貧乏院生にはとうてい無理だった。費用捻出の手段を考えると論文テーマ提案書きも一旦停止に追い込まれた。一石三鳥などと馬鹿な思い付きをした自分に呆れ返り、それが惨めさを深めた。

オフィスを出て家に戻って、日常生活にパッと光が差すこの良いニュースを伝えようとも思ったが、それに付随した多額な出費のことを考えると話を切り出すことはできなかった。出費の算段ができた時まで黙っていた方がいい、しばらく経っても、褪せないニュースなのだから、とひとまず考えた。

金さえあればオランダに行けるが、金の都合ができなければ学会での発表ができない。せっかくの機会が失われてしまうと考えると二、三日何も手につかなかった。思いあまった僕に突拍子もない考えが浮かんだ、学長に金の無心をしてみたらどうだろうかと。ストーニーブルック大学では、ノーベル賞受賞者で核物理学博士のC・N・ヤング教授が教鞭を執っていたし、マーバーガー学長自身が物理学者であり、科学と社会政策の統合に向けて学界とアメリカ政治の中心、ワシントンDCを行き来しているとは聞いていた。ブレット支援の手紙を直接学長室に届けることはしたが、面識は全くなかった。しかしその長い手紙の中で、反核リサーチと反核政策が人類にとってどれほど重大か、そしてそれを院生の僕たちと共に作業するブレット・シルヴァースタイン助教授の功績を称えておいたから、社会科学としての心理学もまた政治・社会政策に貢献しているブレットの役割も学長は知ってくれたに違いないと期待した。論文顧問教授のデナ、心理学部長のD・ケーリッシユ教授、さらにその上へと、指揮系統の連絡網（chain-in-command）を通じて学会費用を無心するのが常識であったであろうが、一介の院生の頼みごとが学長まで届くはずもないと想像すると、大学組織の常識の配慮に欠けたとはいえ、やぶから棒で突拍子もない「直訴状」となった。無謀な直訴状を手に持って、学長室のあるビルへと歩を運び、エレベーターに乗り、学長室の受付にいた前回と同じ秘書に手渡した。

翌日昼過ぎ、産業・組織心理学の分野である「労働の心理学」（Psychology of Work）のクラスからオフィスに戻ってくると、オフィスを共有しているトムが「電話だ」と言って受話器を渡してくれた。クラスで討論が盛り上がった「ホーソン効果」（Hawthorn Effect）について考え事をしていたから、手渡された受話器に面食らい一瞬たじろいだ。受話器の通話口を右手で押さえて、「誰から？」と彼に訊くと、「学長室からだ」と返事。ふさいだ手を外し、電話に出た。電話の相手は女性で、マーバーガー学長が会いたいと言っているとのことだった。僕は受話器を戻すと、昼食も食べずに学長室へ向かった。

「ミスター・ヤタニ、君の手紙を読んだ。しかし、テニュアーと助教授から教授への昇進はわたし一人では決められない。シルヴァースティン助教授の昇進とテニュアーは君の心理学部教授会でも う決定がなされた。残念だが、彼の昇進と終身在職権はあらゆる観点から審査され、その結果に基づいて否決された。人文・科学部のニューバーガー部長も心理学部会の決定を尊重し、彼らの判断を支持した。わたしがそれらを覆すことはできそうもない。君の手紙は、長い手紙だったが、楽しく読ませてもらった」

〝I enjoyed your long letter...〟と言われても、ブレットの職が維持できなければ何ら意味がなかったから「ありがとうございます」の感謝の言葉も返せなかった。五月からブレットは失職してストーニーブルックを去るのだと思うと、僕はいたたまれなくなり、学長室を出ようと立ち上がった。

「シルヴァースティン助教授の件は君にとって良くない結果だっただろうが、君の国際学会出席の費用はなんとかできると思う」

そう言いながら、僕の目の前で、彼はテーブルの上の電話から心理学部長のケーリッシュ博士と人文・科学部長のニューバーガー博士をそれぞれ呼び出した。話をしたというより、指示したと言っていいほど事務的な口調だった。

「わたしの部屋に今ミスター・ヤタニがいる。われわれの院生の一人だ。彼の論文が国際政治心理学会で受理され、今年の年次大会でオランダに行くことに決まった。こういった発表はストーニーブルック大学にとっても名誉なことだと思うから、学会参加費用を出してサポートしてやってくれ」

突っ立ったまま電話を聞いていた僕は思わず軽く会釈をして学長室を後にした。大学が学会費用を出してくれることにきちんとお礼の言葉を述べてから立ち去ればよかったが、立ったままの僕は改めて椅子に座り直すほどの勇気がなかった、と思う。ブレットについての悪いニュースに失望した直後、自分にとって良いニュースが聞けたことで喜んで椅子に座り直すという不遜さには耐えられなかった。学会費用捻出を大学の指揮系列を無視して直接学長に頼むという横柄な行為に続き、費用を賄ってくれた学長に感謝の言葉もきちんと言えなかった重ね重ねの失礼ぶりを後悔しながら、僕は何とも言えぬ複雑な感情を抱えながらオフィスに戻った。

　夕方家に帰って良いニュースの前に悪いニュースから切り出した。

「ブレットの昇進と終身在職権はダメだったよ」

「ほんとに（!?）、やっぱりテニュアーをもらうのは大変なんだ。日本の大学とは大違いだね、アメリカは（!）」

　ブレットのことはあんまり知らない奈那子も、まだ院生でしかない僕の将来に訪れる厳しい挑戦を思ってか少し怯えた響きのある応答だった。

「リサーチの論文が心理学の国際学会に受理されたよ。ブレットやアン、キティーたちとやってきた例のリサーチ」

「すごいじゃない（!）、いつ、どこで（?）」

「オランダのアムステルダム、六月終わりから七月初め」

「みんなで行くの（?）」

「僕一人でいく。発表論文はみんなのリサーチを基に、僕が一人で論文書いて応募した」

「どうして（!?）」

「ブレットは職探し、キティーもアンも博士論文で忙しいらしい……」

「一人で大丈夫（?）、外国だったら費用も掛かるでしょう（!?）」

「費用は全額大学で出してくれると、マーバーガー学長が言っている」

「それなら助かるけど。でも一人だけで大丈夫（?:）、ほんとに（!?）」

夕食時、僕のオランダ行きの話は奈那子が持ち出した。母親の話を聞いた二人の子供は少し驚いた様子だった。「オランダはどこにあるの？」と訊いてきた長男のソーラに、「モントークから広い海の大西洋を渡るとヨーロッパという広い大陸にあって、そこにあるのがオランダ。チューリップがいっぱいあるところで有名な国だ。船で行くんじゃなくて飛行機で飛んで行く」と答えた。三人の会話に四歳になったばかりの幼い次男のウイは、会話の内容が全く分からなくてもいつものニコニコ顔で夕食を楽しんでいた。

「核時代のアメリカ個人主義」

オランダに行く前に仕上げようと決心していた論文テーマ提案の原稿が出来上がったのが五月の初め。「核時代のアメリカ個人主義」（American Individualism in the Nuclear Age）とタイトルを付けた。五月の半ばに期末試験が終わると、学生たちは夏休みに入り、学生たちのいなくなる大学は広いキャンパスに高い学舎だけが立ち並ぶゴーストタウンみたいになってしまう。夏のアルバイトを求めて試験後大学を離れる学生たちと同様、ほとんどの教授たちも学会参加の準備や、日頃のティーチングなどの「雑用」（〝publish or perish〟とは言っても〝teaching or perish〟とは言わない！）で集中できないリサーチに没頭した。学術研究を主目的にするいわゆるリサーチ・インスティチュート（research institute）の大学では、教室での期末試験を取りやめ、レポートに切り替えて夏休みに入る教科も多かった。その場合、学生も教授たちも一週間早めに夏休みに入れることになり、両者にとって都合の良い処置・結果となった。それ故、論文テーマ提案を夏休み前、試験期間の始まる前に卒論審理委員会メンバーに手渡す学生が多かった。ユタ、オレゴン、そしてストーニーブルックと三つのアメリカの大学を経てきた僕においても、五月の初めに論文テーマを博士論文審査委員会メンバー候補の先生方に手渡すことは優先事項だった。

論文テーマを構成するキーワード（key words）やキーフレーズ（key phrases）は、オランダの国際政治心理学会への発表論文を書いたことで以前よりも鮮明になり、博士論文の輪郭構築にも大きな手助けになったと感じた。反核態度と反核運動、反核態度と反核運動の言動不一致に介在した四つの因子（国家主義、反ソ感情、政治的無気力感と核知識またはその欠如）、言動一致、認知的不協和、アメリカ個人主義と国家主義、戦争と平和あるいは平和のための戦争（⁉）、暴力としての戦争と平和のための暴力（⁉）、日本とアメリカ、日本の個人主義と国家主義……、これらを書き並べ、積み重ね、並べ替え、重ね替え、熟考していくうちに見えなくなっていくものと新たに見えてくるものがあった。また何かを付け加えると、想像力が働き、思考の領域が広がり始めた。四〇ページを超した「核時代のアメリカ個人主義」を五部コピーした。自分の専門分野である社会心理学の分野から二人、心理学部以外の人文・科学分野を含めて最低四人以上のメンバーで構成される博士論文審査委員会の教授たちに配られる分だ。とりあえず三部を論文顧問のデナ・ブラメル、彼と共著の多い社会心理学のロナルド・フレンド、そして社会心理学領域ではない臨床心理学者で名の通ったボブ・リーバートの三人の教授たちにそれぞれ渡し、夏休み中に読んでみてほしいとお願いした。

その翌日、期末試験に向けて勉強している時に電話が鳴った。リーバート教授からで、「君のペーパーを読んだ。ちょっとオフィスに来てくれないか、話がある」という内容だった。四〇ページを超えていた論文テーマ提案を、試験期間中の忙しい時に読んでくれたことは有り難かった。手渡してからまだ丸一日も経っていない速さで読んでくれたことに対して驚くとともに、暴力問題を扱うテレビ番組や子供の暴力に関することで有名な発達心理学・臨床心理学者による論文批評を期待して一階下の彼のオフィスに足早に向かった。

「チョウイチ、君の論文提案（thesis proposal）は心理学じゃないよ」

開口一番ボブはそう言った、挨拶も全くなしに。

「これは心理学のペーパーではないってことだ」

唖然としている僕を見て、同じことを繰り返した。教授が学生を睨みつけていた。偉い先生が心理学が何かも分からぬ生徒を叱咤しているような雰囲気があった。

「心理学ではないっておっしゃいますが、ストーニーブルックに来てからのこの四年近く、僕はずっと心理学を勉強してきました。それが心理学ではないとは、いったいどういうことですか？」

「この長い博士論文テーマ提案は、文学であって心理学ではないということだ」（"It's literature, not psychology."）

　頭の中が真っ白くなって、クラクラしてきた。「どうもありがとうございました」と礼を言って先生の部屋を後にした。それは感謝の「ありがとう」というよりは、全く雲の上にいた偉人に対する皮肉めいた、開き直りの「ありがとう」だった。それから自分のオフィスではなく、論文顧問のデナの部屋に向かった。ドアをノックすると期待通り「入りなさい」という返事が聞こえた。初めてこのストーニーブルックに来た三年半ほど前、到着の挨拶をしにこの部屋を訪れた時、中から男性の声で「入りなさい」という返事があり、びっくりしたことがあった。オレゴンにいた頃からずっとデナは女性だとばかり思っていたのだ。それ以来いつも聞こえてきた、落ち着いた優しい声に少し安堵して部屋に入った。

「今リーバート教授の部屋から戻ってきたところです。昨日配布したリサーチ提案書を読んでくれていて、コメントをもらいましたが、『これは文学であって、心理学ではない』というものでした」

「心理学じゃない、文学だとボブが言ったのか？」

「そうです。何を言われているのかさっぱり理解できませんでしたが……」

「そうか。実は君のペーパーはまだ読んでいないんだ。期末試験の採点付けが終わったら、読み始めるつもりだ。文学と言ったのか。そうか……」

「もう一度読み直して、リーバート教授の言った意味を考えてみます」と言って僕はデナの部屋を出た。オランダの学会の件もあるというのに、何でこんなことになったのか、訳の分からぬボブのコメントを反芻しながら自分のオフィスに戻った。

文学に心理学は含まれると思うが、心理学は文学とは違う。どこが違うかと言えば、文学はフィクションだが、心理学は科学の分野である。心理学は社会科学であってフィクションではない。社会科学は物理学や生物学などの自然科学（ハードサイエンス）ではない。社会学、政治学、宗教学や人類学などを含めた、一般に言われるソフトサイエンスの中にカテゴライズされるのが心理学である。ハードサイエンスとソフトサイエンスの違いは何かと問われれば、前者は測定、数量化できるが、後者はできない、もしくはでき難いことだろうと僕は考えている。地球やそこに住む人間を含めた動物や植物を自然科学者、ハードサイエンティストたちは研究してきた。彼らの功績は地球の成り立ちから人類の発展までの解明を目指し、その真実を理解、尊重するわれわれの多くは彼らの功績を神のごとく崇めている、絶対的な真実だと。もっとも、ハードサイエンティストたちは神の存在／不在など興味がないらしく、その証明にも関心がないらしい。

心理学者たちは、証明できていない神、彼もしくは彼女の存在を信じる人々を含めた人間の生と死を探求してきた。自然科学上の生物として誕生してくる人間が政治、経済、社会、宗教などありとあらゆる経験を経て死に至るまで、「人間の行動と精神・心理過程」の測定、数量化の不可能な限りない時間と空間（time and space）を生きて来、生き続ける存在を探求するのが、ソフトサイエンスとしての心理学である。文学はクリエーティブな想像力を醸し出した創作行為であるが、心理学は人間の測定・数量化できる行動と観察できぬ精神活動とその両者の相互関係を具体的に説明しようとする学問である。人の心や感性については、測定や数量化が極めて困難な領域だが、その領域こそが人間の人間たる特色でもあり、文学に似たクリエーティブな想像力が求められるのかもしれない。しかし、「君のリサーチ提案ペーパーは心理学ではなく文学だ」というボブのコメントは、行動心理科学者には到底受け入れられぬ代物だといった風の非難を感じた。

ボブに叱咤された夜、ユタ州立大学のチェニー教授の夢を見た。カール・チェニーに見込まれて、実験室に隣接していた小屋でハトやポッサムの世話をしながら、アプレンティシップ（弟子見習い）として時々学部生のハトやネズミの実験にも立ち会わされた。実験中ミスを犯した学生たちから問われた質問に、日本から来たばかりで英語もろくに話せなかったアプレンティスは、適切な答えが見つからず学生たちをイライラさせ、不満を告げられたチェニー教授は彼らの前で僕を怒鳴ったこともあった。実験こそが科学としての心理学の研究方法で、その手順を怠った僕を怒った彼の顔色は分かっても、英語による悪口はよく分からず、あんまり気にならなかったことも思い出した。ユタの思い出は懐かしかったが、ボブのコメントはかなり堪えた。論文テーマ提案に実験とその手順がなかったことが、文学と言わしめたのだろうか。反核運動リサーチの実験、どのような実験か、その実験手順は……。科学的な実験の手順は、仮説の設定（set-up a hypothesis）から実験作業そして結果、結果の査定から仮説の是否を導き出す。その結果が事実、良し悪しや研究者の主観を交えない真実なのだ。平和のシンボルのハトを戦争の好きなハトにすることを可能にする実験については、その仮説は僕でも立てられる。実験をするかしないかは僕の意思決定によるけれど……。「ヒロシマ」は人間の人間による人間のための存続を無にする自然科学の力を証明した。二度とあってはならない人類の存続を否定する「実験」が三日後ナガサキで再び行われた、ヒロシマの証明を再確認するがごとく……。決して正当化できぬ二度の意思決定をしたアメリカ大統領は、三度目を承認するだろうか。三度目の結果を確認するアメリカ大統領もアメリカ人という国民も、科学者たちも、誰もいない人間という種の存在しない宇宙は、文学で可能でも、心理学では……？　もしや、反核というテーマは文学で云々することで、心理学のテーマには相応しくないということだったか？

期末試験が終わって、六月下旬のオランダ行きまで日にちがあった。家族で借家の下にある七〇坪ほどの野菜畑を耕し始めた。ロングアイランドの春は五月中旬でも北海道の南部辺りぐらい肌寒いが、陽が照ると野菜作りができた。ポートジェファーソンの小学生になったソーラと大学の保育園に行き始めたウイは二人とも魚釣りと野菜作りが好きだったから、五月に入ると野外活動が活発になり、週末は四人一家で動き回った。もっとも、子供たちは六月中旬まではアメリカの学校と保育所に行き、土曜日はいつもと同じで日本語補習校があり、奈那子もベビーシッターの仕事があったから、期末試験が終わって夏休みに入った僕だけが解放された気分を味わっていたのかもしれない。トマトやキュウリ、ニンジン、ナスなどの野菜を育てていたが、この年は、黄色い花が咲くらしい珍しいオクラの種も植えた。オランダから帰ってくる時の楽しみが増えた。

第二章　アメリカに「好ましくない」外国人（An Undesirable Alien to America）

一週間のアムステルダム学会旅行のはずが……

一九八六年六月二九日の早朝、ロングアイランド鉄道を使って、最寄りのポートジェファーソン駅からマンハッタン行きの汽車に乗り、ジャマイカで乗り換えケネディ空港に向かった。二人の子供を抱えた奈那子に車で空港まで送ってもらうには何かと面倒が多すぎた。玄関でバイバイする笑顔の壮良と宇意の肩に手を置きながら、「元気で。ちゃんと帰って来てね」とちょっと心配そうな顔つきで、奈那子は言った。「たった一週間だから、心配いらない」と僕は答えたが、結局オランダから再び家に帰ってくるまで五〇日以上かかることになってしまった。そのうち四四日間、アメリカ連邦拘置所に身柄を監禁されてしまったからである。「不正にヴィザを収得し、アメリカ政府を暴力的に転覆しようとする共産主義者か、テロリストか、もしくはそのメンバーである」という容疑でブラックリストに記載され、海外追放の処置が執られていた。アメリカのユタにやって来、オレゴン、ニューヨークと九年近く学生を続けながら、奈那子と二人のジャパニーズ・アメリカンと一家を築き、貧しくとも真面目に暮らしてきた僕は、全く身に覚えのないことで、海外追放の危機に直面することになった。

五日間にわたる国際政治心理学会が終わった翌日の七月七日月曜日、朝一番にアムステルダムのアメリカ大使館に行き僕は新しいアメリカ入国のヴィザをもらった。アメリカ暮らしが長いといっても、日本からの外国人である僕が再びアメリカに入国するには、新しいヴィザが必要だった。アメリカ大使館の係員は二、三事務的な質問をしたが、笑顔で手続きの書類に目を通し、ヴィザを発給してくれた。パスポートと大学が発給してくれた学生ヴィザF - 1の申請状を見れば、僕がこの九年間アメリカに来てユタ、オレゴン、ニューヨークと勉強を続け、一度も日本を含めて外国に出た記録はなく、アメリカからオランダに来たことは一目瞭然の事実だった。「アムステルダムへはどうして?」と問われ、「国際政治心理学会で研究発表がありました」、「ここから、直接アメリカへですか?」、「イエス。日本によらずにまっすぐニューヨークに帰ります。そこに妻と二人の子供が待っていますから」、と答えてニューヨーク行きTWA815便のチケットを差し出した。「では、安全でよいフライトを」と女性大使館員はヴィザのハンコを押したパスポートとTWA便チケットを僕に返してくれた。

アメリカ大使館を出た僕は、飛行機の出発まで三時間ほど時間があるのを確認して、アムステルダムの中心街までタクシーを走らせた。七月七日は奈那子の誕生日だったから、彼女へのプレゼントを探した。あんまり時間がないのに気に入ったものが見つからず、イライラしながらあっちこっち急ぎ足で探し回った。半分諦めかけていた時に目の前に花屋があるのに気づいた。抱えきれないほどの花束がたったの四ドル五〇セント。ニューヨークで買えば八〇ドルはするだろう豪華な花々。子供たちにはすでに買っていた好物のチーズを、妻にはこの豪華な花束に決めた。急いで購入し、再びタクシーに乗り込んだ。

トランス・ワールド航空の８１５便が定刻通り午後一時四五分に飛び立った時、オランダに来て初めて疲れを感じた。時差を考慮すると、ケネディ空港には午後の四時に着陸の予定で、そこから一時間半もあればまだ明るいうちに自宅に帰れると思うとすごく嬉しかった。三人にオランダの土産もあるし、五、六時間寝ていればアメリカに着くと考えるだけで、旅行疲れも心地よかった。

オランダに向けて出発する際、ケネディ空港に着いて最初にしたことはお金の両替だった。長年使ってきたドル紙幣をオランダ紙幣ギルダーに替えた。かつて日本を旅立つ時、日本円をドル紙幣に替えた羽田空港を思い出した。あれはもう一〇年近く前のことだ。一万円出してもたったの三〇ドルくらいしかもらえなかった貧乏な国だった日本の留学生……。奈那子の母親と共同で買い一緒に住んでいた建て売り文化住宅を売却し、そこから経費を工面した一九七七年のアメリカ行きだった。ユタへ来たのは二年間のアメリカ滞在を見込んでの海外留学だった。あれから、ユタ、オレゴン、ニューヨーク、そしてオランダまでやって来た。そもそもは、ちょっと英語ができるようになって日本に帰れば、塾で英語を教えるか、英語力を必要とする会社などで仕事が見つかるだろうという期待を込めての留学だった。これからニューヨークに帰ってストーニーブルックで博士号がもらえたら、日本の地方のどこかの大学で非常勤講師の職があるかも、などと考えた。

反核リサーチの発表は悪くなかった。直後に行われた一〇分間の質疑応答でも交流ができ、すべての質問、コメントに気持ちよく対応できた。何よりも気分が良かったのは、ほとんどの参加者たちが話す英語に独特の訛りがあったことだった。世界共通語の英語は素晴らしいコミュニケーションの手段だが、みんなそれぞれに訛りがあり、アメリカでは僕一人だけが訛っていたことを思うと涙が出るほど嬉しかった。

日々の分科会に行っても、アメリカ人の発表者以外はみんな訛っていた。それぞれのセッションが終わると、質疑応答中に気の合った人同士や発表者をとらえて少人数での会合や立ち話が持たれた。時にはそこにコーヒーやティーが持ち込まれ、交流は発展し住所や電話番号の交換なども行われた。僕の発表があったセッションでは、夕方川べりのレストランでパーティーが催された。一五人近い主席者たちの集いで、各々が自己紹介をした時、僕の二人隣のカップルがジョンとサリーだと名乗り、ちょっとした驚きの声が上がり、拍手も起こった。その時は理由が分からなかったが、その後、出席者たちと話をしながらハイネケンを飲んだり出された料理を食べていた時、ジョンがハーヴァード大学病院の精神科医で、サリーが奥さんでソシアル・ワーカーの仕事をしていると分かった。

ジョン・マックといえば、六〇〇ページに近い『心理学と核戦争防止』(*Psychology and The Prevention of Nuclear War,* 1986) の「序論」と第一章の「核の脅威がもたらす心理効果」の著者であり、僕はすぐに核の脅威が幼い子供たちと思春期の子供たちに与える心理効果について書かれたこの論文のことを思い出した。この本は三年前ニューヨークの市立大学で行われた「社会的責任を果たすための心理学者」結成集会のテーブルで見つけ購入し読んでいた。三五名に上る精神科医、心理学者、政治学者、社会学者によって書かれたこの本は、アインシュタインの言う「原子核の解き放たれた力はありとあらゆるすべてを変えた、比類なき大惨事に向けて彷徨うわたしたちの考え方を残して」歩む人類の未来に向かって生まれたバイブルのようなものだった。バイブルは答えではなく、答えを見つけるためのものだと思うのだが、二〇〇〇年経った今も答えはなく、たぶんさらに二〇〇〇年経っても答えは出てないだろうと思う。「アーメン」で終わる讃美歌も、説教も、聖書読みも、祈りも、「その通り」、「そうであってほしい」と願う行為であり、答えそのものではない。敵を倒し平和を勝ち取るために作った最大無敵の威力を持った核兵器は比類なき大惨事――ありとあらゆるすべてが破壊された人類の歴史の終焉――を結果させても、世界平和に向けた答えになることは決してない。核戦争の「防止」(prevention) とは、戦争のない世界に向けたありとあらゆる行為・行動をいう。そのための本として、この『心理学と核戦争防止』は僕にとっては反核リサーチを続ける上でバイブルとなった。

パーティーの席だったから長い話はできなかったが、ジョンが二年間日本に行っていたことを聞かされた。戦後の一九五九年から六一年までの二年間、アメリカ空軍の看護兵（medic）として日本に駐屯し、ヒロシマにも行ったとのことだった。「世界平和と緊張緩和」の分科会で発表した僕が日本人だったことが契機となったのだろう、ワイフのサリーを紹介されてハイネケンでカンパイし、ちょっとした日本の話で初対面の緊張がほぐれた。

嫌な予感

周囲のざわめきで目が覚めた。ちょっとは寝たらしい。ニューヨーク上空に入ったようで、乗客が一斉に窓の方を向き、追従した僕にもマンハッタンが見えた。「自由の女神」に象徴されるアメリカのニューヨークに入ったことで、外国だったオランダから一週間ぶりに自分の国に着いた実感が湧いてきた。窓から見えるロングアイランドには、奈那子と壮良と宇意が待っている自宅がある。

着陸と同時に思いがけなく大きな拍手が沸き起こった。スチュワーデスたちも抱き合って小躍りしていた。このはしゃぎぶりは、ほんの三カ月ほど前の四月初めに起こった、TWA爆破事件の記憶があったからだろう。ロサンゼルスを飛び立ち、ニューヨーク、ローマ、アテネを経由してエジプトのカイロに向かう予定だったTWAの国際便が、アテネの上空で爆発し死傷者一二人を出した事件だった。機体に穴をあけたまま二〇分ほどでアテネ空港に緊急着陸したが、着陸が遅れていたら、それこそ大惨事になるところだった。スチューワーデスたちのはしゃぎぶりも乗客たちの拍手ももっともなことで、拍手こそしなかった日本人の僕には、このような欧米人の無邪気さが羨ましく思えた。僕も含めて、日本人はもっと感情を表に出していい。

百数十人を乗せたトランス・ワールド航空機は一般の国際線到着ビルではなく、TWA専用のTWAビルに着いた。一斉に降り支度にかかる乗客に倣って、僕も頭上のキャビネットからショルダーバッグと大きな花束を取り出し、列に加わった。

「ハッピー・バースデー・トゥー・ユア・ワイフ！」

チーフ格のスチュワーデスが微笑んで見送ってくれた。ありがとう、と僕は丁寧に頭を下げて機外に出た。パスポート・コントロールの窓口に向かって歩きながら、頭を下げて挨拶した自分に苦笑した。アメリカに来て九年、お辞儀をして挨拶する日本の生活からずっと遠ざかっていたからだ。しかし、それ以外に彼女に感謝の気持ちを伝えようがなかった。アムステルダムのTWAのカウンターでアメリカ帰りの切符を見せた際、「機内に花を持ち込むのは禁止されている」と注意されてしまった花束を、特別に許可してくれたのが彼女だった。「きょうはわたしの妻の誕生日。このオランダの花束をどうしても届けたい」という僕の願いに応えてくれたのだ。

僕の番が回ってきて、パスポート検査官のブースに進み出、アムステルダムのアメリカ大使館でもらったばかりの学生F－1のヴィザ印が押してあるパスポート、フライトチケット、税関申告書を提示した。長い列だった割には入国審査の順番は早く回ってきた。目の前で検査官が書類を点検する間、周囲を見渡した。それにしても、日々ニューヨークにやって来る海外渡航者たちはどれくらいいるのだろうか。入国してくる様々な国の様々な顔に比べると、検査官たちの表情は一様で、入国管理官としての真面目さを垣間見る一方で、どこか石のような冷たさも感じた。他の渡航者よりもちょっと長いなあ、と感じて、両手で抱えていた花束を左手だけに持ち直した。と同時に、検査官も分厚いファイルから目を上げた。一瞬何とも言えぬ嫌な予感が走った。表情は変わらないが、彼の視線は鋭く僕を見据えた。しかし、僕自身に問題などあろうはずがない。僕は後ろを振り返った、彼が睨んでいるのは別の乗客ではないかとでもいうように。検査官はすくっと立ち上がって、左手の奥の方を向きながらガラス製らしい分厚いブースの枠を二、三回叩きながら、誰かを手招きした。そして、僕のパスポートと他の書類を赤い紙製のフォルダーに入れ、左向こうの部署に行けと命じた。

やはり機内に花束を持ち込んだのがいけなかったのか？　しかし、あれはＴＷＡが特別に許可してくれたものだし、こそっとではなく公然と他人の目に晒して運んできた。僕は検察官が指さした部署に向かって歩きながら、アムステルダムの街角の花屋、タクシーの中の自分の仕草、スチュワーデスとのやり取り、機内での出来事、そして到着からパスポート・コントロールまでの行動、あらゆることを思い出していった。そして何ら責められる不審な行為などしていないと確信すると、先ほどの嫌な予感は遠のき、今度は逆に無性に腹立たしくなってきた。ここで三〇分手間取ると、久しぶりの一家団欒に間に合わなくなってしまうではないか。七歳の長男の土産にオランダの特産チーズを買ってあった。待てよ、もしかするとチーズも生ものだから、税関申告書の国内持ち込み品目の中にあった欄にチェックマークを記入しなければならなかったのか？　いや、チーズは加工品であるから、違法ではないはずだ、それでは一体何が……、などとあれこれ考え始めるとまた少し不安になり、その分ショルダーバッグが重く感じられた。

指示された部署に入ると、そこはかなり広い部屋だった。二〇を超える椅子が並び、五、六人の入国者風の男たちが座り、横では小さな子供を抱きかかえた女性が立ったまま何かを待っていた。正面は一段高い床になって高さ一メートルぐらいの仕切りが設置されていた。五、六台のコンピューターが並び、制服の検査官たちがそれぞれ業務に携わっている風だった。

ここが取調室か、と感じ、赤い紙のフォルダーを係官に渡した。受け取った後、係員はフォルダーから書類をすべて取り出して調べ始めた。

「何か間違ったことでもあるんですか?」

問題が何であれ二、三分もあれば済むだろうと軽く考え、それまでの不安を打ち消すといった風な意図で尋ねた。

「そこに腰かけて、待つように」

僕の問いを無視して、彼は奥の方に消えて行った。三〇分は待っただろうか、なぜこんなことになってしまったんだろうかと、再び一つ一つ考えては打ち消していった。原因が何一つ見つからないことで、平静さは保っていたが、いつの間にか警備服を着た三人の男たちが僕を見張ってでもいるかのように現れていた。ふと家族のことが気になり、電話を探した。広い部屋の中に公衆電話があるのが確認できた。仕事先で急に用事を思い出し本社に電話をしなければならなくなった会社員のように、僕はその三人の男たちの前に歩み寄り、「家族に電話をしたいんだが」と事務的に尋ねた。一人が何も言わずに人差し指をかざした。かざした方向が公衆電話の方だったので、電話の許可が下りたと思い、そちらに向かって歩き始めた。しかし、家族には、どう話したらよいのだろうか……。

「今、どこ?」

「もしもし」で切り出した僕の電話に、どうしたの遅いわね、といった口調で奈那子が応じた。

「入国管理事務所でちょっと引っかかっている。でも、あと二、三〇分でここを出るから……」

余計な心配をさせることはなかった。二、三〇分もあれば事は片付き、タクシーを飛ばして家に帰れるはずだ。腕時計の針は午後五時半を差していたから、彼らの夕食が終わる頃にポートジェファーソンに着くと思った。夕食は先に済ませていいから、もしかしたらラッシュアワーでちょっと遅くなるかもしれないと、さらに時間がかかることを想定した言い訳も用意していた。

「今、ケネディ空港なのね。じゃ、一緒に夕ご飯が食べられるわね。夕食の時間いつもより少し遅らせるから」

すぐ鼻歌になりそうな楽し気な声に僕も気を取り直し、「じゃあ、あとで」と電話を切ったのだったが……。僕は逮捕され、それから八月二〇日までの四四日間、アメリカ国内にいながら外部とは一切遮断された、暗い「最もアメリカらしくない世界」に閉じ込められることになった。しかも、全く理由も告げられないままに。

電話を切って取調室に戻った僕を、例の取調官が待っていた。彼の横には屈強そうな三人の男たちが立っていた。

「ミスター・ヤタニ、あなたの査問はここではできない。今夜はわれわれの用意するホテルに泊まってもらうことになります。明日の朝九時、マンハッタンにあるアメリカ連邦ビルの中にある入国移民管理局のオフィスに出頭してもらうことになります」

「ちょっと待ってほしい。一体何が問題なんですか？」

「われわれにも分からない」

「冗談でしょう⁉　僕をこのように拘束しているのはあなた方ではありませんか。理由がないまま、こんなことが許されますか⁉」

「われわれにも分からないと、申し上げた通りだ」

　取調官の目は嘘をついているようには見えなかった。しかしそんなことがあるのか、僕には信じられなかった。僕を捕らえた本人が、理由も分からずにそのような行為ができる理不尽さに、僕自身呆れ返った。当の本人の僕も、僕を拘束している連邦政府の入国審査官も理由が分からぬという不測の事態が起きていた。「認知的不協和」と言っていい事態だった。正式なパスポートを持った日本人がアメリカ政府から正式なヴィザを発給され、九年間何事もなく学究生活を送ってきたアメリカに再入国するためにケネディ国際空港に着いた。住居はアメリカのニューヨーク州ロングアイランドのポートジェファーソンにあり、そこで妻とアメリカで生まれた二人のアメリカ人が、夫であり父である僕の帰りを待っている。アムステルダムのアメリカ大使館はそんな日本人のヴィザ申請を精査した後、その学究生活を続ける許可としてのヴィザを発給した。しかし、ニューヨークに着いた僕を拘束し、入国を認めない。拘束した連邦政府機関のイミグレーション調査官は、なぜ拘束し入国を認めないか、その理由は分からないと言った。二つの相反する事実・事態を認識しつつも、その不協和の理由が全く理解できなかった。フェスティンガーの「認知的不協和理論」（Theory of Cognitive Dissonance）によると、「認知的不協和に陥った個人は精神的不快感に悩まされる。そして、その異常な不快感を鎮めようとその個人はいつもの正常な生活を取り戻す行為に従事する」。個人の行動の変化（behavioral change）を解明・説明する精鋭な社会心理学理論の一つである。認知的不協和に陥った二人、僕と僕の詰問に答えられぬ調査官は、不快感に陥ったが、あまりの馬鹿馬鹿しさに笑いそうにもなった。

「あなたは信じられますか、自分の理不尽な行為が？」

このような言い方が、役人に対して極めて失礼にあたるのは承知していた。お上がすることには、いつも正当な理由があり、しかもここはアメリカだった。「理不尽」（unreasonable）というのは、アメリカ人が二番目に嫌いな決まり文句だった。一番目を「共産主義者」（communist）とするならば。

彼はアメリカ人でしかも役人だった。

「ワシントンＤＣからの指令です」

僕の表情に嘲笑を見て取って、ワシントンＤＣからの指令だと答えた。政府の役人の係官は僕を諭すように、指揮系列の下にいる自分の職権を超えていると付け加えた。しかし、彼の答えは理由が分からぬ言い訳だったかもしれないが、空港の一角の取調室が一瞬凍りつき、時間が止まったようだった。何一つ明らかになっていなかったが、「ワシントンＤＣからの指令」という一言は、役人の彼のみならず僕に対しても有無を言わさぬ力があった。

手錠をかけられ連行される

それからどんなやり取りが行われたか、ほとんど記憶になかった。手錠をかけられたまま二人の男たちに連行され車に乗せられた。二人に挟み込まれるようにして座席に座らせられながら、「ミスター・ヤタニ、あなたはプリズナーではない」というあの役人の別れ際の言葉を思い出していた。

車窓から見える街並みは全く見覚えがないものだった。ケネディ空港はどんどん遠ざかっていった。オランダから「自分の国」に帰ってきたばかりなのに、家族と再会する前にまたどこかへ出て行くような感じだった。腕時計は午後八時半を過ぎていた。たぶん家では、夕食が食卓に並べられ、二人の子供と奈那子が、今か今かと僕の帰りを待っているに違いなかった。待ち焦がれている僕を運ぶ車が、どこに向かって走っているのかも見当すらつかなかった。パーティーの主役も、豪華な花束も、チーズも確実に彼らから遠ざかりつつあった。一体全体何が起こっているんだ⁉

車内で僕は黙ったままだった。一言も話さなかった。話すことがなかったわけではなく、何を尋ねても答えは返ってこないことが分かっていたからだ。二人の男に挟まれた僕と運転席の間は金網で遮断されていた。二人の男と運転手はラテンアメリカ系で、時折話をしていたが、酷い訛りのある英語にスペイン語が交じるもので、それが僕をさらに不安にさせた。文化と目的を共有する学会では、訛った英語は話し手の国の多様性、国際性を表し、違いはあっても共同体としての安心感があった。だが車の中の彼らとは共有するものがなかった。「あなたはプリズナーではない」と聞かされてはいたが、両手にかけられた手錠と目の前の金網と訛りのある粗野な英語は、見知らぬところへ連行されるという不安をさらに高めた。こうなった原因は何だったのか、再び、数時間前の過去を必死で思い返した。

アメリカのサマータイム（夏時間）の夕暮れは午後九時半を過ぎてようやく始まるのだが、あっちこっちに明かりが点き始めた頃、車は二階建てのビルの前に着いた。空港の入国検査室で言われた「ホテル」とは似ても似つかぬような建物だった。むしろ工事現場の仮事務所といった風で、立ち並ぶ周囲のみすぼらしい住宅群と比べても際立って怪しげだった。

「おい、何してるんだ。さっさと上がれ！」

急な階段の前でたじろいでいる僕は、怒鳴り声と共に後ろから突き押された。砂と埃の溜まったコンクリートの階段を上っていくと、騒々しい人声が聞こえてきた。

大勢の男たちがたむろしていた。一五、六人はいただろうか。彼らに交じって、二、三人女の顔も見えた。彼らすべてが警備員なのか、全員が僕を連行してきた男たちと同じ制服で身を固めていた。ほとんどの者たちが前のボタンを外し、卑猥な言葉を連発しながら喚き合っていた。濃いブルーの生地、背中と胸にある「Wells Fargo Guard Services」という赤味がかったオレンジ色のシンボルマークは、時々テレビで観たことのある名の通った多国籍金融サーヴィス会社のマークで、そのシンボルマークが彼らの粗野と猥雑さを幾分ぼかしていた。

部屋の隅に押し込まれ、床に座らされ、手錠が外された。僕のそばには五、六人の男たちがすでに座り込んでいた。一見して、ラテンアメリカ系の人たちと分かった。不法入国で捕まったのだろうか。小柄で縮れ毛の髪が黒に近い彼らは、貧相でおどおどしていた。幾人かはうなだれ、幾人かは冷やかに僕を見遣ってすぐまた目を伏せ、別の幾人かはスペイン語で隣の者たちと囁き合っていた。身に着けているTシャツも、半袖シャツも、ズボンも作業服のそれといった風で、ほんの数時間前に乗り合わせたTWAの815便の乗客とは別の世界に住んでいる人たちだった。怯え沈んでいる表情に痛々しさを感じた。他人のことなどにかまけている場合ではなかったのだが、彼らの中で、スーツとネクタイ、磨いた革靴でこれからパーティーにでも行くのかと思わせる豪華な花束を抱えた僕は、いかにも場違いに違いなかった。

床に座り込んだ僕に、向こう側から多くの視線が注がれているのに気づいた。制服の警備員たちはほとんどが黒人で、ラテンアメリカ系の男たちが二、三人交じっていた。僕を見た彼らは、それぞれ、カードゲームを一旦やめ、ラジオから流れるハードロックから耳を離し、ダンスの足を止め、抱擁の手の動きと愛の囁きをやめた。警備員にとっても、僕は場違いだったのだ。何人かは僕に視線を移したまま、電話の乗っている机に陣取る男に話しかけていた。その男が主任格だったのだろうか。話の内容は聞こえなかった。そしてまた、彼らはトランプを再開し、ロックの音楽で踊り出し、手を相手の腰に回し、くちづけを始めた。薄暗い部屋でうごめく警備員たちに規律などないことに少し恐怖を感じた。そして、僕もまたおどおどして怯えている側の男たちの中に入り込んでいった。二つの膝頭を抱え、俯き、もう一度自分自身を立て直そうとして、腕時計を見た。午後一〇時を過ぎていた。空腹を覚えた。

一一時近くになって、五、六歳の男の子を連れたアラブ系の母親が連行されてきた。男の子は怯え、不安で瞳がひきつっていたが、泣かずに耐えていた。僕は自分の息子たちを思い出し涙が出そうになった。なんといじらしい男の子か。そんな男の子を連れた母親が、なぜこんな場所に連れてこられる羽目になったのか。何人かの警備員の男たちが、好色な目つきと卑猥な言葉で彼女にちょっかいを出し始めた。主任格らしい一人が「手を出すな」と喚いた。

部屋を見回すと、階段の昇り口を挟んで、七、八メートル四方の部屋がもう一つあり、そこに僕たちと同じように押し込められた小さな集団があった。三歳ぐらいの女の子を連れた母親と、その母親らしい老婆がスペイン語で話していた。眠そうな目つきの女の子は僕の次男とそっくりだった。彼女らは一晩中ここにいるはずはないと感じた。三人が一晩過ごすには、状況が悪すぎた。アメリカでこんなことが起こっているとは信じられなかった。これからどこへ連れていかれるのか？　この女の子は夕食を食べただろうか？　父親はどこだろう？

一一時半を少し過ぎて、警備員たちの動きが活発になった。「不法入国者」の僕たち一人一人に手錠をかけ、どこかへ連行し始めた。結局、空港の入国管理事務所で告げられた「今夜の夕食」の約束は果たされそうもなかった。空腹と悔しさが重なり、惨めな気分で何とも情けなかった。

再び車に乗せられ半時間ほど走って、サラトガホテルに着いた。屋上のネオンサインは壊れており、中に入るまでそれがホテルだとは気づかなかった。真夜中の零時一〇分、六階の続き部屋に押し込まれた。警備員七人、囚人のような僕たちは五人で、ベッドは三つ。手錠は外されたが、ズボンと靴は脱がされ、それらを入れたピローケースを一人の警備員が持ち去った。「逃亡よけ」なのだろう。

疲れ果てていた僕はすぐにでも眠りたかった。ベッドで他人と寝るのは好まなかったから、床にごろ寝とばかりに倒れ込んだ。その途端、テレビが点けられ、ラジオから音楽が大音量で鳴り出し、七人がコカコーラの栓を開けて、狂ったように歌い踊り出した。「静かにしてほしい、騒がしくて」と頼むと、「お前たちがここに無事でおれるのは、俺たちが守っているからだぜ。お前ら、誰かにぶっ殺されても、文句も言えない身分だ！」と恫喝され、さらに卑猥な暴言を浴びせられた。明かりが点けっぱなしのホテルの部屋で、騒ぎは朝四時半まで続いた。

「あなたは共産主義を信じますか？」

六時半に目が覚めた。ちょっとは寝ただろうか、疲れはあったが僕の精神状態は普段のそれとさほど変わってなかった。ただ、「朝九時半にマンハッタンの連邦入国管理事務所に出頭するには、六時半には起床しなければならない」と、昨夜から頭の中で繰り返していた。朝食も摂らなければならないし、道路の混雑を考慮に入れれば、ここを七時には出発しなければ間に合わない。ゆっくり寝ている時間などなかった。しかし、誰一人起きていなかったし、起きる気配もなかった。

六時四五分、電話が鳴った。モーニングコールだったらしい。ベルが一〇回近く鳴って、やっと一人の警備員が受話器を取った。二言、三言話し、すぐ鼾をかいてまた眠りに入った。七時一五分、また電話が鳴った。しばらくして受話器が取られ、二言、三言会話が交わされ、また元の静寂に戻った。ここにいる人々は、普通の人々の日常生活とはかけ離れていた人々たちであったと言ってよかった。

七時四五分過ぎ、また電話が鳴った。僕はたまりかねて、「警備員のみなさん、起きる時間じゃありませんか⁉」と声を発した。ケネディ空港の取調室から出て、たぶん初めて出した声だった。とにかく、こういう無責任な連中のせいで約束の時間に遅れ、そのことでオランダからの帰国をフイにするのはまっぴら御免だった。電話当番から「オーケー」と返事が返ってきたが、全く起きる気配がなかった。僕は立ち上がって、ネクタイを締め直し、上着の裏ポケットの所持金とクレジットカードを確かめ、床の上に腰を下ろした。履くズボンはなく、空腹だった。

八時二、三分過ぎ、ここに泊まったらしい警備員たちの責任者らしい男が、ドアを蹴破るようにして入ってきた。「起きろ！」「起きろ！」「起きろ！」と喚きながら、一人一人の毛布やシーツを剝ぎ取って回った。八時二〇分、全員が階下に降りた。しかし、僕たちの列はホテルの食堂などではなく、玄関前の護送車へと向かった。そして、再び昨夜のビルの二階へ連れて行かれた。

「きょう朝九時に出頭するように申し渡されたが……」

僕は出頭時刻を三〇分早めに偽って、主任格の警備員に尋ねた。もうすでに九時だというのに、マンハッタンの連邦ビルまではここから一時間以上かかるはずだった。「分かっている、心配するな。分かっている」と彼は僕を宥めた。

九時半、再び手錠がかけられた。朝食にはとうとうありつけなかった。今朝の手錠は昨夜よりも固く、重かった。護送車の中で、右手の手錠が外され、もう一人の「プリズナー」の右手にかけられた。たったそれだけのことで急に親しみを覚え、どこから来たか、と尋ねると、彼はカリブ海の国、ハイチからだと答えた。僕はオランダからアメリカに帰って来た日本人だと伝えた。

午前一〇時半、僕はハイチの彼と共に連邦ビル一三階の入管裁判所に着いた。なぜに裁判所に連れてこられたか皆目理解できなかった。プリズナーではないし、犯罪も犯していなかったはずだった。手錠の相棒が小便を催して、連れションになった。小便が終わって戻る途中、相棒が一緒についてきた警備員に、「電話をかけさせてほしい」と頼み込むと、幸運にも許可が下りた。このチャンスを逃さず、僕も同じ願いを発したところ、許可がもらえた！　ポートジェファーソンの家にコレクトコール（料金受信人払い通話）をかけた。

「もしもし！」

「どうしたの⁉」

僕の声を聞いて奈那子は一瞬息を止めたようで、それっきり声が途切れた。空港からの僕の電話の後、家族三人は夕食のテーブルを囲んで翌朝まで何時間も待っていた。今、昼の一二時少し前。空白を埋める説明が必要だが、それは僕にも理解のできぬ空白だった。「元気だ。何か誤解があるらしい。心配いらない。今、裁判中だが、事がハッキリすればすぐ帰る」というようなことを伝えただけだった。警備員の手招きで、僕はすぐ電話を切らねばならなかった。奈那子には気の毒だが、家族のことを考えている余裕はなかった。判事に事の次第を説明する論旨をまとめるのが先決だった。

法廷に戻ると、中にいた警備員が僕を指さし「こいつはここじゃないぞ！　二階の入管事務所へ連れて行け！」と、連れションに付き添ってきた警備員に向かって喚いた。ハイチの相棒から手錠が外され、また僕の右手に戻ってきた。長い廊下とエレベーターを乗り継いで二階に降り、その階にある入国管理事務所で二時間半待たされた。昼食も逃がすことになった。もう丸一日何も口にしていなかった。

午後二時半、僕はオフィスの中の小さい部屋に召喚された。取調官はP・プレッグスと名乗った。彼は毅然とした態度で、僕に椅子に座るよう指示した。これまでの警備員たちとは違う雰囲気に安心し、昨日空港に着いてからこれまでの待遇がいかに粗野で無礼なものだったか不満を述べた。アメリカに着いてから食事も一切摂らせてもらえなかったことも忘れなかった。「それには全く同情します」と彼は答えた。そして、「この問題を速やかに解決するために、質問に正直に答えてほしい」と丁寧な口調で付け加えた。

氏名、生年月日、国籍、現在の身分、オランダに行った理由、そして学会旅行の出費の出どころ、学会で会い交流した人々の名前、アムステルダムでの行動など。嘘を言ったり、正直に答えない理由などなかった僕は、事実をそのまま的確に答えた。

「ミスター・ヤタニ、あなたは共産主義を信じますか？」

彼は自分の発した質問を和らげるかのように軽く微笑んだ。目の前の二メートル近いがっしりとした体躯の役人が表情を崩し「共産主義」と言ったことで、何かが咄嗟に僕に警戒心を起こさせた。

「どこの国の『共産主義』を言っているのですか？　ユーゴスラヴィアの？　キューバの？　それともソヴィエト・ユニオンですか？」

別にプレッグス氏を茶化したわけではなく、学者の卵として大学の講義で常々その違いに言及してきたからだ。

「僕が日本で学生だった頃、大学生や教授たちの多くがマルクスを読んだはずですし……」

「あなたは、共産党に入党したことは？」

僕の問いに答える代わりに、プレッグス氏は質問を変えた。

「ありません」

「本当に？」

「ノーです」

「ジャパニーズ・レッド・アーミーを知っていますか？」

「はい、知っています」

日本の赤軍派のことを言ったのであろう。

「そのメンバーではありませんか?」

「いいえ、違います」

「正直に言ってくださいよ、ミスター・ヤタニ」

「その事実はありません」

「あなたは逮捕された経験がありますか、ある種の政治活動で?」

いよいよ核心に入ってきた、と直感した。彼は幾分身体を前に乗り出してきた。昔、と言っていいのだろうか、二〇年も前のヴェトナム反戦運動であった様々な出来事が、目まぐるしく頭の中を駆け巡った。

「ヴェトナム反戦運動のデモの際、逮捕されました。日本全国で何千人という学生たちが逮捕されました。当時、あなたの国もそうだったでしょう」

戦争反対運動での逮捕——それがどうしたというのだ。しかも、もう二〇年も前のことではないか。彼は僕についてどんな情報を持っているのだろう。

「どうして逮捕されたか、その時の様子を、もう少し詳しく話してもらえませんか?」

僕の供述を記録しているペンを持ち直して、取調官プレッグス氏は質した。

今になって僕の置かれている状況は、TWAの機内に持ち込んだ花束やチーズのせいなどではなく、極めて政治的な理由によるものであることがはっきりしてきた。彼はもはや単なる入国審査官ではありえなかった。しかし僕はそのことに直面しえないでいた。あの当時、僕を含む多くの学生たちの人生観を左右してきた数年間に及ぶ一九六〇年代のヴェトナム反戦運動を、どのように「供述」すべきなのか、僕は混乱していた。その混乱と警戒心が僕に沈黙をもたらした。それが取調官には、僕が何かを故意に隠蔽しようとしているふうに映ったかもしれない。

「なぜ、逮捕されたのかね」

彼はもう一度同じ質問を繰り返した。もう単なる入国検査官ではなくなっているプレッグス氏に、もう黙秘はできないと感じた。疑わしい印象を与えてはならなかった。ここは日本ではなくアメリカであり、僕はもともと九年前から「他人の家に入れさせてもらおう」としてきたのであった。そもそも黙秘する必要もなかった。事実は事実であり、しかもその事実はもうずっと昔に片が付いていたのだから。

同志社大学の学生自治会「学友会」の中央委員長であった僕は、ヴェトナム反戦・アスパック（アジア太平洋協議会）反対のデモを指揮し、社会党の反戦委員会の労働者たちと共に大阪の中央通りである御堂筋を占拠、埋め尽くした。その際、機動隊の警棒でめった打ちに遭い、後頭部に十数針の裂傷を負い病院に担ぎ込まれた。数日間の入院後、大学へ戻ったその日に「騒乱」の責任をとる形で逮捕され、長期の留置、裁判送りとなった。

「懲役四カ月、執行猶予一年が判決だったと覚えています」

供述を記録しながら、プレッグス氏は時々質問を挟んだ。僕にとって逮捕に関する事実は、執行猶予の二年が過ぎた一九七〇年代の初めで、すでに「片が付いた」はずだった。それはまた、あの当時、荒れ狂った全世界で起こった無数の反戦・反政府運動の中の一つの出来事であり、その終結でもあった。二〇年近くも前のことであったが、ほんの昨日のことのようにも思われた。

大阪での逮捕の話が済むと、再びオランダでの僕の行動、そこに至る学究生活、オレゴン、ユタ時代の話まで「供述」が求められた。砂漠のユタで長男壮良が生まれ、オレゴンの田舎で次男宇意が誕生した。七歳と四歳になった子供が今、父の帰りを待ちこがれていると思うとやるせなかったが、検査官に関心があるとは思えなかった。ここまで供述したところで、一言「しばらく待っているように」と言い残し、彼は取調室を出て行った。

入管連邦拘置所の雑居房へ

何も他にしゃべることがなくなったような気分で、楽になった。これで、あと二時間ほどすれば家族の元に帰れると思った。そして、午後四時三〇分、プレッグス氏ではない別の係官らしき人から一枚の紙切れが手渡された。

〝You are temporarily excluded from the United States under Section 235 (c) of the Immigration and Nationality Act...〟（移民と国籍に関する法律第235（c）に基づき、一時的入国許可を退ける……）

一瞬意識が遠のいたかのようにただ突っ立っていると、いつの間にか脇に来ていた二人の私服の男たちが、まだ全文を読み終わっていない僕の両手に手錠をかけた。カチャッという手錠のはまる音で目の前が真っ暗になり、僕はなす術もなく引きずられていった。二〇年間の時空が不意によみがえり、自分が今どこにいるのか分からなくなった。僕の肉体はニューヨークのど真ん中にあったはずなのだが、僕の意識は「アメリカ」にいるとは到底信じられなかった。

車で連れてこられたことは覚えているが、途中の経過は全く記憶になかった。午後六時頃、貸し倉庫のようなビルに着き、エレベーターに乗せられ、三つか四つの頑丈な鉄の扉をくぐり抜け、周囲が鉄格子で囲まれた部屋に入れられた。二人の男たちは僕をそこにいた看守風の男に引き渡すと、すぐ戻っていった。彼らは一言も口をきかなかった。映画で観たナチのSSか、ソ連のKGBを思わせる冷たさを感じさせた。

写真を撮られ、ジャンプスーツ（囚人服）に着替えさせられた。歯ブラシ、歯磨き、トイレットペーパー一巻、タオル一枚、ピローケース（枕カバー）、シーツ、毛布、それから「被拘留者心得」のパンフレットが手渡された。

「飯を食わせてほしい。昨日から水さえもらってない。飢えて死にそうだ」

囚人服に着替えさせられた僕は卑屈になって頼んだ。幾重にも張りめぐらされた鉄格子の向こう側に何が待っているのか知らなかったが、空腹のまま囚房《セル》に送られたくはなかった。とにかく何か腹に入れておきたかった。

何を食べたかは全く覚えていなかったが、貪り食うようにして腹に詰め込んだ（時刻は午後六時半を回っていた、と日記にある）。四、五日してから、「ジャパーン、お前はほんとうにラッキーだった」と、ミスター・エチオピアから言われた。看守の主任格であるオーティスさんがその夜の宿直であったかららしい。南アメリカのコロンビア出身らしい彼女の優しい心遣いで、僕は二人の屈強な看守に両脇を抱えられながら、あと数分で閉まるところだった食堂に連れて行かれ、食べ物にありつくことができた。彼女には本当に感謝したかった。

食事が終わったところで、囚房生活用品一式が再び手渡され、二人の看守に囚房の中まで連れて行かれた。廊下を歩いていくと、すでに捕らわれの身である者たちが興味深げに鉄格子の中から「挨拶」を送ってきた。ある者はニャッと笑い、ある者は愛嬌たっぷりに手を振り、またある者は「ざまあ見ろっ」とばかりに中指を突き立てた。風貌から察する限り、多くの者たちはヒスパニック系の男たちであり、その中に黒人やアラブ系の顔が交じっていた。アジア人の顔は見つけられなかった。首から下は全員お揃いのオレンジ色のジャンプスーツで、そのことで国は違えど共有する何かを感じさせた。

腕を摑んできた看守の一人に肘を引っ張られ、自分の囚房に来たことが分かった。そこは雑居房だった。鉄格子の内側に、七、八〇名の男たちがやはり同じオレンジ色のジャンプスーツを着け僕を見ていた。

「何をやったんだ？」

出迎えてくれた数人のうちの一人が訊いてきた。

「何もしちゃいない」

「オーヴァーステイ（滞在許可期限切れ）か？」

オーヴァーステイなんかだったら良かったんだけど……。

「ヴィザは一九九一年まで有効だ。あと五年ある」

「書類を見せろ」

先ほど取調室で渡された一枚の紙切れを、彼らはひったくるようにして僕から取り上げた。僕の罪状を詮索して小さな騒ぎが起きている間、僕自身は寝床をこしらえた。

雑居房には一人用の簡易ベッドが一〇〇個近く並べられ、それぞれマットレスが載せられていた。与えられたシーツを敷き、毛布をかぶせ、隣人と共同使用の小さいキャビネットにトイレットペーパー、洗面用具類を納めた。

「誰かここを出る者がいたら、そいつのを使え」

枕が見つからずキョロキョロしていた僕に、隣人が説明してくれた。誰かが出所して枕が空いたら、それをせしめることだ、と。早い者勝ちだと言われたが、僕は腕力には自信がなかった。

「この『235（c）』というのは何だ？」

「僕にも分からない」

「お前、何で捕まったのか自分で分からないのか⁉」

理由が分からないはずはないだろう、と質問した本人が、クソッタレ！と僕に毒づいた。他人のことでも、理由が分からぬとイライラするものらしい。

「へーいっ、ヴィンセントを呼べ！　奴なら何でも知っているはずだ」

囚房で「法律家」と綽名で呼ばれるヴィンセントが部屋の奥から現れた。ヘアーカヴァーをして寝ていたらしい顔つきで紙切れを覗き込んでいたがヴィンセントは、やがて頭を振った。

この入管連邦拘置所に捕らわれている者たちは誰でも、自分がなぜ逮捕され連邦拘置に入れられたかよく知っていた。ヴィザを持たぬ不法入国、ヴィザの期限切れ滞在、不法就労、不法滞在の上に犯した諸犯罪。自国の貧困と政治的抑圧から抜け出そうと、「アメリカン・ドリーム」を夢見てこのアメリカに毎日何千何万という外国人がやって来る。往復のチケットが買えないほど貧乏でも、受け入れてくれそうな豊かさに惹かれ、やっと手にした観光ヴィザで永住のチャンスを窺う。「自由の国」には「貧乏になる自由」は決してないと信じながら。ここに捕らわれている人々は、切符を持たずに入国してしまった人たちであり、永住権が取れるずっと前にヴィザが満期になってしまった人たちであり、自由で豊かになるために間違った道に入り込んでしまった人たちだった。

ハイチ、メキシコ、アフガニスタン、インド、パキスタン、ドミニカ、チリ、エルサルヴァドル、コロンビア、レバノン、エチオピア、チェコ、チャイナ、イラン、エクアドル、南アフリカ、ナイジェリア、ペルー、アルゼンチン、ジャマイカ、ドイツ、グアテマラ、ガーナ、カメルーン、ポーランド、ヴェネズエラ、トリニダッド、パナマ、イタリア、ニカラグア、リビア、ヨルダン、ケニヤ、サウジアラビア、コスタリカ……、三日も経たぬうちに僕は五〇カ国を超える「囚人」たちと知り合いになった。この拘置所も「アメリカ」であり、「人種の坩堝」だった。そしておそらく誰もがなぜ捕らわれの身となったのか分かっていた、たった一人僕を除いて。

その一人の「罪」を洗い出そうとしてしつこく付きまとう者たちから離れ、雑居房にある「遊戯場」に置かれた公衆電話に向かった。アメリカの監獄には、遊戯場も公衆電話もあるのだ！コインの持ち合わせが心細かったが、心配している家族に連絡しなければならなかった。奈那子が電話を取ったが、返事が声になっていなかった。僕自身は何が起こっているか分かっていても、何も分からず姿も見せぬ夫の声に胸が張り裂けんばかりだったに違いなかった。この事態に陥った理由はまだ分からず、何をどう言っていいのか戸惑ったが、とにかく用件を二つ伝え、「心配するな。明日帰る」と言って電話を切った。二つの用件とは、事情経過をロン・フレンド教授にすぐ伝えること、留学生相談のオフィスに行き、事務長のリン・モリスさんに事情説明し、大学から弁護士を至急派遣してほしいと頼むこと、である。

毎年、夏休み期間は妻の母親が暮らすフランスのパリで休暇を楽しむブラメル教授は、ポートジエファーソンにはおらず、顧問として最も信頼が置ける彼に援助を頼むことはできなかった。電話をかけ終わってベッドに戻るまで、僕の一挙一動に雑居房の関心が集まっていた。「ここで働いてから一〇年以上経つけど、日本人はあなたが初めてですよ」と、オーティス主任がジャンプスーツの僕に話したことがあったが、みんなの関心が集まるのも日本人としての僕にだろうか。

「ヘーイ、ジャパン。お前は本当に『235（c）』ってのを知らないのか？」

待ち構えていたヴィンセントがまた問い返してきた。先ほどの眠そうな表情は消え、ヘアーカヴァーは頭から右手に移っていた。

「君は入出国管理法について詳しいとみんなが尊敬しているが、『235（c）』というのは知らないのか？」

「クソッタレ！」（〝Damn it!〟）

彼の自尊心を傷つけてしまったのだろうか。ヴィンセントは元の自分の場所へ戻っていった。午後一〇時四五分。疲れてはいたが、なかなか寝付けなかった。本当にすぐに帰宅できるのだろうか。いや、その可能性はむしろ遠のいているのではないか。そもそもアメリカ政府は何を問題にしているのか？ パスポートもヴィザもその他一切の書類は合法で、正当なものだった。学会で発表したのは学術論文であり、政治論文ではなかった。テーマは核を扱ってはいたが、結論はギャラップ調査と大手新聞の国民意識調査の分析から引き出したものだった。オランダへの渡航・滞在費用などは政治団体からではなく、ニューヨーク州立大学から出されていた。学長に要請し、学会への渡航・滞在資金援助の返事をもらったのだ。疑われることなど何一つ思いつかなかった。他に何があるだろう。アメリカ政府が間違いを犯す場合も……!?

〝Nobody is perfect〟。七歳になって少々生意気になった長男は、小言を言って叱りつける僕に対して、「完全な人間などいないよ、ダディ」と諫めることがあった。アメリカ政府だって、いつも完全に正しいとは限らないと思うがそれは大それた疑問でもあった。僕に何か非がある可能性と、アメリカ政府に非がある可能性、どちらが高いだろうか？　もっと分かりやすく、お前の父親とお前の大統領とどちらがパーフェクトか、アメリカ生まれの息子に訊けば、何と答えるだろうか？　オランダでの最終日、「明日帰る」とホテルから電話して以来、二人の息子の声は聞いていなかった。

獄中日記をつけ始める

七月九日から、日記をつけ始めた。理由は明確ではなく、直感と言ってよかった。あるいは、他にすることがなかったからかもしれない。「獄中日記」は短い方がよいと考えていたから、書き始めると出所が早まるかもしれないという理屈にもならない迷信みたいな信仰から来たのかもしれなかった。

初日、六時半起床、ライトが点いた。洗面。起きているのは僕一人。ラジオ体操と腹筋運動、腕立て伏せを五〇回。「ジャパン、おまえはカラテしないのか？」。卓球台に座って暇を持て余していた宿直当番らしき看守数人のうちの一人が問うてきた。空手は見世物じゃないよと格好つけて答えた。「それにしても、ここの便所は映画館の便所より汚いね」と言うと、彼は肩をすくめた。七時半、僕たち囚人の中から食事係として五人起こされた。前もって当番が決まっているらしかった。かすかに朝の陽が窓からこぼれていた。茶色のペンキで塗りつぶされている窓は、品のないステンドグラスのようになっており外は見えなかったが、ラッシュアワーの騒音は遮ってくれなかった。僕はやはりニューヨークにいるのだ（！）。

八時、朝食。パンケーキ二枚、食パン二枚、コーヒー、ミルク、オレンジジュース、菓子パン一個、グラスに一杯の水。出されたものは全部食べた。どれも甘い味つけで、典型的なアメリカの食事だと思った。食事を摂りながら周囲を見渡すと、「囚われた人たち」はみんな疲れた表情で、元気がなかった。

昼前、家に電話を入れた。

「何もしてないのに、逮捕することないでしょ！」

初めて怒りを声にした奈那子に頼もしさを感じた。ややあって、壮良と宇意に受話器が回った。

「パパ、なにしてんの？」「おとうさんはしごとがいそがしいから、きょうもかえれないけど、あしたはかえれるからね」。四歳の次男はただ一言「バイバイ」とだけしゃべった。

「弁護士に会うまでは何とも言いようがないが、困ったことがあったら必ずキティーかロンに相談するように」

「オランダに行かなきゃよかったね」

「家族一緒にこんなふうになるよりはましだよ」

涙ぐんだ妻の後悔を翻す返事にはなりそうもなかったが、それでもそれが僕の精一杯の返事だった。二人の息子たちの声を聞いて、二日前、警備会社の事務所で捕えられていた二人の子供のいたいけな顔を思い出した。

昼食後、弁護士の参考になればと、六ページにわたるアメリカに来てからの履歴書を書き上げた。

紙はドミニカがくれた。しかし、弁護士が現れないまま拘置所の第一日目が終わろうとしていた。

「空のすべては紙で、海の全部がインクだとしても、ここで起こったことはとても書き尽くせはしない」という日記の一節を残したのはドイツ詩人のブレヒトだったろうか？

七月一〇日「入管法235（c）は極めて重大な告発です！」

七月一〇日、午後三時半、弁護士アラン・ストペック氏がやって来た。はたして「救いの神」となってくれるのか。

「ミスター・ヤタニ、『235（c）』は極めて重大な告発です！」

開口一番、僕がどれほど重大な告発に晒されているか説明しようとしていたが、弁護士本人もその重大さに驚いていた。それは、政治活動および政治組織活動によりアメリカ政府を暴力的に転覆し、全体主義国家建設を目指す者たちの取り締まりについて、であった。

「え？　僕が、ですか？」

弁護士が何をしゃべっているのか、真面目に聞くのもバカバカしく感じた。

「何を根拠に、どんな証拠で、そういう告発をしているのですか？」

「わたしの経験と、この政治的法律の常識から言うと、根拠も証拠も明らかにならないでしょう」

「明らかにせず、一個人をこのような処遇にどうしてできるのですか？　ここはアメリカ合衆国でしょ!?　そうでしょ？」

アメリカには法があり、証拠も根拠もなしで一人の人間を裁くことはできない、という思い込みがあった。だから、「アメリカ合衆国」に力を込めて訊いたのだ。

「ワシントンＤＣのファイルは国家機密ファイル（national security file）で、誰も近づくことはできません。〝アンタッチャブル〟です」

「それじゃ、僕はどうなるのですか？」

「弁護士としてできることは、あなたの言い分を文書にまとめ、ヴァーモント州にある入国移民管理局の東部長官に上申することです」

「それで？」

「それで、もし長官が上申を認めれば、あなたはここを出られます」

心理学の研究結果の報告通りであった。良いニュースと悪いニュースがある場合、良いニュースから言うのがアメリカ人で、悪いニュースから言うのが日本人。

「もし上申が認められなかったら……？」

「その場合は、国外追放になります。ミスター・ヤタニの場合は、まだアメリカに入国したことになっていませんから、出国したオランダへ送り返されることになります」

「オランダに⁉　僕はまだアメリカに入国していない？　僕は今アメリカにいますよ。この拘置所はニューヨークでしょ？」

ここで弁護士は初めて笑った。

「あなたの肉体はここにあります。しかし、アメリカ入国に関する法的身分は、そうですな、オランダとアメリカの中間の上空にある、ということになりますか」

　悪いニュースはいつも良いニュースを駆逐する、少なくとも日本人に関する限り。

「アメリカ政府に追放された僕を、オランダ政府は引き受けますか？」

「オランダに知り合いは？」

　弁護士は冗談を言っているとは思えなかった。法的に解釈すれば、僕はオランダとアメリカの空をピンポン玉のように、何度も打ち返される状態にあるということか。そう考えるとどこまでも沈み込んでいくような気持ちになった。

　良いニュースが来るよう期待して、僕は弁護士の指図に従った。昨日まとめた履歴書を元にして、僕は上申書を書き始めた。「ニューヨーク州立大学ストーニーブルック校の大学院で、博士号プログラムで心理学を学び、将来心理学者を目指している院生、学者の卵であり、アメリカで生まれた二児の父親である。二人のアメリカ市民の保護者として、渡米して以来九年間交通違反もしたことのない尊法の良民であり、やがては、祖国日本で待つ両親と義母の許へ帰る意思がある旨」としたためた。法廷を職場としている弁護士の指示に従って書いた上申書は、自分で読んでも僕がこの上ない清廉潔白な外国人であることを思わせた。ストペック弁護士も「気に入った」と笑みを浮かべた。この内容は、政府の告発が根も葉もないことを真面目に述べた紛れもない「事実」だった。ストペック氏も僕も、良いニュースが聞けることを期待した。

「一刻も早く届けるために速達にします。長官の裁断は、七月一五、六日にははっきりするでしょう」

「えっ⁉」

この「牢獄」みたいな所でもう五日間も待つの⁉とショックと落胆交じりの声を上げたものの、郵送、配達、役所の非能率的な業務、多忙な役所の長官、審査、裁断、回送……、ヴァーモント州なら五日間は早いと見なければ、と気を鎮めた。しかし、もし長官が出張とか休暇中とかだった場合は？　牢屋で五日間辛抱するのはいいとしても、もし結果が悪いニュースだったら？　またオランダに逆戻り⁉　目的を達せずして日本に帰る理由は全くなかった。

弁護士と別れて雑居房に戻った僕をミスター・パキスタンが待ち受けていた。

「ジャパン、アメリカの弁護士を信用したらダメだぞ」

諭すような響きだったが、何かにつけて忠告をくれるのも彼だった。入所時も「ここでは、個人の名前を呼ぶのは絶対禁物。国名で呼べ、安全第一だ」と忠告された。

奈那子にコレクト・コールで電話をかけた。「五日間も⁉」と驚き、信じられないと言った。明日にでも僕が帰ってくると期待していた妻は、この件を隣人にも日本人の友人たちにも一切話していなかった。もう五日間、黙っているだろう。その方が周囲に波風が立たないと考えたに違いなかった。何が起こっているのかは僕たちが一番分かっていたが、なぜこんなことになったかは僕たちも理解できていなかった。そんな理不尽なことが、このアメリカで起こっているなんて信用する人がいるだろうか。当事者ですら理由が分からないことが起きているなんて、そんなこと誰も本気にするまい。そんな理不尽なことは絶対に起こらない国がアメリカなんだと、それがアメリカ人たちの誇りなのだから。ここはソ連でも中国でも北朝鮮でもないのだ。

七月一一日　友人たちの支援

七月一一日、朝一番にニューヨーク日本語補習校に電話をし、篠原校長に「カリフォルニアで仕事があり、明日土曜日は出勤できません」と嘘をついた。「来週は仕事できますから、今週は代理の教師を見つけてほしい」と。

エドから電話があった。大学院で同僚のマーサの亭主は、弁護士になるために法律の勉強をしていると聞いていた。入管法についてはニューヨークで第一人者と言われているシルヴァンスキー女史に僕の援助を要請したらしい。「君を助け出すために必要なことはすべてやるから、心配するな」と言ってくれた。ベッドに戻るとすぐに、今度はキティーから電話があり、ハズバンドのボブが差し入れを届けてくれると言った。奈那子に頼んだ下着類や本のことだった。二人の子供の世話がある彼女は外出が無理だった。友人たちの支援がとても有り難かった。

海外留学生相談所のモリス所長に電話をして、昨日の弁護士との会見結果を報告した。大学の方では、マーバーガー学長、ニューバーガー芸術科学部長以下、大勢の人たちがワシントンDCの議員宛てに僕の救出を求めてキャンペーンを始めているとのことだった。一介の院生に国際学会参加費用を出してくれた上に、拘置所からの救出キャンペーンまで支援してくれるストーニーブルック大学には、感謝のしようもなかった。

シャヒー・ザ・パキスタン（数人いるパキスタン人を区別するために、国名の前に勝手なあだ名を付けた）の身の上話を聞いた。一週間前のアメリカ独立記念日に、恋人と「自由の女神」やパレードを見物しようとして玄関を出たところで逮捕されたと言う。「理由は？」と彼に問うと「他人に逮捕の理由をしゃべるバカがどこにいる？　お前だって、しゃべりたくないだろう」とニャッと笑った。「僕は自分の逮捕理由を知らない」と真面目に話すと、「実は、俺も知らないんだ」と、もう一度ウインクした。「俺の保釈金は二万ドルだが、お前のは？」、「保釈金など、額は提示されていない」と答えると、「何だって、保釈金の額も知らないのか」、馬鹿馬鹿しくてお前のような奴とは話もできやしない、といった素振りで肩をすくめた。

肝に銘じておくこと――身の安全のために、ここでは「捕まった理由」を言わない、訊かない、名前は呼ぶな、国名で呼ぶこと。

夕食時、カウンターの向かい側で給仕係のドミニカが、「ジャパン、マイ・ベスト・フレンドよ」と大声で言い、皿におかずを山盛りにしてくれた。ビーフシチュー、スパゲティ、サラダ、缶詰の桃、グリーンピース、食パン二枚。サラダはカップに三杯お代わりした、野菜不足だったから。

夕方、チャイナが一人出所した。噂では保釈金が工面できたらしかった。運良く彼の枕が手に入った。今晩から枕をして眠れる！

七月一二日 「ジャパン」と呼ばれる恥ずかしさ

七月一二日、今朝起きた時、勃起があった。精神復調の兆しか、あるいはここ囚房の暮らしに慣れたか。

昼過ぎ、出身国は知らないが二人の黒人たちが大喧嘩をやらかした。囚房内規則違反で二人とも独房行き。一人は鼻から多量の出血。二つの枕の取り合いが始まった。

日本の両親に手紙を書き、学会の報告。アムステルダムの街並みが写った絵葉書はすでにオランダから送っていた。予定通り夏には一〇年ぶりに家族四人で帰国のつもり、と書いたが、僕がこの手紙をアメリカ連邦拘置所から書いているとは夢にも思うまい。

昨日差し入れのあった一冊、村上春樹訳のスコット・フィッツジェラルド作『マイ・ロスト・シティー』を読み終えた。その中の一節が胸に刺さった。「ああ、われわれは戦闘的な民族だから、世界一になれたんだ」「でも、幸福にはなれなかったわ」——アメリカのことだ（!）。

新聞を読む者はいるが、ここでは本を読む者はめったにいなかった。短ければ一週間、長くても二、三週間でここを出所する人々にとって、本は無縁なものかもしれなかった。朝いつも一番に起床、ラジオ体操、腕立て伏せ、腹筋運動、読書、そして手紙を書き、日記をつけ、逮捕理由不明、保釈金額不明、という新入り「ジャパン」に興味があるらしく、しょっちゅう僕のベッドの周囲には人垣ができた。

昼過ぎ、大喧嘩の後、カメルーンが日本語の「あいうえお」を習いたいと言った。僕の手紙の文字がよほど珍しかったのだろう。一通り「あいうえお」を書き写すと、アフリカ大陸の偉大さを自慢した。

「ジャパン、アフリカに来い。俺が案内してやる。カメルーン山は東アフリカで最高の山だ。サファリもいいぞ。アフリカには歴史と文化がある。アメリカはたかだか二〇〇年、ほんのベイビーだぜ。カナダ、ヨーロッパと歩いたが、ドイツで日本人に会った。ヤツとはメシを食ったり、酒を飲んだりしたが、いいヤツだった。日本人はみんないい人間だ」。僕はありがとうと答えたが、礼を言う必要はあったのだろうか？　「ジャパン」と呼ばれる恥ずかしさは抜けない。ちなみに、遊戯場のテレビは東芝製、房内の監視カメラはソニー製だった。

本の差し入れに対して、ボブにお礼の電話をした。

〝I'm sorry for what my country did to you.〟（わたしの国が君に対してこんなことしてゴメンナサイ）

日本語補習校の主事、金子先生に電話をした。僕の境遇を知らない彼はこう話した。

「きょうの代教は松田先生にやってもらいました。校長先生に、補習校の仕事をやめると言われたそうですが、そういうことはカリフォルニアから帰ってから、改めて話をしましょう」

午後九時五〇分、奈那子に電話をした。二人の子供は疲れてもう寝てしまった、明日は、壮良は友達のジョシュアの誕生パーティーで彼の家へ泊りがけで行く予定、宇意は蝶の蛹《さなぎ》が孵化して大喜びだった、とのこと。

七月一三日　哲学者パキスタンの手相見

七月一三日。拘置所にも土曜日があり、日曜日があった。昨日土曜日は起床時間が八時で、普段より一時間半遅かった。きょうも八時に起床。昨日もきょうも全く静かな囚房。どこも休日だった。

朝から、村上春樹の『羊をめぐる冒険』を読み始めた。二〇一ページにこうあった。「世界に対して文句があるなら子供なんて作るな。きちんと仕事をして、酒なんか飲むな」。僕は世界に対してずっと文句があった。子供も二人作った。大した仕事じゃないが、親子四人暮らせるだけの仕事もしたと思う。酒も時々は飲んだ、それも大酒を。

昼飯までまだ時間があったが、ハイチとドミニカが喧嘩を始めた。掃除当番のハイチがドミニカのベッドの周りを掃除しなかった、とドミニカが文句を言ったのだ。ハイチは、「オレガソウジシタアト、オマエガゴミヲオトシタンダ」と、よくしゃべれない英語で反論した。それから殴り合いが始まった。暇な時は喧嘩が絶えない、それも全くくだらない理由で。

そういえば、朝九時過ぎのことだがエルサルヴァドルが呼び出され、荷物をたたんで出所していった。周囲の者たちは、あれは国外追放（deportation）だと噂した。アメリカ政府に「政治亡命」（asylum）要請を希望したが、当局は受け入れず、彼は内戦の母国へ送り返された。あとを振り返らず、何も言わず、鉄格子の向こうに消えるように去って行った。僕は、彼の向こうに火が見え、泣き叫ぶ女たちや子供たちが見えた（ここは天国か、彼の国に比べれば？）。「ファック・ユー・アメリカ！」。

エチオピアが毒づいた。

夕食時、コンバ・ザ・カメルーンが僕の隣に座った。肉料理だったが、名前は分からなかった。名前が分からぬほど形が崩れていた。

「チェッ！　こんなもの食えるかってんだ！　日本でだって、インドでだって、アフリカでだって、こんなもの食わせないぜ。そうだろう、ジャパン。アメ公だけだぜ、こんなクズ食うのは」

僕個人の味覚からすると、そう悪くはなかった。この拘置所の中では、何かにつけ「反米」の材料となった。ここに閉じ込められている者たちは、アメリカに夢を託し、アメリカに拒否された者たちだった。ジャンプスーツに身を包みながら、首から上に敵意、怒り、絶望、冷淡、失意の様々な表情を乗せていた。多くの者が数日のうちに本国に強制送還され、ごく少数の者だけが、幸運にも金や組織、人脈の力でニューヨークの街に戻れた。

「ここに来てから六日間、夜夢を見ないんだが、ここには夢を見る自由もなさそうだ」

「ジャパン、お前なかなかいいこと言うぜ。俺もそう思うよ」

日曜日の夜は一番長かった。哲学者のパキスタンが、僕の手相を観たいと言った。彼は毎晩何人かの手相を観ていて、囚房の中の「迷える子羊たち」の人生相談者でもあった。僕は左手に少し自信があったが、右手にはいつも失望していた。水虫のように、ところどころ皮膚がめくれているのみならず、線がとぎれとぎれでいかにも臆病そうな手相であった。

「左手は両親の、右手があんたの運命だ」

彼がこれからしゃべることを信じていいものか迷った。良ければ信じよう、悪ければ信じなきゃいい。不惑の四〇歳、手相一つで何を動揺しているのだ⁉

「あんたの手相は、わたしの生涯で二番目に珍しいものだ。あんたは、ここにいる連中とは違う人間だね」

僕以上に、周囲の者たちが興味を示した。

「あんたの過去は、良くないことが多かった」

僕もそう思った。今だって、最悪だ。

「あんたは問題をピースフルに解決しようとする欲求がある。将来、力で解決しようとすればまた鉄格子の中で暮らさなければならないだろう」

誰にでも通じる当たり前のことを言っているようだったが、僕が力を使って物事を解決するのは、どんな場合なのだろうか？

「あんたは今まであんまりお金に縁がなかった」

「その通り」

「しかし、良い両親、良い友人には恵まれた」

「当たっています」

「わたしの見たところでは、あんたの未来は成功するだろう、物事を平和的に解決しようとする限りではね」

言っていることはもっともなことで、取り立てて僕自身だけに当てはまることではなかった。将来の年収を訊くと、「五万ドルぐらいはあるだろう、暮らしには困らぬという額だ」と返答された。「一人の妻と三人のハーフ妻がいる」とも言うので、戸惑った僕は「妻以外と関係を持ったことは今まで一度もない」と断言すると、「これから持つことになる」と淡々と諭すような口ぶりで答えた。白い眼球に幾本もの赤い血管を走らせて寝不足風な哲学者パキスタンに、僕は最も答えを必要としている一番肝心な問いを発した。

「あなたの長い生涯で二番目に珍しい手相をしているという僕は、一体全体なぜここに閉じ込められているのですか?」

「その理由は、あんたはここに拘束される資格がある、ということだ」(〝You are qualified to be constrained here.〟)

アメリカ連邦拘置所に捕らわれることに、どんな資格がいるのか(⁉)。全く予期せぬ答えが返ってきた。大学に籍を置く者にとって、qualify(資格を得る、資格を与える)または qualification(資格、qualify の名詞)という英語はよく使われる日常語ではあるが、それはまた特別重みのある言葉であった。英語の辞書を引くと、〝be entitled to a particular benefit or privilege by fulfilling a necessary condition〟とあり、「必要条件を満たして得る特別な利益あるいは特権を獲得する」と和訳できる。例えば、試験で七〇点以上を取って進級できる資格を得る、すべての必要科目をパスして卒業資格を得る、セカンド・イヤー・プロジェクトとコースワークを終えて初めて博士号に向けた卒論研究資格を獲得でき、卒論を終えて博士号査定・審査をパスすれば正式な博士号獲得の資格が得られる、ということだ。ではアメリカ連邦拘置所に捕らわれ拘留される「資格」とは何か？ここに捕らわれた一〇〇名近い被拘禁者たちはすべて拘留の「資格」があるはずであり、たぶんすべての被拘禁者たちは逮捕・拘留の理由を知っていた。ただ一人、僕を除いて。

「フィロソファー・ザ・パキスタン、僕がここに拘束されている資格とはどんなものですか？」

もう一度僕の右手を取った哲学者パキスタンは、しばし沈黙したまま左手の人差し指で僕の掌をなぞった。

「極めて珍しい手相だ。ずっと昔に一度だけ観たことがある……ユーアークオリファイドツウビヒア……掌はそう告げている」

彼は珍しい僕の手相にすっかり引き込まれて言葉を失ったのか、そうでなければ解釈に戸惑っているのか。同じような呟きを繰り返しながら、しかしどんな資格でここに閉じ込められているのかという僕の問いについての答えはなかった。二〇人近い「信者」たちの前で面目を失わせるようなことになってしまい、意図していなかったとはいえ、哲学者パキスタンには気の毒なことをしたと感じた。二〇歳前に僕を産んだ母親は、立ち歩きもしゃべり始めるのも他の子供たちより大分遅かった僕の将来を案じて、あっちこっちの手相占い師に相談したらしいが、納得のいく答えはなかったらしい。両方の掌を広げると、人差し指の下から小指の下まで一本の線が一直線に端から端まで横切っている。頭脳線と感情線が完全にくっついてしまっているかのようだ。母親はそれが他人にはない珍しい手相で、「お前のは百握り、他の者のはクソ握り、大きくなったら立派な人間になる」と言っていた。あれから三十数年、隠岐の島でも、京都や大阪、アメリカに来ても「百握り」の手相を持つ者に出会ったことは一度もなかった。指紋と同じで、千人千様皆それぞれ異なった手相でいいはずだが、母親に言わせると、どの鑑定師も僕の手相は珍しいとは言ったが、どのような人生を辿るかについては口籠もったらしい。

フィロソファー・ザ・パキスタンが疲れた表情で席を立って自分のベッドに戻った後、僕もまた満足できる答えがなかったことで、後味の悪さを抱えながら自分のベッドに戻った。フィロソファー・ザ・パキスタンと僕の手相鑑定を興味深げに観察していた十数人の「運命共同者たち」は、僕たちがいなくなってもお互いに手を広げながら、ワイワイガヤガヤ喚いていた。彼らのしゃべる言葉はほとんど聞き取れなかったが、時々聞こえてくる片言の英語から、彼らの手相と僕の手相が違っていることを言い合っているのが理解できた。僕を捕らえたアメリカ政府にとっても、仙人のような哲学者パキスタンにとっても、アメリカ政府に捕まりこの拘置所に捕らわれた人たちにとっても、僕は全くの〝trouble maker〟（人騒がせ者）なのかもしれなかった。

午後一一時ちょっと前、歯を磨きに洗面所に行った。シャワーを浴びながら、地面に叩きつけるように歌を歌っている者がいた。仕切りもカーテンもないシャワールームの男と目が合った。「いい歌だね」、僕は感じたままを言った。「そりゃそうさ。ジャマイカの歌だもの」と黒い顔から白い歯がこぼれた。

七月一四日　全裸にされ、尻の穴まで調べられる

七月一四日、新しい月曜日。六時半起床。九時朝食。フレンチトースト、ドーナツ、コーヒー、オートミール、オレンジジュース。昨夜のジャマイカが、特別カクテルの作り方を教えてくれた。パンケーキ用シロップを半カップ、ミルクを四分の一カップ、砂糖二袋とコーヒーを三分の一カップ、それらをよくかき混ぜる。だが、出来上がったものは僕にはとても飲めそうにないスペシャル・カクテルだった。

九時三五分、カメルーンの一人が出て行った。あの笑顔からすると、アフリカではなくマンハッタンにだろう。映画『ロッキー』のごとく、天井に届かんばかりに二本の腕をグイッと突き上げて、鉄格子の向こうへ消えて行った。

シルヴァースティン助教授が面会に来た。一九八三年以来、彼とは一緒に「アメリカ人の核兵器に対する意識と反核行動」をリサーチしてきたが、「世界中で、われわれの研究が一番核心を衝いたものだ」「だから、当局に睨まれた君がここに閉じ込められているんだ」と彼は冗談を飛ばした（冗談じゃない⁉）。面会室を出る時、全裸にさせられ、尻の穴まで調べられた。隣部屋のパキスタンは、僕の二倍ぐらいの尻と馬のように大きいペニスをしていた。

午後四時、フレンド教授より電話。ヴァーモント州の入管東部地方長官のオフィスに、大学関係者、政治家、その他多くの人々が、僕の救援電話をかけているとのこと。ロンも入管オフィスの補

佐官より好意的な返事をもらった、と僕の釈放に楽観的だった。

夕方七時、奈那子に電話し、この間の事情を伝えた。「明日か明後日中にはヴァーモント州の入管事務所での結果が出るだろう」、みんなから励まされていると報告。楽観視はしたくないが……。

宿直の看守の中に今夜は一人白人の女性が交じっていた。五、六人の被拘留者たちがガラス窓に顔をくっつけ好意を表した。「ヘイ、ベイビー。ユーアー・ザ・ベスト」。彼らたちは一緒になって股間に片手を置き、もう一方の手で卑猥な仕草を繰り返した。白人の女性看守はそれを一顧だにしなかった。

七月一五日　一一二〇ページの専門書を読み始める

七月一五日、ブレットが差し入れてくれた『The Handbook of Social Psychology』（『社会心理学ハンドブック』）を第二八章より読み始めた。この一一二〇ページある専門書を、「読書するのにここほど最適な場所は他にない」と言って置いていった。ブレット本人も買ったばかりで読んでいないのではと思えるほど新しく、シミ一つない新刊書だった。一日三〇ページ読んでも、一カ月以上かかるだろう。読み終える前にここを出所したいが、これで少なくとも一カ月は退屈しないで拘置所暮らしができる、という彼特有の有り難いジョークだったか。

午前一〇時半過ぎ、ベンソン・ザ・ナイジェリアがやって来た。デトロイトの大学にいたことがあるらしい彼は、日本とアメリカの自動車産業の話を持ってきた。「アメリカの自動車産業のメッカ、デトロイトの反日感情はすごいぜ。クライスラー社のパーキングは、日本車の駐車を全面的に禁止しているし、社員は必ずアメリカ車に乗るよう義務付けられている」とのこと。拘置所の僕は日本を代表していたから、日本に関する情報は、すべて「ジャパン」の僕に集まった。

昼二時過ぎ、四人のパキスタンたちが出て行った。看守に呼ばれ、鉄格子の扉を出る直前、一人が言った。「ジャパン、もし日本に帰りたかったら、入管裁判所の判事に次のような手紙を書け、『俺はアメリカが大嫌いだ。ファック・アメリカ！』。それで、お前はすぐ日本に帰れる」。もう一人のパキスタンは、白地に真っ赤な「I Love N.Y.」と染めたTシャツを着ていたが、「くたばれ、アメリカ！」と喚いていた。哲学者パキスタンは、「わたしの国へ遊びに来なさい。あんたは友人だ、大歓迎しますよ。問題を必ず平和的に解決するように努めなさい。あんたが難しい問題に直面しているのは、あんたにその資格があるからだ」とまた同じことを繰り返した。「必ずそうします、どうもありがとう」と、今度は素直に感謝の気持ちを伝えた。

五時半、すべてのオフィス業務が終わったが、ヴァーモント州の入国管理東部地方長官からも、ストペック弁護士からも、全く音沙汰がなかった。失望。

六時五〇分、弁護士から電話。「希望的観測だが、うまく行けば明後日木曜日に釈放だろう」と告げられた。理由は聞かなかったが、弁護士という専門家からの話だし、僕はすんなり受け入れた。すぐ奈那子に電話。嬉しそうで、明るい声だった。二人の子供も元気だと声が弾んでいた。

明後日木曜日だと、結局一〇日間拘置所にいることになる。一体全体、僕が何をしたというのだ。

それに「235（c）」とは何のことだ⁉　二〇年前に学生運動をやったことは認めている。それがなぜ、今日のアメリカ政府にとって「脅威」なのだ？　パスポート、ヴィザ、その他一切の書類が合法・正当だというのに。夜中、新人被拘留者五人が連れてこられた。彼らは皆、怯えていた。

七月一六日　抜き打ちの所持品捜査と身体検査

七月一六日、昨夜は寝付けなかったが、朝六時に目が覚めた。遊戯室に行き、いつも通りラジオ体操第一、第二をやった。腕立て伏せ七〇回、腹筋運動一〇〇回。そしてシャワーを浴びた。

一週間よく観察していると、「拘置所の中のアメリカ」が見えてくる。看守の八割ぐらいが黒人、二割がヒスパニック系。アメリカ国内ではマイノリティーの彼らが連邦拘置所にあってはマジョリティーとして看守業に携わり、アメリカ入国時もしくは滞在中、不法行為によって逮捕され、入国あるいは滞在を拒否された海外からのマイノリティーを拘留・監視している。多くの被拘留者たちは「アメリカ合衆国から国外追放」される運命にある。

ジョニー・ザ・エルサルヴァドルが僕に囁いた。「ゆうべ遅く着いた連中は、みんなエルサルヴァドルからだ。アメリカとつながる軍事政権が嫌になって逃げ出してきたらしい」。社会主義勢力に反対する軍事政権を後押しするアメリカ政府に、彼らは捕まったわけだ。怯える理由が痛いほど分かる。二、三日以内に強制送還だろうが、空港で待ち構える者たちは、決して「味方」ではないだろうと思った。

キティーが面会に来てくれた。彼女の夫ボブは三日前に差し入れを届けてくれていた。友人夫妻には世話になりっぱなしだった。

「ナナコやちびちゃんたちも連れて来ようと思ったけど……」

「妻や子供たちには、ここに来てはいけないと言ってある。僕が囚われの身であるということは、法的身分からすると彼らも安全でないのでね。分かるでしょう？」

「レーガン政府って、あなたに対して何てことするんでしょうね。全くアメリカの恥さらしだわ」

アイルランド系の小さな身体から、周囲がびっくりするほど自国政府批判が飛び出した。

「それにしても、髭や頭の髪が伸びたわね」

「トイレが汚いし、エイズ感染の危険だってあるから、全く剃ってない」

彼女は別れ際、力いっぱい僕を抱きしめ、「もうすぐよ、頑張って」と耳元で小さく、しかし力強く囁いてくれた。

夕方六時過ぎ、突然抜き打ち的に部屋の捜査と身体検査が始まった。全員廊下とは反対側の部屋に押し込まれ、一人一人ボディーチェックされた。裸にはされなかったが、頭のてっぺんから首の周りを両手で触られた。さらに看守の両手は水平に上げられた僕の腕を挟むように往復し、脇の下から両足の付け根、そしてそれぞれの太腿と足首から爪先まで丹念に調べられた（危険物でも隠しているのかと疑っている？）。身体検査の間、他の五、六人の看守たちは僕たちのベッドをひっくり返し、キャビネットを検《あらた》め、窓の桟を点検していた。彼らの一人が僕の旅行鞄からマスターカードとアメリカンエキスプレスのクレジットカードを発見し、「これはほんとうにお前のか?」と叫んだ。ここに捕らわれている者たちはクレジットカードなど持てる資格のない連中であると、看守たちの多くに偏見があったに違いない。僕以外の被拘留者たちも、同じように怪訝な顔つきで僕を見つめていた。突然のガサ入れみたいな物々しい強制捜査は、この二枚のクレジットカードで呆気なく終わった。他に何か重大な理由でもあったのだろうか?

夜八時半、ポートジェファーソンに住む日本人の友人家族に電話を入れた。

「仕事が忙しくて、オランダからカリフォルニアに一直線で来ました。近いうちに、また一杯やりましょう」

「235(c)」の疑いでアメリカ連邦拘置所にいる、などとは言えなかった。こんな後味の悪い嘘をついたのは久しぶりだった。こんな所にいなければ、同じ年頃の子供たちを持つ家族同士でディナーパーティーを二、三回はしていただろう。オランダに行ってから二〇日目、彼らと全く連絡を取っていなかったことを気にしていた奈那子から頼まれた電話だった。「チョウのことも、この事件のことも彼らには一切話してないのよ。そこから電話だけでいいから、ちょっとしてくれない?お願いっ」

重い足どりでベッドに帰ってくると、コンパ・ザ・カメルーンが五、六人のハイチたちにレクチャーしているのが聞こえた。「お前たちはアメリカに馬鹿扱いされているんだ。一〇年経ったって、お前たちはこの国で暮らしてはいけない。自分の国で聞いてきたことと、ここの現実は全く違うってこと。よく見ろ、お前らのここの生活を」

七月一七日　拘留一〇日目、初めて夢を見た

七月一七日、六時二〇分起床。昨夜、ここに閉じ込められて初めて夢を見た。それも三つ。一つ目の夢は、歯を磨きながら口の中を覗くと、全部の歯が虫に食われてボロボロだったこと。二つ目は、見覚えのない「友人」と隠岐の島の田舎で魚釣りをしていたが、釣り上げた赤紫緑色の美しい特大のベラが、突然二本足で立ち上がり僕を睨むというもの。最後のは、雑居房の囚人たちが全員脱走を試み、僕もその中に紛れ込み必死に逃走するというもの。その脱走が成功したのか失敗に終わったのか見極める前に目が覚めてしまった。フロイトだったら、どのような精神分析をするのだろうか。

昼過ぎにトイレに行くと、そこら中に大便を拭いた紙が散らばっていた。精神分析が例証するリグレッション（regression：退行）の一つだと確信した。憂鬱と欲求不満で、成長した大人であるにもかかわらず、精神が退行してしまい子供じみた行為を露呈させるのだ。運良くここを出られたら、一般教養心理学の講義でぜひ紹介してやろうと思った。

午後三時二〇分、フレンド教授より電話。入管事務所の東部長官の裁断が下りたらしい。彼は結果を知る手段を持たないが、「裁断の書類はヴァーモントを離れ、ニューヨークへ向かっている。明日ニューヨークの入管事務所の事務処理が済めば、君の釈放は夕方までには可能だろう」と話し

てくれた。一〇分後、ストペック弁護士からも同じ内容の電話がかかってきた。僕はこのことをすぐに奈那子に知らせた。「でも、あんまり期待しないようにしようね」と、彼女は少し悲観的だった。一〇日間も裏切られ、失望させられてきた。悪い結果も考慮した方が失望が少ない、と僕も彼女の慎重な声の調子を受け入れた。何度も裏切られて落ち込んだ気分を立て直すには、この拘置所は相応しい場所ではなかった。

夜九時頃停電があり、そのあと一〇時一五分までトイレットペーパーと枕の投げ合いがあった。英語、スペイン語、フランス語、そして中国語の怒鳴り声が暗闇を飛び交った。

七月一八日　不条理に愕然とする

七月一八日、創刊一〇〇年を超す当地の新聞デイリーニューズ（一六日付）を読むと、「ニューヨークに推定二六万四〇〇〇人不法居住外国人が住みつく」とあった。ここに捕まっているのは「ほんの一握りの不運な者たち」かもしれない。

ブレット、エドより電話が入った。二人とも僕の件をもっとシリアスに捉えていた。入管問題で信頼できるシルヴァンスキー弁護士によると、「君の件は政治性の高い問題だから、簡単には収束しない」とのこと。夕方五時までの四時間半以内に、良いニュースが舞い込んできてほしかった。

昼過ぎ、新しい「収容者」たちが送られてきた。ナイジェリアとコロンビアからだとエチオピアが伝えに来た。彼は必ず一日一回は僕のベッドに来て、この雑居房で何が起こっているのかを報告してくれるようになっていた。

四時一〇分、「ジャパン！」と看守からお呼びがかかった。釈放か？　緊張して出口の鉄格子まで向かった。一人の女性職員が一枚の紙切れをかざして待っていた。エチオピア、ドミニカ、パキスタン、ベンソン・ザ・ナイジェリア、コンパ・ザ・カメルーン、さらに三、四人が僕の後ろに控えた。女性職員から紙切れを受け取った看守がそれを僕に差し出した。

〝You have sought to enter the U.S. by fraud or willful misrepresentation of material fact……. You are an immigrant not in possession of a valid immigration visa and not exempt presentation of same……〟

とあり、その中に「Section 212（a）（19）（2）」と、「Section 235（b）」の文字が記されていた。つまり、僕が「不正手段もしくは意図的に事実に反した虚偽の報告によって合衆国への入国を謀った……有効な移民ヴィザを所有せず、またヴィザの提示を免除されていない移民である……」ということだ。いつの間にか「Section 235（c）」が抜け落ち、「不正入国を謀った違法により拘置されている」との説明があった！

英文の意味が理解できなかった。「不正手段もしくは意図的に事実に反した虚偽の報告」をして「ヴィザを得ようとした」覚えなど全くなかった。アムステルダムのアメリカ合衆国大使館でF－

1（学生ヴィザ）を再発行してもらったが、移民になろうと考えたことはなかったし、特別な資格（例えば「亡命申請」）でヴィザ提示を意図的に免除されようと計画したこともなかった。一九七七年にアメリカ留学を志して初めてヴィザを申請した九年前と条件は全く同じであった。あえて違いを挙げれば、ユタとオレゴンで学士、修士をそれぞれ収得し、現在ニューヨークのストーニーブルック大学に籍を置く博士号取得前の学究身分であったこと。オランダへ行ったのは、国際政治心理学会で研究論文を発表するためであり、大学公認の研究活動の一環で、反米政治活動ではなかった（アメリカ国民の八〇％以上が支持する反核認知的不協和報告は反米政治活動なのか？　バカげた強迫妄想だ）。ストペック弁護士に質す以外にどうしようもなかった。しかし、これで釈放がなくなったことだけは確かだった。これまでの一〇日間の拘置所暮らしは一体何のためだったのか、納得できない不条理に愕然とした。

すぐ奈那子に電話。「一体どうなってんの⁉」。「僕だって分からないよ」としか答えられなかった。事件の当事者である僕も、学会でオランダへ行ったきり一〇日間も家に帰ってこず心配している妻と子供も、全く説明できないことがアメリカ、日本を離れて一〇年近く住んできたこのアメリカで起きていた。

こんな時一番頼りになるのは入国事件専門家の弁護士とばかりに、ストペック氏に電話を入れた。何度ダイアルを回しても弁護士は出なかった。時計を見ると金曜日の午後四時を大幅に過ぎていた。週休二日制のアメリカの金曜日、午後四時半過ぎに会社で仕事をする者などいるはずがないではないか（!?）。この国に住んで一〇年近いのに、そんなことも常識になっていなかった自分であったことに今さらながら気がついた。気を取り直して、昨日「きょう釈放があるかもしれない」という電話をくれたフレンド教授に電話。状況を聞いて彼も失望していた。

「『235（c）』の表記がないということは、入管事務局の東部地方長官はあの告発を取り下げたことになる。あれでは君の告訴を立証できないんだ。『212（a）（19）（20）』と『235（b）』、これらをとにかく調べてみる」

モリス外国留学生相談所所長、キティー、エド、ブレット、拘置所の外で僕のために活動しているすべての人たちに状況報告の電話を入れた。この週末も鉄格子の中だ、と自分に言い聞かせた。

七月一九日　囚人らしくなってきた

七月一九日、失望でガッカリしてか、あるいは冷房のせいか、朝から下痢が続いた。伸びた髭と髪が風貌をよりみすぼらしくしていた。だんだんと囚人らしくなってきたと思う。

七月二〇日　同僚イヴォンの差し入れ本を読む

七月二〇日、静かな日曜日。下痢は止まった。多くの収容者たちがヤンキーズ対レッドソックスのテレビ中継を観ていた。僕のベッドに腰掛けていたコンボ・ザ・カメルーンが言った。「俺は野球が大嫌いでね。あれはアメリカのスポーツだ。何と言ったって、一番のスポーツはサッカーだ。

俺の国は世界一のゴールキーパーを持っているんだぞ」

昼から、イヴォンが差し入れてくれた『Contemporary Social Psychology』（『現代社会心理学』）に掲載された三人の共著の論文を読んだ。ロナルド・フレンド、イヴォン・ラファティーとデナ・ブラメルは論文、〝A puzzling misinterpretation of the Asch 'conformity' study〟（「アッシュの『同調』研究に見られる不可解な解釈」）の中で、「アメリカ個人主義のイデオロギーは、大学の社会心理学の教科書編集に大きな偏見を与えている。すなわち、グループに現れる社会的プレッシャーは個人の自立した判断を阻むという一面を強調しすぎる傾向がある」と危惧していた。アメリカの社会心理学者ソロモン・アッシュが行った有名な「同調圧力実験」、いわゆる〝line studies〟（1956）の結果の批判的解釈だった。実験の手順は、「一本の線を基準にして、他に描かれた長さの異なる三本の線、A、B、Cを提示し、三本の中でどの線が元の線と同じ長さか、被験者の判断を調査した」、極めて簡単な実験だった。基本線と同じ長さの線は三本の中のC。被験者が一人一人単独で尋ねられた場合は、すべての被験者はCと答え、正解率は九九％以上だった。しかし、初めに、実験者に雇われた複数の参加者（前もって実験者にAかBと答えるように指示された「サクラ」）が異なった長さの線Aもしくは Bと答えた場合、後から答えた三六・八％の被験者たちもAかBと答え、最低一度はグループ（実験のサクラ）の「同調圧力に屈して」、正確な答えであるCとは答えなかった。ユタ、オレゴン、ストーニーブルックで僕が使った大学の本は、いずれもこのグループの『同調圧力』と三六・八％の「同調・追従・服従」を強調し、アッシュの実験を〝conformity〟実験と呼んでいた。

同僚の大学院生イヴォンと、我らの先生たちフレンドとブラメル教授は、この実験は心理学博士アッシュ自身が〝independence〟（独立、自立、自主、主体性）の実験と断言しているように、グループ・プレッシャー（圧力）にもかかわらず〝conformity〟（同調・追従・服従）しないで六〇％以上の被験者の答えは〝independence〟を維持した、「集団に対して抵抗した実験」だと解釈すべきだと述べ、〝conformity〟実験とラベル付けする教科書の偏見を鋭く批判した。

実験結果が発表された一九五六年という時代背景を見る時、アッシュの実験は米ソ冷戦の真っ只中、アメリカ社会で吹き荒れた反共マッカーシズムを批判するアメリカ最高学府のアカデミアの良心の発露でもあった、と僕は考えていた。反共・反ソの「赤狩り・マッカーシズム」はアメリカナショナリズムと同調し、国内の政府内のリベラル・革新勢力から大学および教育関係者、労働組合、教会に至るまで、「Red Scare」（赤い恐怖）の嵐のようにアメリカ市民社会を襲った。アッシュは「社会的圧力の力は必ず無批判な服従を意味するが、われわれは懐疑的、批判的でなければならない。そして集団の熱狂を超えて立ち上がる能力、自立・自主、主体性もまた、人間の持っている資質なのだ」と言いたかった。

夜一〇時三五分、奈那子に電話をすると、「大学の関係者たちがフレンド教授宅に集まり、今後の対策についてミーティングを持った。壮良と宇意はフレンド教授の一人息子ショーンが釣りに連れて行ったり、マクドナルドにハンバーグを食べに連れて行ってくれたりで、とても嬉しそうだった」と報告してくれた。

夜中の一時前、新人のナイジェリアと五人のグアテマラのすさまじい大喧嘩。四、五日前だったら、僕も止めに入っただろうが……。

七月二一日 「君はアメリカ人より正直で、遵法の良民だよ」

七月二一日。月曜日だ。月曜日だとなんとなく嬉しい。ひょっとして裁判の呼び出しがあるかもしれないと期待して、いつもより丁寧にシャワーを浴びた。朝食はオートミール、スクランブルエッグ、パン二枚、菓子パン一個、ミルクとコーヒー一杯ずつ。

ストペック弁護士からは音沙汰なし。彼は僕のことを本気に考えてくれているのか。待ちきれずこちらから電話をしたのが午後二時二〇分、彼の事務所には裁判の通知は来ておらず、この分だときょうは裁判はないだろう、とストペック弁護士の返事。フレンド教授にその旨電話すると、彼もまた失望していた。

午後三時、マーサが面会に来た。電話用にと二〇ドル分の二五セントコイン、半年分（！）のボールペン、五冊の大学ノート、そしてニューヨーク・タイムズを差し入れてくれた。有り難い差し入れだった。「弁護士費用をカンパ中だ」と言った彼女は、他の助言もしてくれた。「今の弁護士がダメなら、思い切って変えてみたらどう？　例えば、シルヴァンスキーは？」。ストペック弁護士はストーニーブルック大学が雇った弁護士だから、変えるとなると、あっちこっちに相談が必要だろう。

五時二〇分、ストペック弁護士から電話があった。「裁判は二三日朝八時半に決定した。一発で決着をつけよう」と力強く励ましてくれた。

不正手段、不真実提示が何を意味しているのか不明。多分、当局のファイルの中に「証拠」があるのだろう。裁判所へ行ってみるまでは、どうしようもないと思った。英語の〝immigrant〟（移民）についての僕の理解は間違っていたかもしれなかった。この国アメリカでは、人々は「アメリカ市民」（U.S. citizen）か合法的に居住する「移民」かに分けられる。非合法的に居住する外国人は「アメリカ人」ではないのだ。それ故に、僕に対する逮捕・告発は、「不正手段あるいは不真実提示」によって合法的に居住できるヴィザが審議の要となるのだろうか？　それならば、僕が一九八二年以降合法的にストーニーブルックの大学院生であることを証言するモリス留学生相談所所長と、心理学部の博士課程プログラムを代表するフレンド教授の出席が最大の証言になるに違いなかった。午後八時半、家族に電話をかけると、二人の子供が釣りの話をしてくれた。壮良も宇意も無邪気でい い。長男は無邪気に尋ねてきた。

「ダディ、あしたかえる、あしたかえるって、いつかえってくんの」

僕は「明日帰る」といつもと同じことを言うと、すぐ長男から受話器を受け取った次男は、一言だけ「バイバイ」と言って、母親に受話器を渡した。

「二三日、頑張ってね。早く会いたい」

エドに電話。

「『235（c）』が削除されたのはいい前兆だ。当局には『235（c）』で告訴する物的証拠がないためだろう。それで拘置を正当化するために、常套手段として最も一般的な入管法『212（a）（19）（20）』を付けたに違いない。法廷で九年間のアメリカ生活をブチまけてやることだ。何ら不正はない、とね。わたしの知っている限り、君はアメリカ人より正直で、遵法の良民だよ」

七月二二日　FBI特別捜査官クッキー氏との面会

七月二二日、六時四五分起床。体操、洗顔、朝食といつも通りの朝。コンバ・ザ・カメルーンが冴えない表情。「ジャパン、俺エビが食いたいよ」と情けない顔をしていた。聞いてみると、カメルーンとは英語でシュリンプ（海老）のことらしい。「アメリカの飯なんか食えるか！　祖国カメルーンのエビが食いたい！」

朝食が終わって雑居房に戻ってくると、二人のグアテマラが送還されるところだった。

「ヘイ、グアテマラ！　この次はアメリカ女をスケコマシテ、入ってくることだな。それが一番安全なアメリカ入国方法だぜ」と、エチオピアが喚いた。

九時五〇分、ストペック弁護士が面会に来た。明日の裁判について打ち合わせをするためだった。僕の記録、弁明書を読んで、

「全く信じられない、ミスター・ヤタニのケースは」

「僕はオランダに行く前、この国に九年間住んでいました。ユタ、オレゴン、ニューヨーク、移動

の際は必ず必要な法的手続きをして今日まで来ました。オランダから帰国する際は、アムステルダムのアメリカ大使館で正式にヴィザを発給してもらいました。勿論パスポートも有効です。もし不正や不真実提示があるのであれば、ヴィザを発給しなければ済むことであり、『235（c）』などで逮捕・拘置する必要などないはずです。この二週間、アメリカ政府からは何も一切具体的な釈明がないのですよ。アメリカでこんなことが許されますか⁉」

ストペック弁護士と別れて雑居房に戻ってくると、突然「ジャパン！」、とお呼びがかかり、廊下の奥の部屋に案内された。きちんとした身なりの紳士が微笑んで立っていた。

「わたしはFBI特別捜査官のユーリック・リヴェラです」

そう自己紹介した紳士は、一枚の名刺を僕に差し出した。一瞬、何とも言えない嫌な予感に襲われた。FBI（⁉）、今頃何をしに拘置所の僕のところに来たんだ？

「アメリカ国務省の一九七六年の情報によれば、あなたはジャパニーズ・レッド・アーミーのメンバーだとなっています。逮捕はそれが理由です。当局の関心はその一点で、その以外は何もありません」

「その情報は全く事実ではありません。何を根拠にしてそのように見なすのですか？」（「235（c）」はまだ生きているのか？　では、入管当局の二つの告発はどう解釈すべきなのか？）

「それを調査するのがわたしの任務です。上司の命令は、あなたのアメリカにおける様々な活動を調査すること、でした」

リヴェラ特別捜査官は威厳を保ちつつ、礼儀正しく自分の任務を説明した。ＦＢＩの肩書きは好ましくはなかったが、彼の極めて丁寧な言葉遣いと、礼儀正しい振る舞いに僕は好意を持った。雑居房で粗野な監視員たちと二週間も一緒に暮らしたここの生活からすれば、このＦＢＩ特別捜査官との対面は印象の良いものだった。

「わたしの同僚は、わたしのことを『クッキー』（cookie）と呼んでいます。あのビスケットと同じクッキーです。あなたもわたしをそう呼んで結構です。さて、これから質問したいことがあります。正直に答えて、わたしの調査に協力してくれると助かります」

そう言って、茶色い鞄からノートとペンを取り出した。あまり「甘そう」には思えないクッキー氏の質問にどれほど「協力」できたか分からなかったが、その内容は次のようなものだった。

（一）今までジャパニーズ・レッド・アーミー（日本赤軍）のメンバーと関係したことは？　「誰のことを言っているのか、僕には分かりません」

（二）何のためにオランダに行ったのか？　「国際政治心理学会の第九回年次学会に招かれて論文を発表した」

（三）オランダ行きの費用はどの組織から出たものか？　「ニューヨーク州立大学ストーニーブルック校」

（四）オランダで何をしたか？　誰と交流があったか？　「『個人主義と国家主義——反核運動

への参加を妨げる心理的障害』と題した研究論文を発表した。世界各国からの心理学者たち、外交官たちや、教育者たち。最終日には、ピューリッツアー賞を受賞したことのあるハーヴァード大学の精神科医ジョン・マック夫妻と他の参加者たちと夕食を共にした。僕のクラスの学生デーヴィッドとリサにも会いました。彼らは新婚旅行でアムステルダムに来ていました」

（五）国務省のファイルには、ヨウイチロウ、チョウイチロウの二つの名前があるが、どちらの名前をよく使うのか？「僕は一つしか名前がありません」

（六）アメリカに来た目的は何か？「一九七〇年の初め大病をしてあまり働けなかったので、勉強をしにアメリカに来ました。クッキーさんも知っての通り、あの当時の大学は勉強などとてもできる状態ではありませんでした」

（七）渡米した一九七七年から今日に至るまで、おおよその活動を説明してくれませんか？

「（逮捕された翌日の七月八日に、入管事務所のオフィサー、ブレッグス氏に話したことを繰り返した）」

（八）その間の生活費はどこから出たのか？「大学内の図書館やカフェテリアでアルバイトをしました。二人の子供がそれぞれユタとオレゴンで生まれた時は、カーター大統領とレーガン大統領のアメリカ政府から援助をもらいました。アメリカ政府には大変感謝しています。大学院で教授の研究やクラスを手助けするようになってからは、助手手当が大学より支給されました。とても貧乏でした……」

（九）アメリカでの政治活動および政治団体との関係は？「全くありません。世界で一番自由な国には、たった二つしか政党がありませんが、僕は民主党にも共和党にも属していません」

（一〇）現住所、家族構成、全員の誕生日と住所は？「妻・奈那子、長男・Sohra、次男・Wii。全員同居」（三人の生年月日は間違わずに答えられた）

（一一）あなたのワイフはどんな活動をしていますか？「育児、陶芸も少しする。アメリカにはプラスチック製品が多く、食事が味気ないので、家で使う皿、茶碗、湯飲み、花瓶などはすべて彼女が陶芸で作りました。政治活動ですか？冗談ではなく、蛇の次に嫌いなものでしょう」

（一二）弁護士は誰で、誰が雇いましたか？「ストペック氏で、ストーニーブルック大学が雇いました」

（一三）あなたの証言を保証する人を、三、四人挙げることができますか？「ジョン・マーバーガー大学長、ユタ州立大学のカール・チェニー心理学教授、オレゴン州立大学のクヌッド・ラーセン心理学教授、元アメリカ心理学会長・現カリフォルニア大学サンタクルズ心理学教授M・ブリュースター・スミス心理学名誉教授、それにストーニーブルック大学の僕の先生、デナ・ブラメル心理学教授とロン・フレンド心理学教授です」

黙秘する必要などなく、クッキーFBI特別捜査官の言う国務省のNational Security File（国家機密ファイル）に僕の記録があるというなら、僕自身が知っている僕の事実を証言するのが最も賢明な方策だろうと考えた結果だった。英語の諺にもあるように、Honesty is the best policy（正直は最善の策なり）である。

リヴェラＦＢＩ特別捜査官の「面会」が終わって直ちに外に連絡。「真の意図が理解できない。もっと以前に捜査できたはずだし、わたしにも連絡できたはずだ。『２３５（ｃ）』も告訴状からは削除されているし、全く理解に苦しむ」とストペック弁護士。モリス所長は、「彼らは地方警察官と違ってプロだから、より信頼できるはずだ。あなたに何の不正もないことを徹底的に証明してくれるはずだから、ＦＢＩの調査はむしろ好都合だと思う」と電話で述べた。僕としては本当の「プロ」だからこそ、その真意が測りかね、その分心配が膨らんだ。フレンド教授もモリス博士と同意見だった。こんな時こそ、ブラメル教授がいてくれたら、とフランスにいる彼を思った。デナは毎年夏の三カ月は奥さんの実家のパリで暮らし、ニューヨークにはいなかった。

午後三時過ぎ、奈那子に電話して「リヴェラ訪問」を伝えた。怪しい電話には気をつけるよう言い含めた。

夕方、僕の枕が見つからなかった。探していると、一五、六人の「友人」たちが集まってきて、一緒に探してくれた。「ヘイ、俺たちはみんなジャパンの友達だろう。友人が友人の枕を盗めるか⁉」と、エチオピアが四、五〇人に向かって説教すると、三つも枕が戻ってきた。礼を言って、彼とピンポンをした。二十数年ぶりのピンポンで、ラケットを持つ感覚が全くつかめなかった。

七月二三日　連邦移民法裁判所法廷に出頭

七月二三日、朝九時半、手錠をかけられ、アメリカ連邦移民法裁判所法廷に出頭した。テレビで観たことのある法廷とはまるっきり違った情景だった。陪審員もいないし、格式ばったテーブルや椅子もなく、雰囲気も殺風景な倉庫の感があり、「裁判」に相応しい環境が整えられていなかった。一五年前の大阪の地方裁判所はもっと厳粛な雰囲気があったことを思い出した。

原告側はマイズナー検察官一人が現れたが、彼は面長で立派な鼻と鋭い目つきをしていた。被告の僕にはストペック弁護士とモリス所長が付き添ってくれた。彼女は僕の手錠を見て、眉をひそめた。オランダに行く前の六月中旬、アメリカ再入国に必要な書類をもらうために彼女と会っていた。「あの時に話をしたレッド・ライト・ゾーンにも立ち寄りましたよ」と小さな声で言うと、彼女の眉間からやっと皺が取れて笑みが漏れた。僕がレッド・ライト・ゾーン（アムステルダムの公認売春地区）に行ったたと聞いて、彼女が何を思ったか知らないが、その微笑は僕の気分をいくらか和らげてくれた。ストペック弁護士は「大丈夫だ」という自信に満ちた表情を送ってきた。やがて、コーエン判事が黒のガウンに身を包んで登場し、いかにも法廷らしくなってきた。身に覚えもない罪で裁かれようとしている僕も、自分が急に神妙になっていくのが分かった。

もってまわった大袈裟なせりふ口調と、小難しい法律用語、さらには形式ばった三者（判事、検察官、弁護士）のやり取りなど、とても書き尽くせるものではないが、マイズナー検事の最初の発言はシヨックだった。

「ヤタニ氏は逮捕歴を隠してヴィザの申請を行った。……不正に取得したヴィザは無効である……」

今まで悩まされていた疑問が一瞬にして解けた気がした。彼らが告発している「不正手段もしくは不真実提示」というのは、この逮捕歴のことなのか。すぐに思い当たるのは、九年前アメリカ渡航に当たって、神戸のアメリカ領事館でヴィザの申請用紙に記載された「あなたは過去に逮捕されたことがありますか?」の欄に、「いいえ」(No)と答えたことだ。実は、大学二年生だった一九六七年の秋、ヴェトナム反戦運動のデモで逮捕されて三日間神戸の警察署に留置されたことがあった。ヴェトナム戦争を推し進めるアメリカ政府は、原爆ミサイルを積載できる原子力空母エンタープライズを長崎県の米軍佐世保基地に寄港させようとして、日本政府に許可を求めた。ヴェトナム反戦運動の盛り上がりは、一一月の初めアメリカ神戸領事館への抗議となり、同志社大学から僕も参加し、そして逮捕された。よって、問われた査問欄には「はい」(Yes)と答えるべきだった。「はい」と答えると、「(逮捕は)いつ、どこで、理由は……」と続くが、正直に答えるなら「アメリカ領事館の前で、アメリカのヴェトナム戦争反対と核兵器の持ち込み反対で抗議した一九六七年一一月、逮捕された」ということになる。また翌六八年のアスパック反対御堂筋デモでの逮捕。アメリカ留学を志し、アメリカ領事館にヴィザ申請をしている僕にとっては、正直に答えると却って問題がこじれ、不必要な詮索や誤解が生まれるのではないかと思い、「いいえ」と答えたのだった。「いいえ」とウソをついた僕は、アメリカ政府に対して、「不正もしくは不真実提示」をしたことになる。足元が音を立てて崩れていくように感じた。

「被告は九年もの長期にわたって米国に居住しているのは、勉強のためではなく、永久に居座るつもりである……。ニューヨーク州立大学に籍があるかも疑わしい……。この九年間の滞在に必要な費用を、どのような収入源に依存しているのか、法的疑問の余地がある……」

マイズナー検察官の告訴理由陳述に、僕は打ちひしがれていた。僕自身には全く落ち度はないという確信が、オランダを出た七月七日以来の苛酷な出来事を耐え忍ぶ支えになっており、最後には報われるという希望の糧であった。少なくとも学生運動から身を引いてからこの十数年、清廉潔白と思えた自分の歴史に、二つの小さな「シミ」があったことを、マイズナー検事が暴き出しているように思えた。「巨大な組織に対決する時、一個人は完全無欠であってもなお不十分である」というのが七〇年代初めの裁判の時に得た僕の教訓であった。だから、花束もチーズも、入管事務のパスポート・コントロールで一時入国を遮断された僕には被害妄想となりえた。目の前のアメリカ政府の役人は、この日本人は、ウソをついて学生ヴィザを入手し、不法に長期滞在を謀っている不良外国人である、と主張していた。

僕の不安気な表情を見て取ったかどうかは分からないが、ストペック弁護士は堂々と弁護陳述の論陣を張った。

一、ヤタニ氏がオランダでの学会から再入国しようとして逮捕された七月七日から、七月一八日まで、入管法235（c）が適用された。この法令は、具体的な犯罪ではなく、政治的根拠を背景に適用されたものである。その告発が突然脱落し、現在212（a）(19)(20)が適用されている。しかしながら、いずれの告発の場合も、全く物的証拠が提出されていない……。

二、彼は、一九八〇年にユタ州立大学で学士（B. S.）を終え、八二年にオレゴン州立大学心理学修士（M. A.）を修めた。現在、ニューヨーク州立大学ストーニーブルック校の博士課程に在籍し、研究生活を送っている……。彼の米国滞在は全く合法的であり、アメリカ生まれの二人の息子の養育のための「労働許可書」も所持している……。

ストペック氏の堂々たる態度と弁護陳述に、幾分勇気づけられた。僕のことを一番よく知っているのは僕自身である。アメリカに渡って以来、暮らしは豊かではなかったが法的には全く不正はなかった。交通違反さえなかった。ヴィザの不法入手とは、アムステルダムであの「逮捕歴」の欄に「いいえ」としたことだろうか？　神戸のアメリカ領事館でも「いいえ」にチェックマークをした。それを「嘘」の理由とするなら、そもそも神戸の時点でヴィザは発行されなかったはずではないか。日本には何千人、いや何万人と言えるほど、六〇年代当時逮捕された者たちがいるはずである。今ではいい中年に差しかかり、会社の幹部や社会の中枢で働いている者も多いだろう。彼らがビジネスやレジャーなどで海外に旅行する時、あの「逮捕歴」の欄に「いいえ」と答えて、海外行きを取り止めさせられただろうか？

「ヤタニ氏が九年間合法的に米国に滞在していた、という物的証拠がありますか？」

マイズナー検事がストペック弁護士の陳述を遮った。ストペック弁護士は留学生相談所所長のモリス博士をコーエン判事と検事に紹介し、立証を求めた。彼女は、僕の大学内や学外での様々な活動を手短に説明し、僕の活動を誇りに思うと述べてから「ヤタニ氏のファイルは完璧で疑問の余地がない」と締め括った。ところが、マイズナー検事は「証拠として、ヤタニ氏のファイルを提出してほしい」と要求してきた。

「今ここに持ってきていませんが、大学に戻れば直ちに用意できます。わたしの証言を信用できないなんて、何ということでしょう。ファイルだって、そっくり同じコピーが当局に送られているはずなのに」

ストーニーブルック大学の役職にあるドクター・モリスは検事に対して不快感を露わにした。直ちに「ヤタニ氏を告発する物的証拠」を要求したストペック弁護士に対して、マイズナー検事は同じような言い訳を返した。

「それは国務省が保持しており、二、三日以内には届く手はずになっている」

「物的証拠も揃ってないのでは、この法廷を続けることはできない。よって、この裁判は八月一四日まで延期する」と、コーエン判事は検察官に対して不満を述べ、裁判は閉廷となった。全くもって呆れた結末だった。さらに二〇日間もここに閉じ込められるのだと思うと、絶望感が全身を覆った。再び手錠がかけられ、法廷から連れ出された。

拘置所に戻って、すぐに自宅に電話。電話がつながり「奈那子？」と言おうとするが、電話に出たのは長男だった。

「ダディー！　しごといそがしいの？　あしたかえれる？」

「たぶん、あしたのあしたかな……」

電話を代わった奈那子に、裁判結果を伝えたが、彼女の返事がだんだん消えてしまいそうに弱くなっていき、悲しくなった。

「弁護士の説明だと、夏期の七月、八月はどうしても裁判の数が少なくなるから、二〇日間も延びてしまうとのこと（自由の身であれば楽しいヴァケーションの時期だったに違いない）。至急仮釈放の手続きを取って拘置所から出られるようにしたいと、弁護士は言っている」。「だが、違法外国人の入国拒否のケースでは、この仮釈放は難しいらしい」

逮捕時の状況、告発内容の変更から考えると、この逮捕歴が不正もしくは不真実の理由とは考えにくい。「では他の理由は何か？　反戦運動の政治活動？　反核リサーチ？　ここは自由の国、民主主義の国、アメリカですぞ⁉」。マイズナー検事は相当やり手のようだから、用心することに越したことはない（奈那子も同感！）。

夜九時過ぎ、ブレット、エド、ロン、キティーにきょうの裁判報告。モリス所長からも電話が来た。

「チョウイチ、あなたの正当性を立証するすべての書類を用意したから、決して心配しないように。

政府の間違いを正してやらなくちゃ！」

すべての電話が終わったのが、夜の一一時半。疲れた。冷房のせいだけではないだろうが、身体が冷えて眠れず、シーツの下に潜り込むように身体を沈ませた。

どんな証拠があるのか見当もつかないが、国務省は僕をこのアメリカに入れたくないらしい。それを実行するために、様々な法的処置を取ろうとしている。僕のヴィザ（F‐1）が無効なら（無効という判決は出てないが）、当然、妻・奈那子のヴィザ（F‐2）も無効となる。そうなると、僕のようにいつでも逮捕の対象となる⁉　しかし、二人の子供、ジャパニーズ・アメリカンを抱えた日本人の母親を、そう簡単に逮捕・拘置できるのだろうか？　いや、やりかねない⁉　以前見た捕らわれていた親子連れの不安そうな表情が思い出された。不吉な予感に気が滅入り、その夜はなかなか眠れなかった。

クッキー氏からの電話

七月二三日の裁判が検察側の告発準備不足で延期になってから一週間後、僕はあのＦＢＩ特別捜査官リヴェラ氏より電話を受けた。

「君の九年間の在米生活をすべて調べ上げた。近日中に調査結果を上司に報告するが、結果は白だ。ユタ、オレゴン、ニューヨークといろんな人々に君のことを尋ねたが、君のことを悪く言う人は一人もいなかった。書類にも不備・不正は発見されなかった。これはわたしの個人的な提案だが、マンハッタンの日本領事館に援助を求めることだね」

これだけしゃべるとクッキー氏は電話を切った。連邦政府の特別捜査官がいかなる理由で一個人の「囚人」に電話をかけてくれたかは知る由もないが、当局の「プロフェッショナル」からの報告は嬉しかった。こんなに甘い「クッキー」が拘置所のメニューに出たことはなかった。

すぐに電話番号を調べ、日本領事館に電話し、援助を求めた。

「ほおー、三週間以上も入管拘置所に捕まっていらっしゃる？　日本政府発給のパスポートをお持ちで、それも有効期間をオーヴァーしてないわけですな。それじゃ、これはあなたとアメリカ政府の問題ですから、わたし共は何とも致しかねます。……内政干渉にもなりますからなあ。どうもすいませんが、わたしどもはもう旅行客のパスポート紛失や、事故やらで、てんてこ舞いなものですから……」

日本国民を保護する日本領事館がサポートをする気が全くないと知り、突き放された僕は、何か個人の力を超えた、とてつもない大きなな力が動いているようにも感じた。これ以上僕に何ができるのだろうか。僕のアメリカ生活記録が潔白なことは、その大きな力の一部によっても証明されていたが、それがどれほどの助けになるのか分からなかった。海外で唯一当てにできる自国政府の出先機関（ニューヨーク日本領事館）からも支援を拒否され、鉄格子の中にいる自分の存在基盤はますます怪しいものになってきた。しかし、次の裁判までの二〇日間、なんとか気を取り直し、九年間かけてアメリカで築いたものを守るため、そして未完の学究生活を終えて次の新しい人生の始まりを迎えるためにも、それを遮るものに立ち向かわなければならないと自分に言い聞かせた。

二四日、いつも通り朝一番に起床。五、六人の看守たちに監視されながら、体操、腹筋運動、腕立て伏せを行い、シャワーを浴びて朝食。その後、「牢獄の外」に暮らす多くの「友人」たちに手紙を書いた。マーバーガー学長、カリフォルニア大学サンタクルズ校のスミス心理学教授、国際政治心理学会に招待してくれたノルウェーのマッカーソン博士、カーネギー財団のボイヤー会長、アメリカ自然史博物館のトバック博士、ハーヴァード大学のマックとサリー夫妻、オレゴンのラーセン教授、ユタ州立大学の英語集中講座で世話になったトムとキャシー夫妻、ストーニーブルック大学の同僚や教授たち、そのほか核問題のリサーチや教育問題で世話になった多くの人たちに、僕に今何が起こっているのかを伝えるために。

奈那子と子供たちは、せっかく楽しみにし、切符まで手配してあった家族全員の日本一時帰国旅行をキャンセルした。日本の実家で待つ両親には事実を知らせた。九年ぶりの僕たち一家の帰国を待ちわびていた矢谷家と、一人暮らしの妻の母親がどんなにショックを受けたか、僕の想像を超えていたに違いなかった。隣近所や親類縁者から「息子さん一家はいつ帰ってこられますか?」と訊かれて、彼らは何と答えるのだろう?

二五日、ストペック弁護士は僕の仮釈放の手続きをし、カナダへ休暇で飛び立った。コーエン判事も休暇に出かけたという噂が伝わってきた。豊かな国、自由の国アメリカでは、誰もが休暇を取る権利がある。

拘置所内で「自主講座」を開講

八月七日、マーバーガー学長が書いた、僕の仮釈放を嘆願する判事宛ての手紙のコピーが届いた。夏休みで休暇を取りながらでも、拘置所の僕と、僕を待ちながら塀の外で暮らす奈那子と子供たちに対して、友人たちや院生の同僚たちは支援を続けてくれた。こうした活動については時々会議が持たれ、奈那子もそれに出席することがあり、その都度その様子を電話で知らせてくれた。僕の釈放の見通しが立たず、彼らも苛立っているらしかった。電話や手紙によるキャンペーン攻勢に対するアメリカ政府当局の反応はほとんどなく、その反応のなさは、支援する側には当局の「自信」と映り、さらにその一方で「ひょっとすると、チョウイチは何か事実を隠しているのではないか?」といった僕に対する疑心暗鬼が芽生える雰囲気もあったそうだ。塀の中にいる僕自身も同じような疑心暗鬼に襲われることがあった。

逮捕歴がなかったと「ウソ」をついてヴィザを収得したのが逮捕・拘置の理由ではなく、何かもっと恐ろしい行為もしくは犯罪に類似する活動をしたこと、あるいは自分が決して認めたくない非社会的あるいは非人間的な行為、態度を示したことがあり、それが今回の事態を招いているのではないか。僕自身に精神分析において想定される自我の防衛機制（ego defense mechanisms）の一つリプレッション（repression）が起こり、僕自身は忘れてしまいたいと思う罪過を国務省当局が知っているケースがあるのではないか。哲学者パキスタンが「ジャパンはここにいる資格がある」と言っていたが、それがどんな資格かは教えてくれなかったのはなぜか……？

僕と奈那子は日本人であったけれど、支援を続けてくれる人たちは皆アメリカ人だった。アメリカで暮らしているわけだから、支援をしてくれる人々が皆アメリカ人であるのは自然なことではあるが、よく考えてみると不思議に思えた。彼らが外国人に優しくする特別な理由があったのだろうか。雑居房に捕らわれた六、七〇歳以上の男たちは皆、アメリカ人ではない外国人で、僕がなぜ捕まったかに興味があったようだが、押しなべて親切だった。

鉄格子の拘置所では毎日数人が塀の外に消え、入れ替わるように「新人」たちが送り込まれてきた。最初はオドオドと落ち着きがないが、二、三日すると喧嘩を始めるほどに逞しさを見せた。囚人服のジャンプスーツが似合ってくると、例外なくアメリカに対して毒づいた。僕には毒づく相手もその理由もなかった……。

裁判が延期になった後、ちょっとした思い付きを看守長オーティスさんに提案した。

「拘置所内で喧嘩が多いのは、皆退屈で何もすることがないのも理由の一つだろう。毎朝一〇時より学校を開きたいのだが、どうだろうか？」

「ウーン……」

不思議そうな表情を見せていたが、彼女は「オーケー」と言って承諾してくれ、僕は雑居房の隅っこで「自主講座」を開くことにした。「サムライと禅」「寿司とハンバーガー」「日本型経営論」「忍者の役割」「アメリカン・ドリームの社会心理学」など、いろいろなことをテーマに取り上げ、毎回案内を壁に貼り出した。壁紙やセロテープ、赤、黒のマジックペンは看守長が提供してくれた。朝食が終わると「学校」が始まった。毎回二五、六人の「学生」たちが参加してくれた。その中には看守も三、四人交じっていたが、僕が何を話すのか監視しているというより純粋に「講義」を楽しみ「聴講」している風だった。東洋の小さい島国がどうして品質の良いクルマを作れるのか、「三方一両損」の諺などを話すと、大喝采を博した。コンバ・ザ・ナイジェリアは「日本型経営の秘密が分かった」とえらく真剣な顔つきになったりもした。ここでも僕は多くの友人たちを得た。「ジャパン、お前はなぜ捕まったのか、本当に知らんのか?」と、以前にも増して「学生」たちは「先生」にしつこく尋ねた。「先生」はいつも正直に答えた、〝No〟と。

不可解すぎる政府当局の意図

七月三一日午後三時、エドが面会に来た。将来弁護士になるつもりで勉強している彼は、「不条理な世界」にはまり込んでいる僕の拘置を、法の枠内で解き明かそうとしていた。

「アメリカ政府は、君をこの国に入れたくない」

「理由は?」

「理由は問うな。事実が大事だ」

「そんな馬鹿なことがあるか? そんな理不尽なことってあっていいのか?」

「理不尽だが、現に君は三週間以上ここで入国を拒否されている。理由を問うことは無駄なのだ。

お前を拒否する理由は当局には存在するが、君には存在しないからだ」

「……」

「逮捕の時を思い出してみろ。理由は国務省が握っている。『235（c）』がそうだ」

「しかし、それはもう抜け落ちている。今では、『212（a）(19)(20)』になっている……」

「その通り。『235（c）』で入国を拒否したが、それでは、当局の目的が果たせないからだ」

「意味が分からないが……」

僕たちの議論に面会室の他の者たちが聞き耳を立てているのを察したのか、エドは声を低めた。

君の政治活動か思想信条にアメリカ政府は関心がある、と彼は言った。今までどこかで、反米・反政府的な言動があったはずだ、と（アムステルダムで核兵器に関するアメリカ政府と国民の心理のズレについて発表したことがそれに当たるのか？　二〇年前の神戸での「ヴェトナム戦争抗議アメリカ領事館包囲デモ」や大阪「御堂筋デモ」のことか？　昨年のワシントンDCで行った「非核武装の態度と政治行動の不一致に見られる心理的妥協」と題した学会発言か？　何か他にもあったのか⁇）。

「だが、このアメリカではすべてが許される。反政府の言動、集会、結社、何でも自由だ」

アメリカは自由の国だ、とエドはニヤッと笑った。よって、僕がいかなる思想を持とうと、どんな政治活動をしようと、どんな組織、団体に入り、政府を激しく糾弾しようが、すべては憲法によって保障されている。共産主義者にだってアメリカではなれるんだ。「だから君の入国を拒否できる正当な理由は、アメリカ建国精神に則る限りどこにも存在しないことになる」と、エドは続けた。

「よって、政治的な理由で君をこの国に入れたくなければ、政治的でない法律を適用し、しかも同じ目的を達成する手段を講じることが最良の方策だろう。どのような法律でも、君の入国拒否が達成されれば『特命は遂行された』というわけだ」

「235（c）」では政府当局の意図は全うできない。政治的すぎるからだ。そこで、「212（a）⑲⑳」が改めて適用された。しかも証拠も理由も明らかにせず、「不真実提示」によって不正にヴィザを入手した不法入国外国人と断定した。その法律は最も一般的な法であった。オランダに行くまでの九年間、合法的に合衆国に住んでいた者に、アメリカ人の二児を持つ父親に、毎日カリフォルニアやテキサス、その他の州で国境を越えて入国する何万人という「不法入国者たち」に適用する最も一般的な法律を適用するのは、やはりどこかに当局の意図があったのだろう。腑に落ちぬことがあまりにも多すぎた。あまりにも不可解だった。

「しかし、今は理由を問うな。法的に対抗手段を取ることが肝心だ」と、エドは僕に迫った。そして、一連のアメリカ政府に対する法的対抗策を指示した。㈠「御堂筋闘争」の裁判記録を取り寄せること。㈡渡米以来の履歴をまとめ、ＦＢＩ特別捜査官リヴェラ氏の名刺を添付し、証拠物件として提出すること。㈢入出国管理法の専門家グループを組織し、事態の正しい分析と、最も可能性のある結果の予想と、それへの対策を前もって検討すること。

エドと別れて住み慣れた雑居房に戻ってくると、もう午後四時近かった。「友人」たちの半分以上が眠っていた。ここでは、不安と怒り、絶望と不信とで多くの者たちが夜間眠れないでいた。

すぐに奈那子に電話。京都の田淵さんに国際電話をかけ、大阪の岡田弁護士に連絡を取ってもらい、「御堂筋闘争」の裁判記録をニューヨークに送ってもらうよう頼んでほしい、と伝えた。二〇年前の弁護士だった岡田さんが今も生きておられるかどうか分からないが、逡巡している時ではなかった。

「英語訳も必要でしょう?」

「当たり前だ、馬鹿な質問するな!」

「英訳する時間も要るけど、裁判に間に合うかしら?」

「やる以外にないだろう!」

僕はついつい言葉を荒げて奈那子に怒鳴った（妻は怒鳴られるべきではなかった……可哀そうなことをしてしまった!）。

僕は今回のエドとの面会を通して、裁判に期待しようと思った。逮捕歴を隠したことは確かに「不正直」だったが、そのことで三週間以上も拘置されたことに対して、当局の寛容な理解を待っていた。だがそれはあまりにもウブで、政治的にもナイーヴすぎる対応だった。おそらく僕を含めた日本人の多くが陥りやすい落とし穴――アメリカとアメリカ政府を理想化する、自由と民主主義のイデオロギー――にはまり込んでいたのだ。アメリカもアメリカ人もアメリカ政府も、この九年間僕たち四人家族に対して本当に優しく親切だった。しかし今、僕に牙を剝いているアメリカ政府・国務省が目の前に立ちはだかっていた。

レーガンが大統領になってこの国は変わった

翌日、面会に訪れたストペック弁護士から公判は一二日に早まったと知らされた。裁判記録取り寄せの話についてでは、いい考えだと言ってくれたが、「すべての日本語記録の英訳は、その国のアメリカ領事館もしくは大使館員の認証印がなければ、アメリカのいかなる裁判所も証拠として受け付けない」と付け加えた。大阪地方裁判所で貰ってきた僕の判決文のコピーを、誰か法律に詳しい翻訳家に英訳してもらい、それを神戸のアメリカ領事館で認証してもらう必要がある。ニューヨークへは一一日までに届くのだろうか？「やってみる価値はあるだろう」と、ストペック弁護士は割と楽天的に答え、笑顔で面会室を出て行った。いつもはアメリカ人の楽天的な態度が好きな僕だったが、この時ばかりは少し不安になった。

アメリカ自然史博物館のエセル・トバック博士より電話。彼女の下で研究している山下さんの調査によれば、日本の刑法には「執行猶予の判決の場合、執行猶予の期限後はその罪を問わず、かつその件に関する一切の問いに答える義務は負わない」とあるとのこと。アメリカではそれを、ACP（Attorney-Client Privilege のことか？）と言うらしい。

「チョウイチ、心配しないで。公判になれば、我が政府が何と恥さらしな対応をあなたにしているか、はっきりするはずだから」

エセルも公判に期待していた。

公判の前日一一日までにすべての事実を物的証拠として揃えられるかが、僕の唯一の関心事だった。そういう僕は塀の中では何一つできなかったが、拘置所の外では多くの友人や同僚たちが僕のために動いてくれていた。京都の田淵さんは、一〇〇ページ近い裁判記録を手に入れ、僕の判決に関する部分を英訳してもらい、さらにアメリカ領事館で認証を受けたそれを、ニューヨークのストペック弁護士の元に送ってくれた。太平洋を越えて、公判前日の昼に届いた裁判記録の謄本には、「凶器準備結集罪・道路交通法違反・公務執行妨害の罪で、懲役四カ月、一年間の執行猶予」とあった。「凶器準備結集」(Gathering with dangerous weapons)の英訳を見て、ストペック弁護士は卒倒しそうになった。あの当時、日本で学生たちがデモで用意した「凶器」とは、縦横六、七センチ、高さ一五〇センチほどの角材や拳ぐらいの大きさの石ころのことだと説明するまで、彼の笑顔は戻らなかった。「マシンガン(機関銃)じゃなかったのか⁉」、と彼は大真面目にそう尋ねた。世界のあちこちで戦争を続け、銃が日常的なものになっているアメリカ人とのコミュニケーション上の誤解であった。

大学で僕のアメリカでの学生生活の合法性を証明する書類を用意してくれていたモリス所長も電話をくれた。

「チョウイチの無実を証明する完璧な書類が揃った。マイズナー検事に会うのが待ちきれないわ。どれもこれも、すべてレーガンが大統領になってこの国が変わってしまったせいなのよ」

彼女はアメリカの右傾化を嘆いていた。ソヴィエト社会主義連邦共和国(ソ連)をレーガン大統領は〝Evil Empire〟(悪の帝国)と呼び、冷戦下での米ソ緊張が急激に高まったのは一九八三年、たった三年前のことだった。ヨーロッパにアメリカの核兵器を配備することに対して盛り上がった世界的反核運動から、僕たちのストーニーブルック大学の反核リサーチが始まった。ボストン、ワシントンDC、そしてオランダでの学会発表後の帰国、その「ジャパンのアメリカ再入国」が「ヴィザ不正入手による不法」と告訴された。「ウイが産まれた時、出産費用・養育費を支援してくれたレーガン政府には感謝したが、ジャパニーズ・アメリカンのウイの父親を逮捕・拘置しているレーガン政府に『ジャパン』は抵抗せざるを得なかった」、と僕は自分自身に言い聞かせた。

カリフォルニア大学サンタクルズ校のスミス心理学名誉教授は、一〇日ほど前に送った僕の手紙に反応して、アメリカ議会上院議員であるカリフォルニア州出身のアラン・クランストン氏宛に支援要請の手紙を書き、そのコピーと共に拘置所の僕を励ましてくれた。

「同封しているわたしの手紙のコピーはハワード・コーエン裁判官に宛てたものです。長年の愛弟子であるヤタニ・チョウイチロウ氏の逮捕、拘留についての事件について訴えたものです。海外の学会からの帰り、彼は入管当局によって不当に逮捕されました。わたしは入管当局が、平和問題に積極的に取り組む人々を意識的に選択して、困難な状態に貶めているとしか見えません。貴殿の特別なご配慮をお願いするものです……」

一九七〇年代のヴェトナム反戦・公民権運動期にアメリカ心理学会長を務めていたスミス博士は、政治的に影響力のあるワシントンDCのキャピトル・ヒルの他の有力者たちにも、これと同じような内容の手紙を送ってくれていた。ニューヨーク州出身のダニエル・モイネハン上院議員（民主党）、アルフォンソ・ダマト上院議員（共和党）、そしてカリフォルニア州出身のレオン・ペネタ下院議員（民主党）にも（ペネタ下院議員は次のような役職に就いている。オバマ大統領政府の国防長官（2011-13）、CIA長官（2009-11）、クリントン大統領政府のホワイト・ハウス主席補佐官（1994-97）、管理予算局長（1993-94）、下院予算委員会委員長（1989-93）、アメリカ議会下院議員（1977-93））。

マーバーガー学長は二ページにわたる手紙をコーエン判事に送った。

「ヤタニ氏はストーニーブルック大学の重要なメンバーであり、多数の同僚から尊敬と好意を受けている。彼に対する告訴を取り下げ、研究の場に早く戻すよう要求したい」

マーバーガー学長が書いた手紙のコピーを持って面会に来たフレンド教授は、ノルウェーのオスロにあるPeace Research Institute（平和研究所）からの僕宛ての手紙を見せながら、「君の研究は学術的に評価されたものだ。我が政府は一体何を恐れているのだろうね」と頭を横に振った。一カ月以上留守にしているオフィスに届いたこの手紙の内容は、アムステルダムの学会で発表した原稿の出版依頼だった。「平和研究所」も国際政治心理学会の責任者たちも、僕がアメリカへの帰国途上、入国を拒否されニューヨークの連邦拘置所内に閉じ込められているとは思いもしなかっただろう。

修士論文の顧問でもあったオレゴン州立大学のラーセン心理学教授は、「家族思いのチョウイチロウをこのように長期に拘留する行為に遺憾を禁じ得ない。即刻釈放を要求したい」という手紙をコーエン裁判長に送っていた。最初の裁判が流れた後、あちこちに書き送っていた僕の手紙に多くの支援が集まっており、それにはとても勇気づけられた。僕は公判に向けた陳述書を書きまとめ、その日を待った。

二つしか道はない

拘置所内の不法移民たちの生活は以前にもまして荒々しくなっていた。ニューヨークの暑い夏のせいだけではないかもしれなかった。

八月一日、ニューヨーク・タイムズの記者、ピーター・カー氏がスキャンダルを暴露した。「連邦拘置所は不法入国者たちのみならず、多くの犯罪人たちも同じ拘置所に収容している」。記事を読んで、少しばかり不安がよぎった。逮捕理由を知らぬ存ぜぬとしてきた僕に対しても、不安を感じている者もいるだろう。髪も髭も伸び放題の僕は、かなり人相も悪くなってきていた。二日の深夜、七人のキューバ人たちが拘置所を脱走。翌朝まで、マシンガンを肩から下げた武装警官が数十名、雑居房の廊下をうろついていた。

八月四日午後四時、核問題で大論争をしたニュークリア・ザ・ガーナが強制送還。翌日早朝六時半、ゴーゴー・ザ・ハイチが強制送還のため鉄格子の外に引き出され、「帰国」させられた。

八月一二日早朝、朝四時半と六時半に目が覚めた。公判日で興奮気味なのが自分でも分かったが、起き上がるにはまだ早かった。七時半起床。体操、シャワー、洗面のあと朝食。これで、三五日間の拘置所の食事は終わりにしたいものだ。八時五〇分、「ジャパン！」と呼び出しが響いた。僕に手錠をかけたのは、チャイニーズ・アメリカンと見える監視員だった。

法廷に入ると、懐かしいブラメル教授がフレンド教授、モリス所長、そしてストペック弁護士と共に僕を迎えてくれた。すべてうまく行きそうな予感がした。手錠が外され、僕は陳述書を持ち直し、椅子に腰かけた。二、三秒も経たないうちに、コーエン裁判官が入廷した。そして、次に起ったことを僕は決して一生忘れることはないだろう。

コーエン裁判官は前回の法廷録音テープを回し、どの辺りで閉廷したか確認しようとした風に見えた。きょうの公判は、先回の続きとなる。テープが「両方とも（原告と被告）、証拠を用意して出廷するように。それまで……」と判事の声がテープから聞こえた時、マイズナー検察官が挙手してコーエン判事に近づき、ストペック弁護士を招いた。時間にして三、四〇秒、三者が顔を突き合わせ、ひそひそ話を交わし、それから、それぞれ席に戻った。

「アメリカ国務省は、ヤタニ氏のヴィザをすでに無効処分にしてしまった。したがって、ヤタニ氏は有効なヴィザを保持していない。即刻合衆国から自主的に出国するように申し渡す。自主出国がなされなければ、この法廷は、被告に強制退去の処分を宣告しなければならない」

コーエン裁判官の口調は淡々としていた。僕は自分の耳を疑った。聞こえてきた英語の宣告が理解できなかった。何が起こっているか理解できず、後ろに座っていた傍聴者三人の方を振り返り、「なんて言ったんですか⁉」と小声で訊いた。ストペック弁護士はコーエン判事の前に進み出て、「二、三分欲しい」と判事に頼んでいるのが聞こえた。

渋々ながらも裁判官が認めたわずかな時間内で、被告席の五人が話し合いを持った。

「チョウイチ、二つしか道はない。上告するか、日本に帰ってヴィザを取り直して再入国するかのどっちかだ。上告の権利は与えられているが、訴訟事件の性格上勝てる見込みは全くない」と、ストペック。モリス、ブラメル、フレンドは黙したままだった。その沈黙は、選べる選択肢は現実的に一つしかないということを示していた。その選択——国外追放されて日本に戻り、神戸のアメリカ領事館でヴィザを申請し直しアメリカに再入国を試みる——が上告よりも虚しい闘いであることはストペック弁護士にも大学の先生方にも分からないはずはなかった。

「コーエン判事、ぜひ陳述したいことがあります。何かが間違っています。僕の意見陳述をぜひ聞いてください」

「国務省の決定があった今、わたしには何も審議する権限がありません。言いたいことは被告の弁護士に話すように」

僕の必死な懇願も全く無駄だった。ただ、裁判官の退廷の前に「即刻退去」が、「九年間の家財、その他の処分に必要な期間を考慮し、一週間以内に国外退去」と、宣告内容がほんのわずかだが改善された。

ヴィザ取り消しの理由

マイズナー検察官から国務省の書類のコピーがストペック氏に手渡された。それによると、国務省による一方的なヴィザ取り消し決定の日付は、七月二一日と記され、それはきょうの裁判日八月一二日より三週間も前の日付だった。学会の後、アムステルダムの空港からケネディ空港に着いた途端逮捕、拘置されてからの三週間、僕と僕の家族、そして僕たちの支援を続けてくれた多くの人たちの尽力は一体何だったのか。

さらに、ヴィザの取り消しの理由は、入管法２１２（Immigration and Nationality Act）の（28）（19）条であった。（28）はアメリカ政府・国民に対する不利益な思想、信条、およびそれを流布する組織・団体のメンバーであり、（19）はその事実を不正直に隠蔽しようとした、とするものであった。この二つの新しい告発に僕自身覚えがなかったのは言うまでもない。

裁判記録を取り寄せてくれた大阪の岡田弁護士、それを英訳してもらい送ってくれた京都の田淵さん、その他の知人、友人たちの支援は全く無駄だったのか？　何十通とコーエン判事に送られたであろう救援レターは全く無意味だったのか……。

すべては終わった、という気がした。再び手錠が両手にかけられ、エレベーターに乗せられ、長い廊下を足を引きずりながら歩き、何度も鉄の扉をくぐり、「囚房」に戻ってきた。たった一つの事実がすべての疑問の存在価値を一蹴してしまっていた。「ミスター・ヤタニ、あなたはヴィザを所有しない外国人（エイリアン）である。ヴィザなしではこの国に入ることはできない」と述べたコーエン判事は、「ヴィザの発給は国務省の権限であり、他のいかなる政府機関も手出しができない」と続け、「あなたの入国の是非を審議する裁判所の権限も超えている」と僕を諭すように見据えた。判事のこの言葉は、僕の意見陳述要求を拒否する正当性を説明してくれるものではなかった。九年間のアメリカ生活に不正や反米行動があったかどうか、過去の反戦運動や反核リサーチが「アメリカに不利益を持たすもの」だったかどうか、僕がどのような不利益をアメリカ地域社会にもたらせたのか、すべては裁判が開かれて初めて可能となる検証であった。しかし「ヴィザを所有しない一外国人」という事実の前では、一切が無駄な想定だった。僕はアメリカを出ていく以外に何もできなかった。

「こんなひどいことをする国だなんて……」

電話の向こうで、奈那子は泣いていた。

「理由も証拠も出さず、発給したヴィザを取り消して国外追放だって⁉　ロシアより質《たち》が悪いじゃないか、エエッ⁉」

ベンソン・ザ・ナイジェリアは他の者たちに向かって叫んだ。アメリカらしくない、と僕も思った。こんなのは九年間住んでいたアメリカではない、と。

上告するか任意出国するか、出国するなら一週間以内にしなければならない僕だったが、この問題から黙って逃れることはできなかった。泣くだけで話ができなかった午前中の奈那子だったが、夜一一時過ぎに電話をくれ、「日本に帰る前にアメリカに一太刀浴びせなくちゃ」と言ってくれた。友人ローラの知り合いの弁護士から激励されて発した言葉だった。「国家の横暴に個人が引き裂かれていながら、黙っていてはいけない」と。その通りだった。しかし相手はアメリカ国務省だ。とにかくこの問題に詳しい専門家の意見が聞きたかった。そして、それから二四時間の間に、入管法についてはトップ・スリーと言われるらしい三人の意見を聞く機会が僕に与えられたのだ。クラウディア・シルヴァンスキー、アーサー・C・ヘルトン、そしてセオドール・ルーサイザー。我が友人、知人たちは易々とこれらの大物たちを引っ張ってきた（ニューヨークで弁護士界のトップ・スリーを簡単に呼び寄せることなんてできるはずがない、と思っていた）。これがアメリカの「草の根運動」の力なのだろうか。

勝てる保証はないが

八月一三日、五時に目が覚めた。六時半まで床の中。体操なし（三六日間の拘留期間中、初めてサボった）。誰とも話をしたくなかった。

一一時、マーサの手はずで四五分間にわたって、シルヴァンスキー弁護士と電話を通しての会談が持たれた。

「見事な政府のやり方だったわね」

彼女は開口一番にそう言った。柔らかい声だったが、きびきびとした調子が法律業務に携わる人間の特質を感じさせた。

「いったん国務省がヴィザを取り消すと、あなたはもう証言台に立てない。入管裁判所はあなたのヴィザが有効か無効かは審議できるが、取り消されたヴィザの決定には一切審議権限がない。上訴しても事態は不変。裁判はもう行われない。それが国務省の狙いだったのです、法廷での論争を避けることが。唯一可能な合法的対処は、あなたではなく（あなたはもうこの国には存在していないのですから）、あなたの代理、例えばニューヨーク州立大学が『職員（personnel）のヴィザの取り消しは不当だ』と、入管当局と国務省を訴えることです。この告発は入管裁判所ではなく、連邦裁判所に持ち込まれなければなりません。ただし、その裁判は何年も続くでしょう。しかし、何年かかっても、勝つ保証はどこにもありません。その間、あなたは拘置所から一歩も出られません。ヴィザを持たない外国人だから。以前、二、三同じようなケースがありましたが、勝てませんでした。でも、あなたがやると言うならわたしたちには人権問題を扱う大きな組織が必要です。相手は国務省です。挑戦するのは興味深く刺激的なケースになりますが、長期になります。あなたとわたし二人ではできません。いくつかそういう組織を当たってみましょう。あとはあなたの意志次第です」

長い話をしてシルヴァンスキー女史は電話を切った。僕の意志次第⁉　何年かかっても勝てない裁判に、僕の意志も何もないだろうに。

午後一時半、大学のオフィスに居たブラメル教授に電話でシルヴァンスキーとの会談を報告。彼はルーサイザー弁護士との話を終えたばかりだった。その要約を伝えてくれた。

「ルーサイザーは、別の戦術を持っており、勝てると言っている。重要な問題だから、国際人権擁護グループも関心があると言っていた」

「裁判期間はどれぐらいだと言っていますか？」

「二年ぐらいだろう、と。勝てる保証はないが、その過程で、五、六カ月で君を保釈できる、とも」

やってみないか、というブラメル教授のニュアンスが僕に伝わってきた。僕の意志さえ決まれば、われわれはいつでも裁判に行く用意がある、とも言った。「僕の意志」とは、勝つ見込みは薄いが二年間拘置所で我慢できるかどうかという「僕の決意」に他ならない。「ちょっと考えさせて下さい」と返事して電話を切った。

ブラメル教授と博士論文の話はできても、裁判のことを議論する気にはならなかった。シルヴァンスキーの考慮深い分析は僕の「決意」を躊躇させるものだった。「212（28）」のような政治的判例においては、国務省は絶対に妥協しないだろう。連邦裁判所で僕が幸い勝ったとしても、高等裁判所から最高裁判所へと、勝つまで上訴を繰り返すだろう。それに上に行けば行くほどレーガン政権に近づく。国家権力に近くなればなるほど、僕が勝利する確率はゼロに近づく。シルヴァンスキー女史はそう分析していた。

七時半、ブラメル教授から電話。博士課程院生顧問の考えは察しがついていた。

「ルーサイザー弁護士の意見は見込みがあるかもしれない。三、四週間頑張ってみないか？　それでも見通しが立たねば訴訟を取り下げればいい……」

八時、「どうしようか？」と、一連のやり取りを奈那子に伝えながら、彼女の意見を訊いた。

「何年そこで待てばいいの？　暢だったら、一カ月外に居たらもっと多くの仕事ができるでしょ。だいいち、拘置所って場所はあんまり良い所じゃないでしょうよ」

「世界中の友達がいっぱいできたけど、ここは良い所じゃない」と、失望で沈んでいる妻を少し元気づけようと冗談めかして答えたつもりだったが、受話器の向こう側は笑っていなかった。ベッドに戻り、もう一度フレンド教授、ラーソン教授、スミス教授、マーバーガー学長、その他の人々がコーエン判事やキャピトル・ヒルの強力な政治家たちに送った手紙のコピーを読み返した。彼らの支援に応えて頑張らなくちゃ、と考えた。悔しさで涙があふれた。一体全体、僕が何の悪事を犯したというのだ？　なぜここで耐えなければならないんだ。拘置所の外では皆僕に闘え、と応援している。拘置所に一カ月以上も監禁されるような犯罪を犯したわけでもないのに、さらに数年ここで闘えと言う。支援が多ければ多いほど、闘わずして米国から退去するのは、敗北のみならず裏切りになるような観念に囚われて仕方がなかった。こうした支援がなければ、黙って自分の国に帰れるのに、という思いもよぎった。しかし、日本に帰るのは、僕自身の意志ではない。それは皆も知っているはずだった。

「ジャパン、ハフツーを見たか？」

枕元にバーバー・ザ・キューーバが立って喚いていた。

「ハフツー・ザ・エチオピアか？　二、三日見てない。どうした？」

「なんかおかしい。誰も奴を見てない」

「何があったんだ？　鼠みたいにあっちこっち動き回っていた奴が全く見えないというのは、奇妙じゃないか」

「俺もそう思う。噂だがな、奴はフランスへ送られたそうだ。亡命を希望してフランスへ行ったが、フランス政府が拒否し、再びニューヨークへ連れ戻された。それで今、独房に監禁中だそうだ。生活指導員が話していた」

「なぜ独房に？」

「俺もよくは知らんが、フランス政府に拒否されてここに戻ってくる途中、監視員に抵抗して脱走を図った、ということだ。全くもって可哀そうな奴だ……」。七月八日、初めてここに来た日、最初に声をかけてくれたのがハフツー・ザ・エチオピアだった。若くて活発、年齢は二一、二歳位に見えた。

「キューバ、今夜僕の頭を刈ってくれ」

ここに来て以来、刃物は一切肌に触れさせないようにしてきた。ちょっと前に流行の兆しを見せたエイズや性病などから身を守るためだった。便座には尻の穴を拭う紙の二倍の厚さでトイレットペーパーを敷いた。奈那子に言われなくても、食事の際には必ず手を洗ってから食卓に就くようにしていた。一つのリンゴを他人と齧り合うことも勿論やめていた。しかし今回は、バーバー・ザ・キューバ（キューバ人の床屋）に頭を預けることにした。

「ジャパン、国に帰るのか？」

「たぶんな……」

三ドル払うと、「日本人の髪の毛を刈ったのは初めてだ。四年近くここにいるけどな」と、キューバはしんみりと言った。時計は夜一〇時をちょっと過ぎていた。僕は彼から手に入れたカミソリで、むさくるしく伸びていた顎髭を注意しながら剃った。手錠をかけられ護送されてくる僕の顔を妻と二人の子供が見ても、もうこれで驚くことはあるまい。国外退去の際、空港で会うことになるだろう家族を心配させてはならなかった。

メイ記者からの電話

一四日の朝、ブラメル教授がアーサー・ヘルトン弁護士の意見を伝えるために電話をくれた。彼の意見は「シルヴァンスキーとルーサイザーの中間だ」、と言った。

午前一〇時五分、「ニューヨーク・タイムズ紙のクリフォード・メイ」と名乗る新聞記者からの電話があった。どうして新聞記者が電話をかけてきたのか訝ったが、「オードリーから君のことを聞いた」と彼は言った。オードリーさんはルイーズさんから僕のことを聞いたに違いなかった。名前を聞いて、すぐピンときた。四年ほど前、オレゴンから長旅でロングアイランドに着いた時に、ノースポートの町の教会で歓迎してくれたのがオードリーさん一家。教会で四、五日暮らした後、オードリーさんが職場の同僚のルイーズさんを紹介してくれ、ルイーズさんのヤパンクの家に僕たち一家は引っ越したのだ。世話になった大家ルイーズとオードリーは、僕が通うストーニーブルック大学の大学病院で働く看護師さん同士であると同時に、僕たち一家の面倒を見てくれる「アメリカン・ホスト・ファミリー」のようでもあった。

「君と君の家族が受けている不当な政府の扱いを記事にしたい。オードリーからわたしが聞いた限りでは、とても信じられないことだ。何が起こっているのか話してほしい。先週、あるアメリカ企業のトップの仕事を記事にするためにお供して日本に行き、二日前に帰ってきたばかりだが、また日本人のことを書くなんて何かの因縁めいた偶然だろうと思う」

〝a strange coincidence〟とメイ記者は言った。初めてのアメリカにやって来て、いろいろな「偶然」が起こり続けていた僕は、メイ記者にすべてを話した。長いインタヴューとなった。聞き上手で、好奇心の塊のような問いかけを繰り返す彼に、僕も今回の事件の内容と、それ以前のアメリカ生活のことをありのままに話した。話の途中で何度も、彼は「信じられない、全くクレージーだ」と疑うような声を発した。僕は、この話は作り話ではなく事実なのだ、と彼に確信させるために、「記事にするのは、必ずブラメル、フレンド両教授と、マーバーガー学長にインタヴューしてからに」と条件を付けた。メイ記者は「オーケー」と快く受け入れた。

一〇時半過ぎ、二人の先生方にメイ記者のインタヴューの件を話し、必ず彼に会ってほしい、と頼んだ。

一一時、ニューヨーク・タイムズのティナという女性から、僕の写真を撮りたいという申し入れがあった。「クリフォード・メイ記者がブラメル教授とフレンド教授に会うまでは、この件を記事にしてほしくないから、それまで写真も待ってほしい」と丁寧に答えた（六〇年代以降、マスコミが「両刃の剣」であることを知っていた僕は、全面的にメイ記者を信用するわけにはいかなかった）。

午後二時、フレンド教授とブラメル教授から電話があった。

「メイはかつてシルヴァンスキーの裁判の事実を歪曲して記事にしたことがある。気をつけた方がいい。夜八時半に電話をくれ。その時に君の今後の方針を聞いた上でマスコミ対策を考えよう。それまでは、メイのインタヴューに対しては、ノーコメントだ」

二時一五分、マーサが面会に来てくれた。グレープフルーツ、オレンジ、ニューヨーク・タイムズとヴィレッジ・ヴォイス紙を差し入れてくれた。別れ際に、「少し痩せたわね。でも散髪して、さっぱりした人相になったわよ」と言いながら、頬に接吻し力強く抱きしめてくれた。

三時半、ブライアンが電話をくれ、激励を受けた後、コインなしで電話がかけられる秘密の番号を教えてくれた。

「ワシントンDCの下院議員に君の支援を頼んだ。何かしてくれるはずだ」

彼と彼の妻であるレーチェルは二人ともストーニーブルック大学病院の医者で、今回の事件が起こるまでの数カ月間、彼らの子供ジャスティンを奈那子がベビーシッティングしていた。

夕方五時、再びメイ記者から電話があった。

「明日マーバーガー学長と会うアポイントメントが取れた。楽しみだ。現在までのところ、国務省が馬鹿げて見える。上告するか日本に帰るかは土曜日の記事を見てからにした方がいい」

五時半、ティナから、「写真は明日ぜひ撮りたい」と電話があった。ニューヨーク・タイムズのティナとメイ記者は連絡を取り合っているに違いなかった。

七時半、奈那子に電話。ブライアンからもらった番号を使った。そのことを言ってから、僕の方針を伝えた。
（一）本日より三週間、拘置所生活に甘んじる（六月末にオランダに行って以来、大学で仕事はしていないが、九月一〇日までは僕に助手手当が出るように手配すると、モリス所長から報告があった。あと三週間は収入があるから家族は大丈夫だ）。
（二）その三週間で裁判に勝つ見込みがなければ、一家四人日本に引き揚げる。
（三）その期間、ニューヨークで最高の弁護士を雇って裁判を行ってもらうこと。僕は何らやましいことはない、全く無実の罪で不当に監禁されている。米国、国務省が不当なのだ。僕が闘うから、塀の外の人々も闘うというのではない。それは本末転倒。アメリカ人が自国政府の不当な外国人待遇に対して闘うから、僕も塀の中で頑張れるというものなのだ。国外退去とは、僕たち一家の九年間の生活を無駄にしてしまうことだ。一カ月以上の拘留も記録すら残らないだろう。だから、
（四）ニューヨーク・タイムズに、僕と家族全員の写真を載せて記録に留めること。
「これ以上、失うもの何にもないもんね」

サバサバとした妻の声が電話口から届いた。

八時二〇分、フレンド教授に電話した。親子電話の片方に、ブラメル教授がいるのが分かった。

（一）から（四）のことを僕の方から切り出した。二人は（一）から（三）は納得したが、（四）については猛反対した。

「君はマスコミの恐ろしさを分かってない。もし、新聞が君のことを一言でも『コミュニスト』『テロリスト』と書けば、大学当局は君への積極的な支援を渋るだろう。今まで君を支援してきたマーバーガー学長も、そのレッテル一つで君との関係を断とうとするだろう。レーガンのアメリカでは、一度そんなレッテルを貼られると、それでもう終わりだ」

それを聞いた時、この二人が体験したことを思い出した。一九八一年『アメリカン・サイコロジスト』（*American Psychologist*, 1981）というアメリカ心理学会の月刊誌に、二人の「ホーソン研究」について極めて批判的な論文が掲載されたが、その論文に対して反批判も掲載された。それは、「ブラメルとフレンドの両心理学研究者は、すでに学会で確立された優れた『ホーソン研究』論をマルクス主義のイデオロギーで歪曲している」というものであった。「マルキスト」や「コミュニスト」のレッテルを貼ることによって、二人の心理学者が「反アメリカ」的な偏見の的にされ、心理学界やニューヨーク州立大学内で困難な状況に置かれたことは想像に難くなかった。自分たちの体験を通して僕の将来を思いやってくれているのだと僕は感じた。博士論文の顧問でもある彼らからの忠告はとても有り難かった。しかし、僕は今その「将来」を否定するアメリカ政府に挑戦しようとしていた。

「君の九年間は、マスコミのその一語で終止符を打つことになる」

「事実と異なっても？」

「事実か虚偽かは問題ではない」

「ニューヨーク・タイムズが事実に反することを書きますか？」

「書かない保証がどこにある？　むしろ君の事実より、事実でない方のニュースが面白い場合だってあるだろう。家族持ちの一学者の卵より、アメリカ政府に睨まれた極左集団の方がニュース・ヴァリューがある場合もある」

一〇時半までの二時間、われわれ三人は電話で激論した。二人の恩師に、初めて失礼な言葉Fワード（fuck）も使った。この事件ではアメリカ人は誰も傷つかないだろう。良心は痛むかもしれないが、彼らは何も失わない。僕はだんだん開き直っていく自分に気づいた。

「結構だ、テロリストとして国外追放されるのも、結構。ニューヨーク・タイムズがそう書き、国務省が彼らの理不尽な目的をそのような形で遂行するなら、それも結構。そんな報道でマーバーガー学長が支援を打ち切るなら、それも結構。そんな事態を考慮して、びくびくしながら裁判を続けようとしているお二人を、僕はむしろ哀しく思います。『クソ喰らえ、アメリカ！』と叫んで、僕は出て行きます。長い電話ありがとうございました」

そう言って、僕は一方的に電話を切った。周囲で僕の長い電話を聞いていた「友人」たちが、「やったぜジャパン！」と、親指を突き立てた。僕はもう会うことのできないフィロソファー・ザ・パキスタン、コンバ・ザ・カメルーン、ハフツー・ザ・エチオピアを思った。そして、前日、長い電話を可能にしてくれたブライアンに感謝した。偶然とはいえ、ブライアンのあの番号がなかったら、あの長い電話会談は不可能だった。

ニューヨーク・タイムズの取材を受ける

翌日、八月一五日朝九時、ブラメル教授に電話を入れた。

「僕の方針は変わりません。しかし、ニューヨーク・タイムズのメイ記者には必ず会ってください。昨夜は大変失礼しました」

「チョウイチ、君はもう失うものはないと言ったが、そうかもしれない。オーケー、分かった。メイ氏に会おう」

一〇時半、ティナより電話があった。

「一一時に撮影班が拘置所に着きます。それから、ポートジェファーソンのあなたの家族の写真も撮りたい。構いませんか？」

もちろん構わなかった。妻の奈那子も、二人のジャパニーズ・アメリカンのソーラとウイも、今さら写真を撮られることを気にするはずはない、と思った。

一一時、三人の撮影班がやって来た。一時間近くかけて、三、四〇枚ほどの写真を撮った。撮影はテーブル一つと三、四個の椅子だけの小さな部屋で行われたが、どうして四〇枚近い写真が要るのか、よく分からなかった。撮影機材をかたづけて彼らが部屋を出て行こうとする時、カメラマンが僕に一枚の紙切れを差し出して、「グッド・ラック！」（〝Good luck!〟）と言った。どこかで見た顔だと思ったがその時は思い出せなかった（この時もらった紙切れについては後述する）。

午後一時、「アーサー・ヘルトン」と名乗る弁護士から電話があり、僕の弁護を引き受けたいと言ってきた。以前話に聞いていた三人のうちの一人だ、とすぐに気づいた。

午後二時半、ヘルトン弁護士が三人の人たちと拘置所の面会部屋に現れた。二人は、シティー・コーポビルに事務所を構える大手法律事務所シャーマン・ステアリングの弁護士、ダン・ルヴィン弁護士とアンドリア・スミス弁護士だとヘルトン氏は紹介した。もう一人は、セオドール・ルーサイザー弁護士と自分から名乗った。四人は「ヤタニ・ケース」の事情をブラメル教授とフレンド教授から聞いて知っているから、もう説明はいらないとヘルトン氏は言い、今重要なことは彼の持ってきた書類にサインをもらうことだと簡潔に用件を述べた。

「来週月曜日の夜一二時までに出国しなければ、僕は強制送還されます。あなた方に支払う弁護料は一セントもありませんが……」

言い訳を述べながら、彼ら四人（！）を僕の弁護士として認める書類にサインをした。サインを受け取った四人は、すぐさまコーエン裁判官に会いに行った。四時に再び面会に訪れたヘルトン弁護士は僕に二言三言しゃべると、五分も経たないうちに面会室を出て行った。

「あなたは月曜日を過ぎても、この拘置所に滞在できる可能性があります。あなたの今後のすべては、月曜日の入管裁判所の法廷で分かるでしょう」

週末も含めてあと三日、僕の「将来」についてどれほどのことができるだろうか？

五時、メイ記者から電話があった。

「マーバーガーにもブラメルにも会った。明日の記事がうまく行って、君が拘置所を出られたら、ビールで乾杯したいが、約束できるか？」

「今、何て言った？　そんな約束だったら、絶対するよ」

どんな記事を書いたのか全く見当もつかなかったが、マーバーガー学長がメイ記者のインタヴューを受けたという知らせはとても嬉しいものだった。心理学部の教授会が拒否したブレットの准教授昇進とテニュアーを懇願したり、オランダの学会費用を無心したり、今度は国務省から汚名を着せられ拘置所から救援の手紙を書いたりした「人騒がせ」(trouble maker) な一留学生のために、ニューヨーク州立大学の学長がここまで何かをしてくれるだなんて本当に有り難かった。しかし、学長はメイ記者のインタヴューに何と答えてくれたのだろうか。それについては見当がつかなかった。

マスコミの負の力を知っているせいか、当初は積極的でなかったブラメル教授がニューヨーク・タイムズのインタヴューを受けてくれたのも有り難かった。答えにくい政治的な問題を多く抱えている大学院生である僕は、彼にとっては「お荷物」だったはずだ。いずれにせよ「僕の実像」として、メイ記者のインタヴューに応じた学長と顧問教授のコメントがニューヨーク・タイムズに記録となって残るのだ。先ほどのメイ記者からの連絡はアメリカの「牢屋の中の日本人」にとっては嬉しいニュースだった。日本海の離島、隠岐の島から本土に渡り、六〇年代京都での学生運動の悲惨な終焉を経験したあと、このアメリカにやって来た。そして最高学府のストーニーブルック大学で博士号取得を目前に、テロリストかコミュニストとしてレーガンのアメリカから国外追放されようとしている今この時、希望の「明日」は見えないが、ニューヨーク・タイムズの記事が発表される明日、多くの人々が「僕と僕の家族のアメリカ」を知ることになるだろう。どういう結果になるのか、すべては僕の手から離れていた。

ニューヨーク・タイムズ、「ヤタニ・ケース」を報じる

八月一六日午前八時三〇分、拘置所内には届けられないニューヨーク・タイムズの記事が知りたくて、ブラメル教授とフレンド教授に電話をかけた。宅配を待たずに、二人ともポートジェファーソンの自宅近くの雑貨店に新聞を買いに行ったに違いなかった。

「メトロポリタン・セクション（市内版）の大きな一面記事だ。内容は両方の意見を入れて公平だが、読者は君を支持するだろう」とブラメル教授。フレンド教授は「国務省が全くバカげて見える。四人の顔写真が素晴らしい」と、僕に好意的な内容だったらしく、いささか驚いている様子だった。ホッとして、急に肩から緊張が取れたのも束の間、日本の朝日新聞、アメリカのいくつかのテレビ局と新聞社ニューズデーのインタヴューの申し込みがあった。その間も、マーサ、ブレット、アン、ブライアンとレーチェル夫妻、ルイーズに山下さん、リン、ジェラルド……、昨夜電話した友人た

ちから「素晴らしい記事だ！」と続々朗報が届いた。午前中、僕はずっと電話に付きっきりの状態だった。昼が過ぎても悪いニュースは一つも聞かれず、僕はベッドに寝そべりながら、「これでいつ日本に帰されてもいい」とさえ思った。

夜八時、ダンからの差し入れで、ニューヨーク・タイムズが届いた。大勢の男たちが僕のベッドの周りに集まり、看守たちも加わって一緒に新聞を読むことになった。二人の子供たちと奈那子の写真はうまく撮れていた。僕の表情も悪人には見えなかった。その写真の下に「Dith Pran」と撮影者の名前が記されているのに気がついた。思った通りだった、映画『キリング・フィールド』のモデルの一人となったディス・プランだ（映画『キリング・フィールド』（*The Killing Fields*, 1984）は、ニューヨーク・タイムズの記者シドニー・シャンバーグと取材助手のカンボジア人ディス・プランのカンボジア内戦取材時の体験を基にしたもの。原作はピューリッツァー賞、映画はアカデミー助演男優賞を受賞した。ヴェトナム戦争とカンボジア内戦はアジアに痛ましい悲劇をもたらしたが、そうした中で侵略国アメリカのジャーナリストと彼の助手を務めたカンボジア人プランの友情を描く。その後、アメリカに渡ったプランは一九八〇年フォトジャーナリスト・報道写真家としてニューヨーク・タイムズに雇用された。写真撮影の後、「グッド・ラック！」と言って、僕にくれた紙切れには「Best Wishes To Choichiro Dith Pran 8/15/86 The Killing Fields」とあった）。

「ロング・アイランドに住む日本人教師を追放しようとする企てにミステリーが立ちこめる」（Mystery Shrouds Effort to Deport Japanese Instructor on L.I.）という見出しが付いたクリフォード・メイ

の署名入り記事は、僕と国務省の両者の主張、立場を公平に伝えるものだった。しかし、その公平さにもかかわらず（あるいは、公平だからこそ？）、ブラメル教授が朝の電話で言ったように、「読者はチョウイチを支持する」だろうと僕も感じた。

「状況はカフカの如き世界を呈している。国務省と入管当局は、なぜこの重要な人物を国外に追放しようとしているのか、われわれ大学当局には全く理解できない」

ストーニーブルック大学の学長は、カフカを持ち出して、僕の置かれているアメリカとアメリカ政府の不条理な世界を問うていた。スタンフォード大学の原子物理学の博士号を持つ学長が、二〇世紀の文学史で際立ったこの実存主義作家を持ち出したことに、僕は驚いた。ヤタニ・ケースはもう僕個人の「審判」ではなく、アメリカの「審判」になるかもしれなかった。現実の僕はカフカの物語に出てくる「K」の如しで、裁判が始まれば、僕の犯罪とアメリカ政府の告訴の不条理さを、法廷に出席したアメリカ人すべてが目のあたりにするだろう、とマーバーガー学長はカフカ作品に準えつつ語っていた。文学と政治の深い関係を僕もまた連想し、心理学者の明日を考えた。メイ記者の長いトップ一面記事は、各方面にインタヴューした公平さがあり、それはまたヤタニ・ケースの深さと猥雑さを物語っていた。


「『ヤタニ氏は共産党もしくは共産党に関係のある政治組織に属している故に、アメリカ入国はできない』と、国務省スポークスマンは答えた。『いかなる組織か、名前を挙げてほしい』

という、記者（メイ）に『その質問には答えられない』と彼は答えた」

「ヴィザなしで不法に入国し、例えば、麻薬売買などの事件で捕まった者には裁判上多くの権利が与えられるが、長く米国に住み、立派な経歴と家と仕事を持ち、さらにアメリカ市民の二人の子供の父親であるヤタニ氏に、保釈も含めた一切の権利がないのはなぜか」

「一九五二年成立のマッカラン・ウォルター法によれば、政治思想・信条、あるいは規定された政治団体（共産党関係）への加盟者は国外処分にされるが、ヤタニ氏はそれらとの一切の関わり合いを否定している」

「国外退去の業務に関わるスコット・ブラックマン入管次長は、木曜日の記者の質問に『ヤタニ氏のこれまでの滞在は合法的かつ適切だった』と答えたが、昨日金曜日全く同じ質問に『彼の滞在が合法的であったか否かは、すべてが明らかだとは言えない』と、言葉を濁している」

「彼は博士論文のテーマに、アメリカの文化的特徴と日本型経営方式の関係について研究を進めてきたが、時折、核問題や軍縮問題についての研究も行っていた、とブラメル教授は発言した。今回大学のスポンサーで、核・軍縮問題についてのオランダ国際学会に出席した。前述のブラックマン氏によれば、帰国の際、入管職員が政府のブラックリストにヤタニ氏の名前を発見し、逮捕した」

「具体的な嫌疑とその証拠については、ブラックマン氏は発言を避けた」

「入管裁判が終結される前に、国務省によってヤタニ氏のヴィザは取り消されてしまった。したがって、入管当局としては、彼を追放する以外に残された道はない、と当局スポークスマン、デューク・オースティン氏は述べている」

「ヤタニ氏は、さらに調査が進めばこの事件はある種の国務省の失策によるものであることが分かるだろう、と希望を託し、『九年間のアメリカ生活が、全くの不条理で破滅するなど到底信じられない』と感想を述べている」

もしも、FBI特別捜査官クッキー氏の調査報告をメイ記者が手に入れ、その報告全文が記事に載ったら、ニューヨーク・タイムズの読者は、さらに僕を支持するに違いなかっただろう。エドがほんの二週間ほど前に、半分真面目顔で言った言葉を思い出した。「君はアメリカ人よりも立派な順法のアメリカ人のようだよ」

読み終えた新聞をベンソン・ザ・ナイジェリアが僕から取り上げ、自分のベッドに持ち帰った。二、三人の仲間が彼に続いた。残された三十数人は不思議そうに僕の顔を覗き込んでいた。

夜九時半過ぎ、アンドリア・スミスとダニエル・ルヴィン両弁護士から電話があり、二、三質問を受けた。月曜日の裁判で提訴するため、この週末の夜は宣誓書を作成すると言っていた。

オノ・ヨーコさんからの電話

八月一七日、ブラメル教授より早朝八時半の電話。「今朝のニューズデーの記事は、昨日のニューヨーク・タイムズの記事よりもずっといい！」と興奮気味に言った。土曜日と日曜日は拘置所の面会は許可されないので、いくつかの新聞社、テレビ局はポートジェファーソンの我が家の方に押しかけたらしい。日曜日の昼過ぎに、デイリーニューズとアソシエート・プレス（ＡＰ）より電話インタヴューを受けた。

夜になって、奈那子より電話が入った。

「日本のテレビ朝日のインタヴューがあったよ。ロンもデナも同席したから、録画もきっとうまく行ったと思う。それから、ヨーコ・オノさんから電話があったよ」

ヨーコ・オノがどんな人だったかすぐには思い出せず「誰のこと？」と訊くと、

「オノ・ヨーコよ。ビートルズのジョンの奥さん。二回も激励の電話をもらって、嬉しかった」

弾んだ奈那子の声を聞きながら、僕も嬉しくなった。六〇年代のビートルズはもちろん知っていた。彼らの歌も歌ったし、ジョンとヨーコが裸でベッドインした抵抗運動も知っている。「どうして電話をかけてきたのか？」と訊こうと思ったが、野暮な質問だと思い直した。「チョウイチ、お前のことでニューヨーク中、大騒ぎだ！」と、昨日ジェラルドが言っていた。

「マンハッタンのダコタアパート、コールド・スプリング・ハーバーの別荘にも遊びに来なさいって、誘われたのよ！」

国外追放されたら、それも「オジャンでパー」になるのだが……「それはいいね」と僕も元気な声で応じた。

夕方遅く届けられたニューズデーでは、「『申し分のない人物』国外追放」（Ideal Person' Faces Deportation）という見出しで、ゴールドバーグ氏とクウィットナー氏の二人の記者が、僕や家族の私生活にスポットを当てて記事を書いてくれていた。

雑居房は僕の記事で大騒ぎになった。「お前らアメリカ人、こんな立派な日本人を拘置してどう思っているんだ。俺たちにこだわるより、外に出て泥棒でもとっ捕まえろ！」とキューバ。四、五人が追従して「そうだ、そうだ！　ここにいる人間はみんないい奴ばかりだ。てめえら、とっとと出て行きやがれ！」。看守たちは当惑し、困り切った表情で苦笑いしていた。看守の一人が舌打ちしながら、漏らした。

「一体全体、どうなっているんだ!?」（What's fucking going on?!）

ニューヨーク市内の騒動に、拘置内の喧々諤々、僕はまた新たな厄介者となったかもしれなかった。

八月一八日朝八時二〇分、「ジャパン！」と、大声で面会の呼び出しがあった。四日前の弁護士たちだった。彼らの中にストペック弁護士の姿は見えなかった。目の前に五〇ページを超す立派な上申書を一〇冊以上も積み上げ、「これらを入管当局、国務省、コーエン裁判官、合衆国連邦裁判所に提出します」とヘルトン弁護士は言い、「あなたの命運はこれから十数時間で決定されます。事は緊急を要しています」と言いながら、僕にサインを求めてきた。すぐさま、それぞれの上申書にサインした。

ヴィザを取り消されて不法外国留学生となった僕の入管裁判を再開させるために、コーエン裁判官との会談に向かう四人の後ろ姿を見て、次の三週間を期待してもいいと僕は思った。

九時二〇分、朝日新聞社の横井記者がインタヴューに訪れた。同時に面会室でテレビ朝日の収録も行われた。日本を出て一〇年近く、一度も帰ってこなかった僕のアメリカ政府と葛藤する姿を、放送を通じて、日本にいる奈那子の母親、僕の両親、家族、親類縁者、友人・知人たちがとうとう見ることになる。みんなに厄介をかけることになるかもしれないと思うと、重い気分に押しつぶされそうになった。

一一時、「ジャパン！」と、呼び出しがあり、今度は裁判所に行くと告げられた。法廷の中は妙な雰囲気だった。コーエン裁判官が不思議そうな目付きで僕を見ていた。

「ここにいる四名の弁護士は、君の新しい弁護士に間違いないかね？」

日本から来た一留学生の裁判に、なぜアメリカのトップクラスの弁護士たちが介入してきたのか、全く信じられないといった表情をしていた。

「ミスター・ヤタニ、これは予審である。いいかね？」

ヘルトン弁護士はコーエン裁判官に「裁判を再開し、ヤタニ氏は入国許可か国外追放か、もう一度審問するよう」に要請した。マイズナー検察官は「国務省がヴィザを取り消した段階で、あなたには審問の法的権限が一切ありませんぞ」とコーエン判事に詰め寄った。両者に挟まれて、コーエン判事は本当に困惑した表情を呈していた。

「国務省がヴィザを取り消した人物について、公判を再開できるか否かは、学問的には興味ある事例だが、全く前例がない。わたし自身が確信の持てないケースである」

三者の難しい法律論争に、当事者の僕はまるで部外者のように立ち尽くしていた。
三、四〇分が経ち、論争は中断され、僕はすぐ囚房に返された。「心配しないで。アーサーがちゃんとやってくれるから」、紅一点のアンドリアが耳元で囁いた。
昼一二時を回った頃、「ヨーコです」とオノ・ヨーコさんから電話がかかってきた。「ヤタニ・チヨウイチロウです」と、畏まった返事をした。

「テッドにも、モイニハンにも電話したから、心配しないで。奈那子さんとも話したわ。絶対にギブアップしないで」

ヨーコさんはジョン・レノンと共に経験したアメリカ政府との政治運動を少し語った後、彼女の弁護士に電話を回し、僕の現状について話し合うよう勧めてくれた。テッドとはマサチューセッツ州出身の上院議員のエドワード・ムアー・ケネディのニックネームで、モイニハンとはニューヨーク州出身の上院議員、ダニエル・パトリック・モイニハンのことだった。あとでエドは言った、「国務省といえども、ワシントンDCの民主党の重鎮二人を無視することはできないだろう」と。

午後一時、アメリカの三大ネットワークの一つであるNBCのテレビ・インタヴューを受け、昼飯を逃すことになった。僕以上に周囲の看守たちが緊張し、インタヴューの間、たびたび髪に櫛を入れたり、服の襟を正したりするのが可笑しかった。

午後二時、日本領事館より三人の領事が面会に現れた。しかし、僕のために具体的にどういう支援をしてくれるかといった話ではなく、「お見舞い」ということだった。同席した弁護士、ダニエル・ルヴィンのために僕は始終英語で領事たちと話した。

「ヴィザのない僕は、任意出国までの五時まであと三時間しかありません。五時を過ぎると強制退去の対象になります。きょうの深夜にでも追放される可能性があります。強制退去させられると、三年間はアメリカに来ることができません。妻と二人の子供に法的にどのような処置が執られるか僕には分かりません。妻のヴィザはＦ‐２ですから、Ｆ‐１の僕のヴィザが無効となった以上、奈那子のヴィザも無効と思われます。二人の子供はユタとオレゴンで生まれてますから、アメリカ人です。両親がヴィザを持たない不法滞在外国人だと、アメリカ人の子供はどうなるのか、僕には分かりません。僕たち夫婦の持っているパスポートは正式で有効なものです。日本領事館として、日本人の僕たちに支援をください」

「それは……何とも……（いたしかねます？）」

煮えきらない返事ばかりだった。「お見舞い」が終わって、領事たちが帰った後、ダンは怪訝な顔つきで僕に尋ねた。

「チョウイチ、君は本当に日本人か？」

ダンの冗談に違いなかったのだが、僕は〝I guess so...〟（多分ね……）としか言えなかった。

「わたしが外国で、君のような困難に出会ったら、アメリカ政府はどんなことがあったとしても、わたしを助けてくれるがね」

アメリカ政府のみならず、僕は自国の日本政府からも見放されていた。

午後三時、エドが面会に来た。

「ニューヨーク中のマスコミと法曹界が君の味方をしている。レーガン政府がどう対応するのか、見物だね。ヨーコがテッドと連絡取ったんだって（!）、それじゃDCも大騒ぎだろう。騒ぎがこれ以上広がる前に、俺だったら今夜中にお前をアメリカから出しちゃうね。冗談、冗談」

面会室には数人いたが、エドは全く構わず、大声で笑った。エドの冗談に、僕も思わず笑いそうになった。

四時、ニューズデーによる写真撮影と取材があった。記者のバーバラは「昨日、奥さんと二人の可愛いチビちゃんたちに会ったよ」と、三人の様子を話してくれた。不覚にも涙が出て止まらなかった。貧乏でも力を合わせてここまでやって来たのに、こんな風になってしまい、家族には悪いと思う。米国政府の汚い、卑怯なやり方に怒ってはいるが、巨大な組織の力の前に一人の外国人の無力さが痛いほど思い知らされる。

取材が終わり、バーバラに奈那子への伝言を頼み、囚房に戻ってくる途中、廊下の角の独房のドアの向こうから物音が聞こえた。振り向くと、小さい鉄格子の窓からハフツー・ザ・エチオピアが覗いていた。ドアに向かって走り、窓に顔を近づけると、「ジャパン!!」と叫んで彼は親指を突き立てた。きっと暴行を加えられたに違いない、むくんだ顔でエチオピアは何やら言っていた。しかし、厚い壁のせいで聞き取れなかった。駆け出して独房に近づく僕を看守はすぐには阻止しなかったが、二、三分するとやって来て、「さあ戻るんだ」と僕を独房から離した。振り向いて、僕は手錠のかかっている両手を上げ、二本の親指を彼に向かって突き上げた。独房はマッチ箱のように小さかった。

「あしたのあした」

きょうの出来事を話そうとして、夕御飯の前に奈那子に電話をかけた。

「ダディー、あしたかえってくんの？」

予期せずウイが出た。「ママに代わって」という父親の注文に、いつ帰ってくるかと訊かれて、一瞬戸惑った。

「あしたのあしたかな……」

明日の早朝にでも強制退去があるかもと気になっていた僕は、この時はいつもの「明日帰る」とは言えなかった。ウイは「オーケー」と軽く返事をよこし、傍にいたらしい奈那子に受話器を渡した。領事館の人たちの訪問の話には、彼女もがっかりしていた。二人とも「明日」のことは話したくなかった。四歳の宇意は「オーケー」と言ったが、おそらく「明日の明日」や「明後日」という言葉の意味や概念などまだ分からないと思う。正直言って、僕には「明日」はなかった。咄嗟の言い訳で言った「明日の明日」だった。

「明朝、ＣＢＳのインタヴューと予審の再開の話もあるから、今夜『追放』の飛行機に乗せられることはないと思うが、何があっても心配しないように」

刻々と迫るその時を心配しないように、と電話したつもりだったが、拘置所の塀の壁で遮られた二人の電話は、地球の裏側ほどに遠かった。

五時半に夕食が終わると、一〇時まで僕は電話の前に立ちっぱなしとなった。新聞USAトゥデー、時事通信、ロングアイランドTV、ソ連のタス通信、朝日新聞、テレビ局NBCにCBSなどの取材と写真撮影予約、それらの間にヘルトン、ルヴィン、ルイーズ、ブライアン、多くの人たちからの激励やら裁判対策についての電話が入った。「牢名主」的存在だったベンソン・ザ・ナイジェリアは、遊戯場に置かれた五台の電話にかかってきた僕への通話はすべて彼に回すように、と雑居房の全員に指示を出すなどしてくれた。彼自身てんてこ舞いの忙しさで、まるで僕の秘書のようだった。今夜の深夜から明け方にかけて起こるかもしれない「強制退去」の呼び出しを気にしながら、その恐怖を多忙の中に忘れようと努めた。

予審の結果

八月一九日朝、いつものベッドにいる自分を発見し、ニンマリ。正直ホッとした。

一〇時、CBSのテレビ収録。会見者は僕をジーッと睨みつけるように質問した。

「多くの人々がこの一件はミステリーじみていると話しているが、こういうことになった理由に全く覚えがないのか？」

「僕の思想、信条、行動はすべて公になっています。僕に何か問題があるか、ではなく、問題があるのはあなた方の政府、アメリカ政府です。同じ質問を政府当局にしたらいかがですか？　僕も知る権利があるし、その必要があります」

一一時、法廷に呼び出された。僕を見るなり、ヘルトン弁護士は握手し、「君の国外退去は金曜日二二日まで延期されることになった」と囁いた。びっくりしたのは弁護士のこの言葉だけでなく、一〇〇人近い報道陣たちが法廷に詰めかけ、入廷制限をめぐって大混乱になっていたこともだった。座席は一〇人分ぐらいしかなかった。入管裁判所は、その性格上たくさんの傍聴人を収容できるようには作られていなかった。厄介者の不法入国者は、型通りの裁判を受けて皆追放されるか、幸運な少数者が金と組織の力で「自由の国」へ入れてもらえるか、そのどちらかだと雑居房の友人たちは話していた。

一二時一〇分、予審の結果を奈那子に報告。朝電話に出なかった僕を心配していた彼女は、NBCの録画撮りの最中、泣き出してしまったらしい。

二時から五時までの三時間、ABC、NBC、チャンネル9、11、12など、七つの放送局のインタヴューと収録。それらの中で日本の、朝日、毎日、読売テレビは合同インタヴューとなった。英語から急に日本語で、しかもインフォーマルな質問となった。インタヴュアーは、みんなニューヨーク日本語補習校の生徒たちのお父さんたちだった（！）。真山君の父親、上田君のお父さん、PTAや授業参観日とは異なった場所での記者会見は極めて奇妙な光景となった。僕は学校の先生ではなく、オレンジ色のジャンプスーツに身を包んだ「不法入国日本人」で、彼らは生徒の父兄であると同時にマスコミで仕事をするプロの日本のジャーナリストたち。

「先生、息子や娘たち、生徒さんたちがとても心配してますよ」

「先生」はどう答えていいのか、戸惑ってしまった。一〇歳そこそこの子供たち・生徒に、僕の置かれている状況をどのように説明したらいいのか⁉　それはまるで、小学生にカフカの小説を理解せよ、と言うことと同じではないのか⁉　オレンジ色のジャンプスーツもそうだったが、僕の答えは模範的な先生の答えにはなり得なかった。インタヴューが日本で報道されると聞かされ、答えないわけにはいかなかった僕は、四つの点を指摘した。それは「先生」から生徒への宿題のようだった。

(一) 僕がアメリカ入国を拒否されているのは、僕の具体的な犯罪行為やアメリカへの脅威ではない。

(二) 僕はテロリストでも共産党員でもなく、心理学を勉強している大学院生である。僕個人の政治思想、信条は他の誰からも、とやかく言われることではない。

(三) オランダで発表した論文は、平和研究の学術論文で、政治論文ではない。

(四) 日本の視聴者の皆さんは、僕に対するアメリカ政府当局の発表だけではなく、アメリカのマスコミと法曹界、草の根運動による一般のアメリカ人に反応を注目してください。民主主義の国が小さい一外国人に対してどのように対応しているか、アメリカ社会全体を見てください。

夜遅く、朝日新聞の横井記者から電話があった。

「きょうの朝と午後二時にワシントンDCの国務省で、二度にわたって記者会見があり、J・C・カラハン報道官は『一九七七年に矢谷氏は共産党員であったと認めた』と発表しました。僕は記者会見の現場にいませんでしたが、事件がいよいよ大きくなってきて、政府当局は慌て出しましたよ」

僕は国務省が何を根拠にそのような嘘の発表をしたのか分からなかった。六〇年代後半のヴェトナム反戦運動で、日本共産党の学生組織である民主青年同盟（民青）からは何度となく批判され、僕もその民青を痛烈に批判した記憶はあったが、彼らの党員になった覚えはなかった。

テレビで僕たちの友人であるヴィッキーの「魚の話」が放映されたらしい。

「わたしが病気で寝込んでいた時、チョウイチはそれはそれは美味しいブラックフィッシュのスープを作ってくれました。そんな優しい彼を、四〇日間も汚い牢屋に閉じ込めるなんて絶対許せない」

拘置所の中の僕は外で何が起こっているのか、電話でしか知らない。ニューヨーク・タイムズの「ミステリー」の記事で始まったこの事件の報道は、一方では僕の個人生活の内容まで広がり、他方では米国政府の真意の究明となって拡大していきつつあった。

ニューズ・ウィーク誌、タイム誌からもインタヴューと写真撮影の申し込みの電話がかかる。「全く不可解だ。信じられない」と電話口で、会見者たちは皆同じ言葉を発した。二人のジャパニーズ・アメリカンの子供を持ち、日々教壇に立ち、講義をすることで公衆にいつも身を晒している日本人大学院生を、スーパーパワーのアメリカ政府が躍起になって国外追放を謀るのが、普通の、一般のアメリカ人には全く理解できなかった。世界中の誰にでも開かれているはずの「自由の国」なのに、本当に信じられぬことだ（僕にも信じられなかったのだから……）。何か秘密があるに違いない、と僕や家族の私生活を怪しんで（？）暴こうとするが、何も出てこないどころか、いつもそこにはアメリカ人の大好きな話題、健全な家庭とヴァイタリティーのある頑張り屋の、どこにでもありそうな「移民の生活」があった。そしてそんな家族が、正当な理由もなく四〇日以上も引き裂かれたままになっているという事実は、世界の端にでも軍隊を送ってしまうほどのお節介焼きで、モラリストのアメリカ人には耐え難く、無視できないものであったらしい。

「好ましくない人物」二〇〇万人の一人

八月二〇日、ニューヨーク・タイムズは、社説を掲げて僕に対するアメリカ政府の狭量な姿勢を批判した。見出しは〝Unclear, Unpresent, Undanger〟（不明朗で、存在しない、何でもない危険）。

二〇年前日本で共産党のメンバーであった疑いで、ニューヨーク州立大学で博士号を間近にしたヤタニチョウイチロウを、アメリカ合衆国は国外追放しようとしている。すべての面において、この国で九年間模範的な居住者であったヤタニ氏は、当然ながらもっとより良い待遇を受けるに値する。この国そのものにも、もっと称賛されていいはずである。

国務省の主張によれば、ヤタニ氏は一九七七年勉強のためにこの国に来た際、一九六〇年代の学生時代に日本の共産党の一員であったことを匿した。ヤタニ氏自身は、党員であったことも、他の破壊活動組織に加盟したことも否定している。名目上では、一九五二年成立のマッカラン・ウォルター法で、外国人が共産党のメンバーであった場合はこの国から排斥されてもいいことになっている。しかし、もし共産党のメンバーだけが排斥の理由なら、一九七七年の法修正によって国務省は入国拒否権の棄権を余儀なくされている。ヤタニ氏にはそういった例が認められていた。

一九七七年以来、彼は心理学において学士および修士を終了し、現在ストーニーブルックで講師をしている。そこで高く評価されている彼は、大学の後援によってオランダでの学会に出席した。

彼の帰国は、しかしながら、悪夢となってしまった。彼は再入国にヴィザを発給された際、共産党員であったことを再び否定した。ニューヨークに着いた時、国務省は彼が故意に党員であったことを二度にわたって隠匿したとして、ヴィザを取り消した。ヴィザがなければ入国当局は彼の入国を認めることができず、よってすべての審議手続きを中止したまま彼を拘留してしまった。

別の言葉で言えば、最初にそれだけでは入国拒否の理由としては不十分だった。昔の共産党との組織関係を理由に、合衆国は今度は彼を追放しようと企てているのである。もし自分から進んで出国し新しいヴィザをを収得しなければ——あるいは国務省と入管当局が連帯して、彼に必要なすべてのヴィザ取得の必要条件を放棄しなければ、ヤタニ氏は金曜日に国外追放に直面することになる。政府当局の行政上の失敗はヤタニ氏を苦しめるだけにとどまらない。それはアメリカが小心な臆病者で、機械的なヤリクリばかりに目を奪われて、人心のない、さらには執念深く報復的な国であるといった印象を与えるだろう。逆に、もし国務省と入国当局が先のことを速やかに実行すれば、この件はアメリカがやはり称賛に値する国である、という感覚をもっともらしくすることにつながるだろう。

八月二〇日付のニューズデー朝刊は、一面に僕の顔のカラー写真を載せて、「リストの男」と見出しを入れた。見出しの下に短い説明を付記し、僕の小さい事件が、アメリカの大きな過ちの根源に行き着く端緒になるだろう、と含意を持たせた。

ヤタニチョウイチロウは自分は学者であり、合衆国にとって脅威ではないと言っている。政府は彼が元共産党のグループのメンバーであることを隠した、と主張して彼をストーニーブルックに返そうとしない。彼は二〇〇万人強と言われる「好ましくない人物」のリストに載っている。

僕は二〇〇万人にのぼるアメリカ政府にとって「好ましくない」（undesirable）人物の一人だったのである。新聞は他の「好ましくない人物」として、六名の顔写真を載せ、それぞれの経歴を簡単に記した。CIAの陰謀で倒されたチリのアジェンデ大統領の未亡人、ホーテンシア・アジェンデ。一九八二年のノーベル文学賞受賞者のガルシア・マルケス。このコロンビアの作家はキューバのカストロ首相と懇意だからだそうである。イタリアの劇作家ダリオ・フォー。アイルランドのイアン・ペースレイ牧師はアイリッシュ・リプブリカン・アーミー（Irish Republican Army）を支持するからだそうだ。エルサルヴァドル大統領ロベルト・ドオビソンは「暗殺団」極右グループとの関係でリストに載せられた。メキシコの作家カルロス・フェンテスは、CIAによる一九五四年のグアテマラ政府転覆に反対したから。

しかし、このリストは全く公開されていない。「国家安全に関する機密書類であるから」と、国務省カラハン報道官は新聞のインタヴューで説明した。朝日新聞の横井記者は「彼は僕の件で昨日記者会見をした報道官」だと言っていた。その記事と並行して、二ページにわたって僕の過去の経歴が掲載されていた。京都、大阪での六〇年代ヴェトナム反戦運動、ユタ、オレゴンでの修士を修めた大学生活等を調査・報道した三名の記者ゴールドバーグ、クィッター、パールマンの記事に接したニューズデーの読者は、矢谷一家について僕の友人たち以上に詳しく知ることになったことだろう。

「あなたは今から直ちに釈放される」

「自由の国」アメリカの建国精神に逆行するアメリカ政府の重大な誤りを示唆する二ページの長い記事で、僕は四〇年間の戦後史に引き込まれて、驚愕し、圧倒され、混乱してしまった。あまりにも小さすぎる一個人の僕は、二つの新聞の二つの見出しと二つの記事が示す「ヤタニ・ケース」の歴史的政治的な重大さに気づかずにいた。第二次大戦が終わった翌年に生まれた僕は、米ソが連合してファシズム同盟の日独伊を倒した大戦の後、アメリカと日本で吹き荒れた反共・マッカーシズムの「Red Scare」（赤狩り）が、四〇年経った一九八六年の今日まで続いている米ソ冷戦下で、僕にまで降りかかっている〝Ordeal〟（〝試練〟、ニューヨーク・タイムズが使った英語）に気づかなかったのだ。

午後二時過ぎ、僕は週刊誌タイムのインタヴューと写真撮影を受けていたが、質問は僕の個人的な経歴からレーガン大統領の反共・反ソ政策についてまで及んだ。ソヴィエトのタス通信社によるインタヴューも、「ゴルバチョフ書記長の『核モラトリアム政策』をどう思うか？」と僕の意見を求めた。七月七日から始まった小さな事件は、ここに来てアメリカ政府の「ブラック・リスト」や外交政策についても云々されるように広がってきていた。

コーエン判事の言った「予審」の月曜日の夜から、あちこちのテレビ放送で僕の囚人服ジャンプスーツ姿が映し出され、雑居房にある一台の小さいテレビに群がる一〇〇人近い囚人仲間たちから歓声が上がるようにもなっていた。ひっきりなしのインタヴューと友人たちとの面会で、僕は眠る以外に雑居房にいる時間がほとんどなくなった。そして、「ジャパン！」と呼び出されるたびに、「俺のことも話してくれ」と、小さな紙切れが何枚も僕の手に握らされた。しかし、面会室に入る前に隈なく身体検査をされ、すべての紙切れは没収されてしまった。僕の責任ではなかったかもしれないが、彼らの願望は塀の外の誰にも届かず消えてしまった。

拘置所の公務時間が終わる午後五時直前、大声で看守が呼んだ。

「ミスター・ヤタニ！」

看守は、「ジャパン」ではなく、ここに閉じ込められてから初めて僕の名字で呼んだ。鉄の扉の向こう側で、背広の役人風の人物が一人スクッと立ちながら宣告した。

「ミスター・ヤタニ、あなたは今から直ちに釈放される」

「僕のパスポートとヴィザは？」

「それらは要りません」

「要らない？　ヴィザがないから、僕はこの国に入れない、と言われたのだが……」

「いいえ、ヴィザは要りません」

「ヴィザなしでこの連邦拘置所を出ると、再び逮捕されることにならないだろうか？」

「〝No, sir.〟」（いいえ、それはありません）

第三章　隠岐の島から渡ってきたアメリカの日本人心理学博士

釈放は事件の終わりではなく新しい始まり

イギリス、フランス、スイス、オランダ等で同時出版されるヨーロッパ最大の英字新聞インターナショナル・ヘラルド・トリビューン（一九八六年八月二五日付）の一面に、「日本人講師の過酷な試練、アメリカ合衆国の入国管理法の改正を求める」の見出しで、僕の写真付きの大きな記事が載った。パスポートもヴィザも持たないで拘置所から釈放されて五日目のことだった。自分が四四日間の拘留の後、それがなければ国外追放されるヴィザもなしになぜ釈放されたのか、その理由を、翌日のニューヨーク・タイムズが一面記事で取り上げていた。「これほど大きくマスコミが取り上げると、この男を牢獄に監禁しておく価値はもうない」と、幾人かの政府高官が追放方針を取り消したらしい。キューバに髪を刈ってもらい、髭を剃り、観念してアメリカから追い出される直前、土壇場で僕は塀の外のアメリカ国内に連れ戻された。しかし、八月二五日の記事は、僕の釈放が事件の終わりではなく新しい始まりであることを告げ、それはアメリカ政府の期待を裏切ることになり、「自由の国」アメリカの神話を揺さぶることにもなった。

記事の中で、バーニー・フランク下院議員（マサチューセッツ州選出）は、「ヤタニ・ケースは思想信条の異なる外国人の自由な渡航を承認しているヘルシンキ条約に、アメリカが明らかに違反している例であり、これによってアメリカの悪い面が曝け出された」と述べ、入国管理法の改正を示唆した。ヘルトン弁護士が会員である国際人権擁護委員会と僕は、アメリカ連邦政府情報公開法（The Freedom Information Act, 1966）に則り門外不出の国務省「国家安全秘密ファイル」の公開を要求した。三年後の一九八九年五月、合衆国議会の下院議会の「裁判、知的財産、司法行政」小委員会に招かれ、ヤタニ・ケースに関する議会証言を行った（参照：Statement of CHOICHIRO YATANI on free trade in ideas, a testimony at the Congressional hearing in the subcommittee on Courts, Intellectual Property and the Administration of Justice chaired Congressman Robert W. Kastenmeier, Congress of the United States, Washington, DC., 77-84）。

一人の留学生の僕と僕の家族を支援してくれたアメリカ人たちは連邦政府の拘置所から「アメリカに好ましくない外国人」を救い出してくれたのみならず、僕たちを合衆国議会の小委員会に連れ出し、「自由の国の自由」を否定するマッカラン・ウォルター法の改正運動に参加させたのだった。

ヘルトン弁護士はこの三月、国務省のブラックリストから僕の名前を削除するために、僕が原告となり、被告のベーカー国務長官、ソーンバーク司法長官そして移民局を告訴した。大戦直後の米ソ冷戦下で顕在化してくるアメリカの自由の抑圧勢力に対して、アメリカ建国の精神を問い質すキャンペーンの一つだったと言っていい。

ヨーロッパから天国のような国創りを求めて渡ってきた一七世紀当初の清教徒・キリスト教徒の志は、ヴェトナム戦争を経て二〇世紀の後半にさしかかってかなりくたびれ始めていたのだろう。七週間近く生活を共にした拘置所の友人たちもそうだが、移民の国アメリカは常に移民たちによって創られてきた。その歴史に日本人一家の僕たちも加わったのかもしれない、良きにつけ悪しきにつけの条件が付くのだが……。

カナダのモントリオールに住む老婦人は、僕の釈放をラジオで聴き一人息子に言ったそうだ。「ほらね、アメリカの自由というのは本物じゃないんだから」と。彼女の息子、僕の先生であるフレンド教授はアメリカに帰化したばかりだった。

モンタナ州の裁判官は、一〇〇ドルの小切手を同封した手紙をストーニーブルック大学の心理学部に送り、アメリカ政府の行った僕の拘留処置を「謝罪」し、僕への援助を申し出た。

ミネソタ大学で仕事をしていた二年先輩のデボラは、「あたしの知り合いで、ニューヨーク・タイムズの一面に写真入りで記事になった人はあなたが初めてよ。格好いいね！　でも一体全体何があったのよ⁉」と、僕に手紙をくれた。〝クール〟（cool）と書いてあったが、僕はちっとも格好いいどころではなく、遅れた博士論文提案のせいでイライラしながら読んだ。

一体全体何があったのか？　なぜ僕が？　八月一六日のニューヨーク・タイムズの朝刊からわずか数日で、逮捕・拘置された僕はマスコミの寵児に祭り上げられ、たくさんのテレビ、新聞、ラジオ、雑誌に取り上げられた。「ミステリー」の見出しが端緒となって、事件が面白く興味深くなってアメリカの隅々まで広がったのは、報道したのがニューヨーク・タイムズというジャーナリズムの頂点に君臨する新聞だったからに違いない。ではその一流新聞社の記者の一人が、一人の外国人留学生に興味を持ったのはなぜか。前述のように、大家さんのルイーズの同僚でストーニーブルックの病院で働くオードリーから聞いたからだが、オードリーから聞いた僕の状況はルイーズからの又聞きであり、それぐらいのことでクリフォード・メイ記者が僕に興味を持つだろうか。彼は「ビジネス旅行で日本に行き、ニューヨークに戻ってきたばかりだった」と電話で言っていたから、日本人である僕に興味がわいたのかもしれないが、それも全くの偶然だったかもしれない。論文を書かなければならないのに、釈放されて大学に帰った僕は机に向かってもリーバート教授から「文学」とコメントをもらった論文テーマの修正に集中できないでいた。事件の後遺症なのか？　高く飛んだ者は低く落ちなければならないのだろうか？　メイ記者に訊けば、分かるかもしれない……。

「君が出獄できたらビールで乾杯したいが、約束できるか？」と言われた時は何か頼もしく感じたが、実際にアメリカ国内に戻れる可能性は持てずにいた。釈放後一週間ほどして、僕はメイ記者のオフィスに電話を入れた。

「チョウイチか！　この電話は大阪からか？」

「その通り大阪からだ。今から会いたいけど、時間作れるかな？　三時間もあればオフィスまで飛んで行けるよ」

　彼は電話の向こうで笑いながら、オフィスはポート・ワシントンにあるから四、五〇分で着けると答えた。彼が笑ったのは、彼の冗談に僕が冗談で答えたからだろう。ポート・ワシントンの町で折り詰めの握り寿司を買い、電話で聞いた住所のオフィスを探した。驚いたことに、そのオフィスはロングアイランド湾の海の上に浮かぶ船の中にあった。ボートの上で、僕はクリス（と呼んでくれ、とメイ氏は言った）が日本で食べたに違いない握り寿司を広げ、彼は「君がオランダで飲んだ同じビールだ」と言って、ハイネケンを開けた。

「いい記事をありがとう」

「どういたしまして。君のことを調べ上げれば、誰が書いてもあんな記事になるさ」

「今だから話せるが、多くの人たちが新聞に出るのを反対したんだ。マスコミは両刃の剣だし、ヴェトナム反戦運動の後半、マスコミはいい記事を書いてはくれなかったから」

「それは分かるが、事実は曲げられない。あの記事に嘘はあったかな？」

「嘘はなかったが、分からないことが多かった。なぜに、僕が？　このことは僕自身だけでなく、みんなの疑問だった。僕はアメリカ政府を悩ますほどの資格のある大物じゃないから」

「そこがこの事件の興味深いところさ。罪を犯していない経歴を持った一個人に対して、あのような仕打ちをする政府は狂っている」

「もし僕が、本当は共産党員だったとしたら？」

「本当か⁉　しかし、誰がどんな考え方をしようが、他人がどうこう言える筋合いじゃない。自由の国というのはそういうことさ」

「もちろん僕は共産党員ではない。『加州《カリフォルニア》毎日新聞』によると、日本共産党が東京で開いた記者会見で、矢谷は党員ではないと公式発表している。もっとも、僕のヴェトナム戦争や核政策に関するアメリカ政府批判は、共産党よりもラディカルだったかもしれないけど」

「あの当時多くの人々がそうだったと思う。今でもレーガンのソ連攻撃を見ていると、いつ核戦争が起こっても不思議じゃないくらいだ。ところで、どうして日本政府は君を助けてくれなかったんだ？」

「僕もぜひ知りたいのだが、実際分からない。助けを求めたが、彼らは忙しすぎるし、内政干渉したくない、ということだった」

「忙しい⁉　君と米国政府の問題に内政干渉だって⁉　ということは、君は日米両政府から見捨てられたわけだ。可哀そうな男だ（what a poor man）」

「君の記事がなかったら、ここにはいなかったろうし、日本に帰っていても、どうなったか分からないと考えるとゾッとするよ」

　僕よりもかなり低く見える小柄なメイ記者は、丸太のような太い腕でハイネケンのジョッキを傾け、握り寿司を摘まみながら僕との話を続けた。

ポートジェファーソンへの帰宅が遅くなった僕に、奈那子は興味深く尋ねた。

「メイって、どんな新聞記者だった？」

「ポパイみたいな人だったよ」

マッカラン・ウォルター法とマッカーシズム

隣人のジェーンが、僕が釈放されてから三、四日後深刻な顔をしてやって来た。

「マッカラン・ウォルター法、読んだ？」と問われて、「まだ読んでない」と、正直に答えた。それによって僕が捕まったことは知っていたが、中身は読んでいなかった。自宅に戻ってから、テレビ局のスタジオでのインタヴューや、留守中に伸び放題になっていた畑の草取り等で結構忙しかったから、読む時間がなかったとジェーンに言えばよかったかもしれない。今の僕にはそんな行為の方が元の平凡な日常生活に戻れるベストの方法のように思えた。「あなたを牢獄に放り込んだ法律をまだ読んでないなんて信じられない」と、彼女は眉を顰めたが。

それからジェーンは分厚い本を抱えて再び家にやって来て、「これがマッカラン・ウォルター法の載っている本よ」と僕に見せた。彼女はわざわざポートジェファーソンの町の図書館に赴き、その本をどこからか取り寄せてもらったらしい。そして、当事者の、しかし無知な僕に懇切丁寧に講義をしてくれたのである。ありきたりの普通のアメリカ人が、自分の国の政府が隠してきたタブーに近づき、アメリカのもう一つの顔を発見することになった。ニューズデーの一一月二〇日付朝刊を読むとマッカラン・ウォルター法の大要が分かるから、新聞を読む読者は目を開かれ、「知識は力なり」の諺と、「ジャーナリズムの目的は権力の監視」という社会的使命の二つを同時に体験することになったかもしれない。

（一）一九五〇年の国内保安法が一九五二年にマッカラン・ウォルター法となる（国内保安法とは日本の「公安条例」のようなものであり、国内の保安を妨げる様々な危険思想（共産主義、社会主義、無政府主義など）およびそれに関連する破壊的活動を取り締まることを主要な目的としたが、解釈は大幅に歪曲され政府当局の恣意的、任意的な解釈で適応され、様々な組織・行動が取り締まられた）。

（二）全体で三三項目にわたり、アメリカに「好ましくない外国人」の規定がありアメリカ入国を拒否、ヴィザ発給の不許可を認めている。

（三）売春婦、麻薬売買者、貧民、乞食、元ナチのメンバー、同性愛者、テロリスト、犯罪者、精神異常者、伝染病患者、そして、アメリカ国民の利益に反する、もしくはアメリカの国家安全にとって危険な思想・信条の持ち主、あるいはそのような組織に加盟した（現在加盟している）者。

（四）イデオロギーが入国拒否あるいは国外追放の対象となる者は、

（a）212（a）(27)：入国を認めた場合、アメリカ国民の利益に反する活動に従事する恐れがあると政府が判断した者。

（b）212（a）(28)：共産主義あるいは無政府主義の組織に加盟したことがある、あるいは現在加盟している者、およびそれらの団体には加盟してないが、共産主義あるいは無政府主義の教義を普及しようとしている者。

（c）212（a）（29）：スパイ活動、破壊活動、公安を乱す活動あるいは国家安全を脅かす他の活動に従事する傾向が見られる者。

マッカラン・ウォルター法そのものは、移民の出身国割り当て人数を白人優先にした差別的な移民国籍法（The Immigration and Nationality Act, 1950）を改善したものであったが、当時のマッカーシズムを反映し、露骨な反共政治・思想を具体化したものだった。ヤタニ・ケースは「僕がアメリカの国家安全を脅かし、アメリカ国民の利益に反する活動に従事すると政府が判断し」、オランダから再入国しようとした僕を「合法的に入国拒否し」、オランダに行くまで、すでに九年間アメリカに滞在してきた僕を「合法的に逮捕、拘置、国外追放」しようとしたアメリカ政府の行為であった。マッカラン・ウォルター法に関する限り、外国人である僕は文句を言える身分ではなかったかもしれない。

ＦＢＩ特別捜査官のクッキーさんはユタ、オレゴン、ニューヨークと調査・捜索をしたが、政府の判断した「共産主義、無政府主義、それに伴うスパイ活動、破壊破壊、その他の国家安全を脅かす、アメリカ人の利益に反する具体的な行為」を確認することができなかった。「多くの人たちに訊いたが、君のことを悪く言う人は一人もいなかった」と、調査の結果をわざわざ拘置所までやって来てジャンプスーツの僕に知らせてくれた、このＦＢＩ・スペシャル・エージェントは、その事実をどのように上司に報告したのだろうか。上司はどう処理しただろうか。事実が政府の判断と異なる場合、次に何が起こるのだろう？　エドは言った、「騒ぎが大きくなる前に、俺だったら、今夜中にお前を国外に出しちゃうね」と。僕たちは一斉に吹き出してしまった。観念して、国外追放を覚悟していた僕には、エドの冗談が最高の政治的処理だろうと理解できたし、将来弁護士志望のエドも真実をいとも簡単に駆逐する政治のパワーを十分把握したサーカズム（sarcasm：ユーモアを装った敵意）を口にしたに違いなかった。

ジェーンが深刻な顔をしていた訳が分かった。三五年間もアメリカ国民のほとんどに知らせることなく、外国人に施されてきたアメリカの法律に、隣人の僕が違反したのである。三年近く交流し仕事も人柄も分かっていたはずの友人が、実はとんでもない「反米で、破壊的な、アメリカ国民の利益に背く、アメリカにとって好ましくない外国人であった」との嫌疑で、自分の国の政府から逮捕・拘置・国外退去されようとしている。その「認知的不協和」に、途轍もない不安と不快感に襲われたのかもしれなかった。

「ジェーン、あなたも知っているかもしれないけど、世界の先進国で売春婦、麻薬売買人、犯罪者、貧乏人、乞食、ホモセクシャル、精神異常者の数はアメリカが一番多いかもしれない。伝染病患者も元ナチのメンバーの数もそうかもしれない」

「知っているわ。コミュニストとアナーキストは？」

「僕は知らない、コミュニズム、アナーキズムの定義にもよるしね」

オランダから帰ってきてケネディ国際空港で捕まった際、入管移民管理局のプレッグス取締官の質問にも明確に答えられなかった。「ミスター・ヤタニ、あなたは共産主義を信じますか？」。茶化したわけでもなく、彼に正直に問い返した、「ユーゴスラヴィアの？　キューバの？　それともソヴィエト・ユニオンの共産主義ですか？」

「チョウイチはコミュニストではないんでしょ？」

「あなたの政府は、そうだと言っている」

「彼らはバカだから信用しないことよ。あなたはコミュニストには見えないわ」

「コミュニストはどんな風に見えるの？」

「そんなこと訊かれたって、うまく言えないわ。わたしの周りにはいないから」

「どこかに行ったら会えるだろうか？」

「どこかに行ったからって会えるものじゃないわ。だいいち、コミュニズムって思想でしょ。人が何を考えているかって誰にも分かりはしないんだから。それに、誰が何を考えるかは個人の自由でしょ。アメリカは自由の国だわ。それにこの国には民主主義もあるのよ」

ジェーンの意見はアメリカ人の大多数を代表するものだと僕は思った。

「僕もどうしても知る必要があるのだが、なぜあなたの政府は僕をコミュニストとして国外追放しようとしたのだろうか？」

「よしてよ、わたしたちの政府の話を持ち出すのは。彼らは頭がどうかしているのだから。あなたのことだって何にも知っちゃいないのよ。チョウイチについては、わたしの方がレーガンより知っているわ、そうでしょ？」

「でも彼らは僕をコミュニストだとして逮捕し、追放しようとした。テレビや新聞で見たでしょ。国務省の記者会見だって、僕は見れなかったけど、カラハン報道官はその一点で僕のヴィザを取り消した、と説明したそうだ」

「カラハン見れなかった？　牢獄じゃなかなかテレビを観る機会がなかったでしょうね。分かるわ。わたしたちはみんなであなたの家でテレビを観たけど、カラハンってすごく冷たい顔しているのよ。頭は切れそうだけど、人間の血が通っているとは思えなかった。彼だったら、あなたみたいな人を苦しめても平気でいられると思ったわ」

「ジェーン、あなたや多くの人たちの支援があったからアメリカに戻ってこれたけど、僕は本当にラッキーだったと感じている。これは僕一人だけのケースではなく、新聞にもあったように、僕と同じようにブラックリストに載せられている二〇〇万人強の人たちの問題なんだ。僕は二〇〇万分の一だった。本当にゼロに近い数字だと思う」

「わたしも信じられないわ、その数字が……」

アインシュタインの警告

マッカラン・ウォルター法が施行された一九五二年、二〇世紀最高の物理学者アルバート・アインシュタインは『核科学者の会報』(*Bulletin of the Atomic Scientists*, 1945)で、次のように警告を発していた。

すべての文化生活においてそうであるように、科学の健全な発展にとっては思想と科学的結果の自由で拘束されない交流が必要である。わたしの考えでは、個々人の間の自由な知的交流に対して、この国(アメリカ)の政治権力者が介入している事実は、すでに無視できぬ損失を生み出していることは疑いの余地がない。我が国の科学の領域に政治権力が介入している例は、アメリカ人の科学者や学者が海外に行く際の当局の妨害および、外国の学者がこの国へ訪れる際に受ける当局の妨害に特に明白である。この偉大な国で行われている、そのような小賢しい狭量な行為は、根が深いこの国の病的兆候の一部に過ぎない……。

このアインシュタインのアメリカ政府批判は、二〇世紀の初めから顕在化してきたアメリカの排他主義、とりわけ自由な思想・信条の抑圧・封鎖が建国精神を反映した合衆国憲法に違反しているにもかかわらず、法律として制度化するマッカラン・ウォルター法に対して発せられたものである。そして、とりわけ第二次世界大戦後それまで荒々しく粗野だったアメリカが、経済的に成長、発展し、高度に組織化、系統立てられた資本主義国として世界に政治舞台に登場する時期と一致していた。敵はファシズムからコミュニズムへと移りつつあった。しかし、コミュニズムに対する攻撃は古い世界のヨーロッパに見られる長い階級闘争の歴史のそれではなく、極めて稚拙な子供じみたものであった。アインシュタインの警告の四年前、すなわち、ソヴィエト社会主義共和国連邦と手を取り合って日独伊のファシズムと戦って三年後の一九四八年、アメリカ議会下院の「非米活動委員会」（Un-American Activities Committee）は一冊のパンフレットを作成し全米各地に配布した。『共産主義について知っておくべき一〇〇の事項』と題されたこのパンフレットは質疑応答式に構成されていた。例えば、

質問1「共産主義とは何ですか？」
答「一つの小さいグループが世界支配を狙うシステム」
質問76「普段、どこへ行けばコミュニストに会えますか？」（ジェーンに知らせたい項目！）
答「あなたの学校、労働組合、教会、またはクラブ」
質問86「YMCAはコミュニストの標的ですか？」
答「その通りです。YWCAもそうです」

この例は、有名な歴史家・劇作家のハワード・ジン教授が新聞ニューズデー（一九八九年一月二二日付）日曜版に寄稿したアメリカ政府の反共宣伝の一例である。彼は、一九五〇年代のアメリカの政治家たちや経済界の指導者がいかにして合衆国憲法とアメリカ建国精神を踏みにじり、「初心で人のい

い、働き者の移民である」国民に対して共産主義の恐怖を植え付けようとしたか、巧みに説明する。彼によると、マッカラン・ウォルター法の前身である国内保安法ができた一九五〇年、元FBI捜査官で後に「非米活動員会」の委員長になるイリノイ州出身のハロルド・ヴェルデ議員は、地方巡回の移動式図書館サーヴィスに反対して、次のように議会で説明したという。

移動式図書館サーヴィスによってアメリカ国民を教育する方法は、他のいかなる手段よりも急速に国民の政治的態度を変えてしまうことができる。共産主義と社会主義の影響が広がるのは、国民を教育するからである。

労働組合はもちろん、大学、高校その他の教育機関からYMCAやYWCAの活動、教会、市民の集まりにまでアメリカ政府は介入を始めた。とりわけ世界の学者たちが交流することに彼らは異常なまでに気を配り、挙句はそういった交流そのものまでも妨害しようとした。

ヤタニ・ケースの背景

一九八七年の『核科学者の会報』（五月号）は僕を筆頭に一二名の顔写真を入れて、ヤタニ・ケースの背景を説明している。僕は核科学者ではないし、『会報』の会員でも購読しているわけでもなく、名誉ある会報に載る資格などないのだが、アインシュタインの警告を体験した一大学院生の事件を通して、学者たちの自由な学術研究交流に政治権力が介入したという暴挙を激しく非難している。

（1）一九八二年、日本、オーストラリア、アフリカ、ヨーロッパの三二〇名以上が国連の比較特別会議に出席しようとしたが、アメリカ政府に入国を拒否された。

（2）一九八三年、元NATO（北大西洋条約機構）長官代理を六〇年代に務めたイタリアのニノ・パスティーノ将軍が、ヨーロッパにアメリカが配備するクルーズ・パーシングⅡミサイルに反対するボストン集会に参加しようとして、ヴィザが不許可になった。

（3）ニカラグアのトーマス・ボーグ内務大臣、エフレイン・モンドラゴン（元コントラのメンバーで現在反コントラの活動家）、サルヴァドルの反対党リーダーであるルーペン・ザモラ等、アメリカ政府の中南米政策に反対する各国の中心的人物の入国が拒否された。

（4）コロンビアの新聞エル・ティエンポの報道記者パトリシア・ララ。

（5）ノーベル賞作家ガルシア・マルケス。

（6）エルサルヴァドルの極右翼ロベルト・ドウオビソン。

（7）ローデシア元首相のイアン・スミス。

（8）ジンバブエ元首相のアベル・ムゾレワ。

（9）英国作家グレアム・グリーン。

（10）メキシコ外交官で作家のカルロス・フェンテス（後に僕が助教授の身分で雇われたアルフレッ

ド州立大学に隣接する私立アルフレッド大学は、フェンテスを人文科学部の部長として雇用を決定したが、国務省の入国不許可で果たされなかった)。

(11) フランスの歌手で俳優のイヴ・モンタン。

(12) チリの詩人で外交官のパブロ・ネルーダ。

(13) カナダの作家で環境保護主義者のファーレー・モワット。

一九八〇年代に入り、すなわち、レーガンがホワイト・ハウス入りして以来、アメリカ国民の利益に反し、アメリカ国家に危険を及ぼすと判断されて入国拒否に遭う人々が急増したと『会報』は伝えた。僕以外は政治・芸術・文化社会において有力で有名な人物ばかりである。日本で人気があり自由に出入りしていたイヴ・モンタンが、日本より自由で民主的と思われてきたアメリカに入国できなかった事実に誰もが驚くだろう。

『会報』に「アメリカ政府のヴィザ政策と外国人排斥のカラクリ(策略)」と題した、一〇ページの長文を載せたジェミー・ウォルター氏は、僕の事件から筆を進め、思想・信条、政治的イデオロギーを理由に国務省のブラックリストに載せられている人々の数は、五万人とも数十万人とも言われる——国家安全機密ファイルの故にその正確な数は誰にも分からない——が、「どうすれば自分の名前がリストにあるかどうかが分かるだろうか?」と問いかけ、「それはヤタニと同じ体験をすることだ」と原稿の終わりを締めくくっている。

「ヤタニ」である僕が体験したことは本当の事実だけれども、それは全くの偶然であって、僕自身が意図したものではなかった。その理由も全く分からなかった。何度も繰り返すが、こんな事件を起こすほど学術的にも政治的にも大した人物ではないことは、僕自身がよく心得ていたし（今日でもそうだ）、奈那子を含めた身内のすべてが認識している。この事件で僕のことを僕以上に知った人々も、事件が起こるまでは僕を知っているわけではなかった。そう、僕はどこにでもいる一般の普通の人々の一人〝an ordinary person〟なのだ。

偶然は神意の別名

釈放されてから、パスポートや学生ヴィザF‐1を返してもらったり、身分保証の手続きをするために入国管理局の在る連邦拘置所に赴いた。そこで同行してくれたアーサー・ヘルトン氏に感謝しきれぬお礼を述べた。

「アーサー、本当にありがとう。あなたの助けがなかったら、僕は今ここではなくオランダか日本にいたはず。本当に深く感謝しているけど、お礼のしようもありません……」

「チョウイチ、金銭や名誉のために君を支援したわけじゃないよ。そんなに気にする必要はない、これはわたしたちの道義（principle）からなんだ。君を支持する機会に恵まれ、こちらこそ感謝するよ」

「アメリカ政府には誰も勝てない、とみんなから言われていた。それに、僕は日本人だから、アメリカ合衆国憲法では守れないと……。正直言って、アメリカの内側に戻ってこられるとは考えられなかった。アーサーは可能性があると本当に思っていたの?」

「……多分、数百万分の一ぐらいだった」

彼は少しはにかむように笑って返事した。一〇〇万分の一(〝one out of one million〟)ではなく、〝one out of millions〟(数百万分の一)と言った。世界からアメリカに向けて押し寄せる難民救済に携わる経験豊かなアーサーにも僕の釈放に確信があったわけではなかったのだ。次男の宇意には「明日の明日帰る」と返事したが、絶望し観念してキューバに髪を刈ってもらった僕は「家に帰れる明日」は数百万分の一の可能性すらなかった。アーサーがはにかんだのは、多分、統計的な数字では不可能かと思えた僕の釈放の結果──全く予期せぬ、しかし嬉しい「善果」──に説明できない歯痒さが混じっていたからに違いない。「奇跡だった」と言うにはアーサーも僕も「宗教」からは少しばかり離れていたと思う。五年前にオレゴンの修士号口頭試問でうっかり口走ってラーセン教授から咎められた、あの「偶然」(⁉)に似ていた釈放ではなかったか。

「偶然は神意の別名」だと古代ギリシャの詩人サッフォー(Sappho)は言ったが、科学の発達した今日においても「神の意思」の名においてしか説明できないこともあるだろう。サッフォーと同時代の釈迦はすべての出来事には必ず因果関係があると言って神意を否定した。彼の言う善因善果、悪因悪果、自因自果・自業自得に見られる「因果応報」には始めもなければ終わりもなかった。さらに同時代の孔子は、「知とは何か?」と門弟の樊遅に問われ、「民が正しいとする道を励み、神を尊重しながらも神から遠ざかっている。それが智というものだ」と答えているが、弁護士アーサーと心理学大学院生の僕は、社会科学に携わる知識階層の一部に身を置いていたから、大袈裟だが、二五〇〇年以上も前の孔子に近かったのかもしれない。ヤタニ・ケースの始まりと終わりはアメリカの過去と現在と未来に関わる事件だという観念を共有していたと思う。

ヤタニ・ケースがいつどこから始まって、いつどのように結果するかは、アメリカの始まりから続いてきた現在までの過程を知り、学び、語ることになるが、それは二五〇〇年間続いてきた未完のアメリカ建国の歴史にあって一人の外国人（alien）が関わる短い一生の因果関係を理解することになるのかもしれない。単なる細切れのインフォメーションの知識ではなく、人間社会の出来事に無関心ではいられぬ知識人の一人として、参加する個人の行為（儒教の言う業）を含めた因果関係を見定めることになるだろう。一人の外国人として日本からアメリカへ渡り、ユタからオレゴン、そしてニューヨークへ三つの学位を取る学生生活の旅を続けた。二人の子供を授かり、家庭を持つことになりアメリカでの社会生活が広がった。ハトやポッサムの実験から学生の政治行動と暴力の関係に課題は移り、アメリカ国内の反核運動リサーチを通してアメリカ人の言動不一致の社会心理を地方の学会から首都ワシントンDCでの学会で発表、さらに国際学会で発表するためニューヨークからオランダへと飛んだ。その過程で貧しくとも真面目な日本人一家の主が「自由と民主主義」の米国政府から「アメリカに好ましくない外国人」と見なされて逮捕・拘置・海外追放の危機に直面したが、多くのアメリカ人たちによって牢獄から助け出され、建国精神に背く入国移民法の犠牲者として法改正を訴えることができた。

僕はたった一〇年のアメリカ生活で、普通の移民としての多くのアメリカ人たちが経験してきたかもしれない個人と国家の桎梏関係を体験させられた。一個人の自由で我儘な意志と行為が、彼もしくは彼女の国家から好ましくない個人として疎外される時、民主主義という理念は個人の側に立つか国家の側に立つか不断に問われる。ヤタニ・ケースの僕と僕の世代はその理念を日本の学校で学んだが、その本質を認識する経験をさせてもらえたのは日本ではなくアメリカだった。二つの原爆と敗戦を通してアメリカから持ち込まれた民主主義が存在した戦後の日本は、その本質の実現に向けて戦後社会の民主化運動を進める過程で様々な挑戦に見舞われた。僕は今自分が関わった日本の学生運動を思い出そうとしている。一九六〇年代の学生運動がヤタニ・ケースの因果関係になっているとしか思えないからだ。

メイ記者に会ってから四、五日して、家族と一緒に僕たちはコールド・スプリング・ハーバーの近くにあるヨーコ・オノさんの別荘に遊びに行った。家には彼女のお母さんもいらっしゃって、奈那子と子供たちと僕を歓迎してくれた。事件の時にひとかたならぬお世話になっていたからお礼の挨拶のつもりで出かけたのだが、いろいろな話を聞かせてくれ、野外のバーベキューまでご馳走になり、望外な楽しい訪問に時間が経つのを忘れるほどだった。

「ジョンが死んだのが四〇歳の時、矢谷さんも四〇歳だと新聞で読み、奈那子さんにすぐ電話したのよね」と奈那子の方を向いて経緯を語った時、アーティストのヨーコさんは夫を奪われた妻の顔になった。大人たちが話に花を咲かせている間、ジョンとの間に生まれた一人息子ショーンは上級の中学生だったが、小学二年生になったソーラと四歳のウイのチビたち二人をプールや庭でよく面倒を見てくれた。夕方、帰りの車の中でソーラが「ヨーコさんて、誰？」と訊いてきた。奈那子と僕がほとんど同時に「ビートルズのワイフ」と答えると、「エエッ⁉」と不可解そうな驚きの声を上げた。「ハハハハッ！」。息子たちの両親は実に大きい愉快な声を上げて応えた。まだ小さい子供たちが知っているのは畑のビートルズ（カブトムシ）であり、両親の僕たちは六〇年代の世界の熱い息吹の中にいたジョンとヨーコのビートルズを思い出していた。

一九八六年の夏の終わり

大嵐に遭遇したような一九八六年の夏が終わり大学のキャンパスに戻ってきた僕には、他の院生仲間や教授たちと同じような学究生活は待っていなかった。一方では、コースワークにティーチング・リサーチ・アシスタントの仕事が始まり、それからとりわけ重要な博士論文提案書の書き換えがあったが、他方では、それを為さなければ先に進むことができない嵐の後の瓦礫や残骸を片付けるような仕事が待っていた。前者は卒業と就職につながる僕と家族の近い将来設計を約束する作業であり、後者はヤタニ・ケースが暴き出したアメリカの社会問題にどのようにして取り組むのか、未完の国創りに向けた政治社会運動の有り様に関する学術的なテーマに取り掛かる作業である。哲学者パキスタンは詳細は語らずに「ジャパンは拘置所に閉じ込められる資格があるから」とだけ言ったが、どんな資格かやはりきちんと訊いておくべきだったかもしれない。拘置所を出てからも待ち構えている多くの仕事に携わらなければならない資格があるとも思えなかったが、釈放に結果したヤタニ・ケースは同時に新しい原因として出現し、その結果も僕に求めた。

一つはアメリカの「反共反ソ」の中身を調べること。ヤタニ・ケースは「米ソ冷戦」の産物であった。しかし、アメリカ政府の反共産主義・反ソヴィエト社会主義連邦共和国（ソ連国家）にもかかわらず、共産主義者でありその党派のメンバーと見なして逮捕・拘留・国外追放しようとした僕を、多くのアメリカ人と多くのメディア、アメリカ社会の様々な組織（法曹界、国会議員、大学、学術研究グループ）が彼らの政府から救出してくれた。この国家政府と国民の不一致（認知的不協和と言っていい）はどういうことなのか？　世論調査で世界で最も信頼されている民間企業のギャロップ社は、一九五三年から今日まで毎年ソ連に対するアメリカ国民の世論調査を続けている。僕はその調査の初めから一九八八年まで三五年間の記録を調べ上げて、極めて重大と思われる事実に気づいた。記録によれば、アメリカ国民はソ連に対して否定的な態度を持ち、ソ連を「好ましくない」（unfavorable）と思ってきた。ただその否定的な態度が（a）社会主義あるいは共産主義の社会制度に対する「敵意」（hostility）を反映したイデオロギー的なものか、（b）世界支配をめぐる競争から来るライヴァル視、国家主義（nationalism）的態度なのかという議論・理論があった。

重大と思われる事実とは、ギャロップの世論調査とＮＯＲＣ（National Opinion Research Center：国民世論研究センター）という二つの世論調査の異なった方法についてだった。いわゆる、open-ended questions（開かれた質問）と close-ended questions（閉ざされた質問）の違いである。前者の質問では、回答者が自由に自分の思う通りに答えられるが、後者は「はい」（Yes）か「いいえ」（No）のどちらかを選ぶ方式である。例えば、「あなたは夕食のメニューは何が好きですか（あるいは嫌いですか）?」と問われるのが前者で、答えは回答者の自由勝手な好みで「牛肉」「鶏肉」「豚肉」「鹿肉」などと何でも答えられるし、また（1）（2）（3）（4）と好きな（あるいは嫌いな）順番に答えられる。後者の設問だと「あなたは夕食のメニューとして牛肉が好きですか?」と問われると、「はい」もしくは「いいえ」あるいは「どちらでも」としか答えられない。世論調査の場合、多くの設問が後者の方式を採用したがるし、実際実行している。その方が回答者は答えやすいし、質問者も回答の分析が簡単で効率がよく、結論がすぐ出しやすい。前者だと、例えば上記のような場合、四種類の中から選択しなければならない。前日に牛肉を食べてしまった本来牛肉好きの回答者は「いいえ」と回答するだろうし、回答者の中には「猪」や「熊」の肉が好きな人もいるかもしれない。そのような理由で、前者の質問方法は、回答者にとっても質問者・分析者にとっても、非効率で結果の分析も紛らわしく、結論も確信が持てないことが多い。ギャロップの世論調査は後者の close-ended question 方式が主で、NORCや他の世論調査には open-ended question 方式も多く見られた。伝統的なギャロップ調査の close-ended question ――「いくつかの外国に対してあなたの全体的なご意見をうかがいます。ロシアに対するあなたの全般的なご意見はどうですか?　非常に好ましい・好ましい・好ましくない・非常に好ましくない・どちらともいえない」――では、「好ましくない」

とソ連に対するネガティブな回答をした者が平均して六五％を示したが、open-ended question 方式の世論調査——「アメリカの国の将来にとって、一番大きな脅威は何でしょうか？」——では、「経済危機」「海外からの不法な移民入国」「銃乱射事件」「気候の大変化」「犯罪」などといった回答が多く、「ロシアの脅威」と答えた回答者は二％にも満たなかった。

僕が教室で行った「将来のアメリカにとって最も脅威となるのは何ですか？」という調査で、「共産主義」とか「社会主義」「ロシア」「中国」と回答した学生は皆無だった。ちなみに、「君たちの人生にとって最も脅威となるものは？」という質問に、「高給料の職業、物価、ボーイフレンド／ガールフレンド、心理学試験の成績、健康保険、車のガソリン代……」という答えを調査票に見つけることはできても、「コミュニズム、ソシアリズム、他国の襲来……」などという答えを見ることはない。open-ended question の質問には身近な個人的な関心事は思い浮かんでも、国家や政府のガヴァナンス（統治）やイデオロギーは回答に表れることが極めて少ない。言い換えれば、close-ended question 方式は、質問者が予め期待したい答えが結果できるような質問を設定し、それに対して「はい」（Yes）か「いいえ」（No）の結果を求める傾向がある。すなわち、「（「米ソ冷戦」下で、あなたはアメリカ・アメリカ人がロシアに対して『好ましい感情』を持っていないことを知っているということを前提に）あなたはロシアが好ましい国であると思いますか？」、「『はい』または『いいえ』で答えてください」と世論調査するのが close-ended question 方式だと見なしていい。客観的な世論調査だといいえ、少なくとも、close-ended question 方式は意図せずとも結果として予期した答えが出やすい調査方法である、と僕は主張したい。心理学の研究方法論では、これを「社会的望ましさのバイアス」（social desirability bias）という。

ヤタニ・ケースに見られた国家と個人の認知的不一致は、「反共・反ソ」のイデオロギーを翳した政府の国家主義（nationalism）に、たとえ外国人であろうとも一個人の自由と家族の幸福を奪う国家権力の理不尽さを見たメディアの政府批判と普通のアメリカたちによる異議申し立てであったと思う。ヤタニのイデオロギーが政府の主張するそれであったとしても、メディアとアメリカ人たちはヤタニを合衆国の脅威とは認めなかった、ということだろう。アメリカ人のソ連に対するリサーチは、顧問のブラメル教授との共著でアメリカ心理学誌の一つに掲載された（Yatani, C. & Bramel, D. (1989). Trends and patterns in American attitudes toward the Soviet Union, *Journal of Social Issues*, Vol. 45 (No. 2), 13 32）。

「個人主義の心理学」

二つ目は、アメリカの個人主義と日本型経営方式についての理論的見解の実証。オレゴンからニューヨークに来て何度も質問されたことは二つあった。「ヒロシマ」と「日本の戦後経済復興の奇跡」についてだ。ストーニーブルックに来た最初の一週間、同僚の院生や僕を受け入れてくれた博士課程プログラムの教授たちは、例外なくヒロシマと日本経済のサクセス・ストーリーを訊いてきた。きっと僕が日本人で、だからこの二つに関して何かできる話があるだろうという思い込みもあっただろうが、とにかくこの二つのトピックが必ず話題になった。ひと月もしない間に、ヒロシマは反核運動の共同リサーチとなり、アジアの敗戦国・核被爆国の〝miracle〟（奇跡、ミラクルと彼らは言った）が日本人が持つ、アメリカ人にはない特殊な精神的文化と社会行動として話題に上った。

ストーニーブルックに来て二年目に入ると、ニューヨーク日本語補習校でニューヨーク市周辺で仕事をする日本人の会社員や在留日本人の子供たちに日本語での授業を担当するようになり、それから大学近くのコマック高校でアメリカ人高校生に日本語と日本の文化を教えることになった。ヤタニ・ケースの事件後、大学の経営学部で「産業・組織心理学」（Industrial/organizational psychology）を一クラス担当しながら日米のビジネス・マネージメントの文化的比較を考査する機会にも恵まれた。一九六八年にドイツを抜いて世界第二位の経済大国となった日本は、一〇年後ハーヴァード大学の社会学者エズラ・ヴォーゲルが『ジャパン・アズ・ナンバーワン』で「日本からアメリカへの教訓」として日本経済と社会文化が称賛されることになり、二〇年後にはソニーがカリフォルニアのコロンビア・ピクチャー映画会社を買収したり、三菱がニューヨークのアメリカ経済のシンボルとでも言うべきロックフェラービルを買い占めたりしてアメリカを震撼させた。

週刊誌やテレビのゴシップ番組では、「日本企業によるエコノミック・パール・ハーバー」（経済的真珠湾攻撃）などと日本の脅威を掻き立てた。産業・組織心理学（I/O psychology）や国際心理学、文化人類学や比較文化論の学術世界では、日本人の集団主義と（collectivism）とアメリカの個人主義（individualism）は相互対立するものだから、日本の企業が日本型経営方式を提げてアメリカにやって来て、個人主義のアメリカ人労働者を雇ってもビジネスは成功しないという論陣と、エコノミック・アニマルの日本は真珠湾攻撃のようにアメリカ市場に強引に押し入ってくるに違いないという論陣に分かれて騒いでいた。

「チョウイチ、お前はどう思う？」とあっちこっちで問われたが、ストーニーブルックに来たての頃の僕は心理学の立場から発言することは心許なかった。三、四年の大学院生の生活を経てやっと何か言える自信がついたかもしれなかった。ティーチング・アシスタントとして一般教養の心理学や「労働の心理学」（Psychology of Work）、産業組織心理学、社会心理学、人格心理学（Personality Psychology）などを担当し、日本語補習校とコマック高校で日本語と日本文化を教えながら、日本とアメリカの二つの世界で過ごした。

ストーニーブルック大学のW・アヴェレル・ハリマン経営学部で産業・組織心理学を担当した際には「日米関係の新しい時代」（The New Age of the US-Japan Relationships）と題した二日間のシンポジウムを企画開催した。日本領事館領事、川崎重工アメリカ支社社長、アメリカ心理学界の産業組織開発分科会会長、国際関係分野の専門家たちとマーバーガー学長を招き、日米の「企業組織とマネージメント」「今日の教育」「政府とビジネスコミュニティー」そして「価値観、イデオロギー、行動パターン」の四つのテーマについて発表・討論がもたれた。シンポジウムのすべての費用はマンハッタンに在った日本商工会議所の支援を受けて日米の企業と公共機関から募金で賄われ、昼食は大学の近くにある日本レストランから弁当の出前を頼んだ。一九七七年からのユタ、オレゴン、ニューヨークといったアメリカ生活は、八六年夏のヤタニ・ケースの一件もあり僕にアメリカの個人主義と日本型経営方式に関して、わずかながらも発言できる機会を与えてくれたと感じた。

心理学的に考察する場合、日本の集団主義とアメリカの個人主義に見られる集団主義（collectivism）と個人主義（individualism）の言語は相反する対立的な意味を持つが、社会的行動においては必ずしも相対立する概念ではないと僕は考えた。むしろ、両立できる概念に思われた。子供の頃のバレーボールやソフトボールのゲームではユニークな技能を持ったチームの方が強かったし、音楽会では楽器が異なってもそれぞれが一生懸命与えられた楽器を演奏すると、素晴らしい合奏が出来上がったりする。ヤタニ・ケースで言えば、それぞれのメディア、議会議員、学者や他の大学関係者、日本語補習校の子供や父兄たち、コマック高校の学生たちと先生方とPTA、弁護士たちと多くのアメリカ市民たちによる相乗的な支援があって、僕は救われたと思っている。

自動車産業にあって、いいクルマを多く生産するという目的の下で、日本の労働者とアメリカの労働者の生産行動に違いがあるのだろうか？　できるだけいい車をできるだけ安く日米の消費者に届けようとする時、消費者の信頼と生産者の達成感、プライドは日米相互で違いがあるとは思えなかった。もし車の売り上げの儲けを分配する際に、労働者と経営者の給料の差額に大きな開きがないなら、たぶんマルクスが言ったような、労使関係が「非和解的」な対立に至るとも思えなかった。むしろ、労使の「協調」が相乗効果的に生産性の向上と生産物の質の向上にプラスの影響をもたらすことになるのではないだろうか。勿論この仮定は、トヨタやニッサンで働いたことのない一大学院生の想像の域を出ていないのだが、心理学的考察からすると集団主義の日本企業がアメリカにやって来て、個人主義のアメリカ人労働者を雇った場合、アメリカでの日本企業の成功は、失敗よりも可能性が大だと考えた。八〇年代の僕の心理学的想像を理論化したものが一九八九年のアメリカ心理学会の学術誌に掲載された二番目の論文である（Yatani, C.（1989）, American national character and Japanese management: Individualism and work ethic, *Organization Development Journal*, 7（No. 1）, 75, 79）。

発達心理学に人間の一生における行動の動機付け（モチベーション motivation）についての興味深い理論がある。「自己実現論」（self-actualization）で有名なアブラハム・マズローによると、誕生してから死に至るまでに大きく分けて五つのモチベーションが段階的に発達する。（1）生物・生理的な要求、（2）安全性の必要、（3）愛情を求めての社会的つながり、（4）自尊心の欲求、そして（5）自己実現。子供の頃の衣・食・住・排泄・睡眠などの生理的な欲求から始まり、安全性、友人・恋人・家族形成と目に見える有形な必要・欲望から、自分に自信が持て、他人からも尊敬される自己評価を認める自尊心と、自分が人生において達成したかった自己実現に向けての哲学的な、目に見えぬ無形の欲求が行動の動機付けとして述べられている。

この動機付けの進展は直線的なものではなく、階段のような段階的なそれであり、（1）が達成されてのみ（2）に進み、（2）の要求が満たされてのみ（3）に進み、その後（4）から最後の（5）に到達する。そして、この段階的進展においては（1）から（3）、あるいは（2）から（4）もしくは（5）とそれぞれのステージは跳び越せないという。マズローはこの動機付けを人間が生まれながらに保持している好奇心であるとも主張している。人間性を重視するアメリカのヒューマニスティック・サイコロジストはこの理論を産業組織心理学に応用し、労働者を非人間的に扱う経営者を批判しながら、企業の民主化を主張し企業の組織改革を促した。労働者を人間として尊重する企業は、（1）職場・生産点で金銭的な配慮するのみならず、（2）労働者の安全と雇用の長期的保障と、（3）労使関係の間の対立ではなく協調性を重んじ友好性を確立するように、そして（4）働く人々の仕事に対する誇りと自尊心を形成するように努め、（5）彼らのキャリアを自己実現の機会として捉えるようにすることがマネージメントの社会的責任を果たすことだとして企業評価を下した。

日本の集団主義とアメリカの個人主義は相互に対立する精神・心理が作用するから、日本人とアメリカ人は一緒にうまくやっていくことができないという理屈は、一〇年近くアメリカに住んできた僕には受け入れることができなかった。むしろ、僕たち矢谷一家は多くのアメリカ人から助けられてここまで来たという実感があったから、この集団主義（collectivism）‐個人主義（individualism）の対立理論に反論したい衝動に突き動かされてアンチテーゼ（antithesis）を探した。アメリカ心理学会が出版する学術誌に掲載された二番目の論文の内容が対立論争に反論する一つの根拠となった。一九八〇年代は日本が「一億総中流時代」と言われた一〇年であった。アメリカの二つの原爆投下による日本の敗戦から、文字通り廃墟となった国が高度経済成長を通して日本人みんなが豊かになった――国民の九〇％以上が「中流階級」になったとする世論調査報告もある――理由の一つに労使協調による人的資本を挙げる研究結果がいくつもあった。労使協調の新しい日米時代を想像しない理由は僕にはなかった。

「核時代のアメリカの個人主義」と題した博士論文のテーマの提案が「文学」と言われたショックと失望は、当初、院生の生活目標で一番重要だった作業に取り掛かるエネルギーを僕から削いでしまっていた。しかし、アメリカ人の「反ソ連」態度の歴史とその中身を調べ、アメリカ人の個人主義と日本人の集団主義の対立論に反論を用意していく過程で、多くのことに刺激され「個人主義の心理学」と題した新たな論文テーマの提案書を作成することができた。最初のテーマ提案に顧問のブラメル教授はいくつかの疑問を出してくれたが、「個人主義」のアメリカ人顧問の疑問と批判的コメントは、かえって「集団主義」の日本人の僕を奮い立たせることになった。

未完の国の個人主義

博士論文提案書は八七ページにわたる長い草稿となった。博士号に値する独創性と心理学界への学術的貢献の二つもしくは一つを満たすために作成した提案書だったから、とにかく長くなってしまった。顧問ブラメル教授のコメントは「分厚い原稿だな、長いね」「野心的だな」「面白そうだ」「楽しみだ」などと励ましてくれたが、少し心配そうな表情も隠さなかった。僕本人もそうだった。この意気込みを実現できるかどうか顧問教授以上に不安があった（すべて英語で書かなければならなかったし……）。

提案書構成

その分野では世界的に知られた国際比較文化心理学会の元会長であるイリノイ大学の心理学教授ハリー・トリアンディスは、「西洋と東洋の文化を比較する時、個人主義と集団主義ほど顕著な違いを示す特徴は他にない」と言い、西洋では「アメリカの個人主義」をその筆頭とした（東洋の中国、日本、南北朝鮮が集団主義の代表と見なされているのは言を俟たない）。ところが、心理学や社会学そして文化人類学などの文献を読むと、そもそも個人主義はアメリカの全般的な生活様式（way of life）に見られる精神文化であったと思う。日本人の僕が、一〇年近くアメリカに住んできた僕が（と言った方がいいのだが）思うアメリカは、一言で言うと、ここでは何でも自分でしなければ何もできない、というものだった。他人は頼りにならない。頼むと「イエス」か「ノー」の返事があり「イエス」の場合は助けてくれるが「ノー」の場合だってあった。そもそもまず他人に頼む習慣（way of life）がないということに気づくまで時間はそうかからなかった。

ユタ州立大学での九月からの最初の学期を迎えるため、ユタにやって来た当初、生活に必要な食べ物や飲み物は自分で調達しなければならなかった。着いたばかりの頃は友達もいなかったから、歩いて三〇分以上かかるスーパーマーケットに買い物に行った。学生寮にはベッド、机、収納棚、冷蔵庫、水道はあったが、他のものはすべて自分で揃えなければならなかった。野菜、肉、パン、オレンジとリンゴ、包丁、醤油、食用油、塩、胡椒、など買い込み、重い荷物を抱えて、汗だらだらで華氏一〇〇度（摂氏三七・七度！）の大学町ローガンの炎天下を歩いて帰った。日本からやって来た人口三万人足らずの周囲が砂漠だったローガンの町にはバスも電車もなかったし、町に一台だけのタクシーは一時間待たなければ利用できなかった。翌日、スーパーマーケットの近くで見かけた、修理工場が併設されたバカでかい車販売店に行き、そこで一番安いアメリカ製の中古車を五〇〇ドルで買った。

買ったばかりの車にガソリンを入れようとしたが、ガソリン・スタンドに給油してくれる人はどこにも見当たらず、店内にいた店員に拙い英語で尋ねたが彼はキョトンとするだけで僕の質問には答えてくれなかった。英語で話すのをやめ、手でガソリンを入れる仕草をしたら、ニヤッと笑い、彼は「自分で入れるんだ」と僕を車のところまで連れ出し、ガスの入れ方を身振り手振りで教えてくれた。アメリカでは当たり前のこと――給油はドライバー自身がしなければならないのは当然のこと、「自分のことは自分でする」(self-reliance/do-it-yourself：自立)――という精神文化を体験した。日本では店員が給油のほか、窓を拭いてくれたり、頼めばエンジンオイルの点検もやってくれたものだ。

当時一九七七年は日本が世界第二位の経済大国になる高度成長経済期であり、一ドルが三六〇円だったから、安い五〇〇ドルのアメ車でも日本円では一八万円ぐらいだったろうか。「郷に入れば郷に従え」の通り、「アメリカにいる間はアメリカ製のものを使え」と考えていた。ガソリン一ガロン(約四リットル)が三五セント、一リットル当たり一〇円以下とタダみたいに安かったが、貧乏留学生は倹約が大事と、車での遠出を控え、そのうちなるべく歩いて用を足すようになった。最初に買ったシボレー社の小型車ヴェガは、一週間も経たないうちにエンジンが故障し動かなくなった。

外国に来てすぐに「安かろう、悪かろう」に見舞われたが、安い車を買ったのは自分の選択だったから他人を責めるわけにはいかない。交通の不便なローガンに日本から奈那子がやって来る前に、自家用車を用意しておかなければと思った僕は、買った店でヴェガを下取りしてもらい、同じシボレー社の大型車インパラに買い換えた。インパラを勧めてくれたルーロイ氏は車販売店オーナーであるとともに修理工でもあると知ったのは、彼が一一月二四日のサンクス・ギヴィング・デー（感謝祭）に奈那子と僕を食事に招待してくれた時だった。アメリカで初めての感謝祭のディナーは七面鳥とパンプキンパイの典型的なメニューで、ビールもワインもなく色付きのフルーツ・パンチとレモネードという簡素な食事だったが、外国人の家での初めての夕食は楽しかった。デザートを食べながら、彼らがヴァイキングを祖先に持つ古い移民一家であり、宗教は全米ではマイノリティーだがユタではマジョリティーのキリスト教宗派・モルモン教徒であることを聞かされた。深く問うほどのことでもないと思ったが、日本の島国からやって来たアメリカのユタ州の田舎で、東欧のヴァイキングの子孫に会えるなど奈那子も僕も想像だにしていなかった。移民の国で起こる奇遇は、偶然と言うより何か因果関係でもあるのだろうか。

一七世紀の最初の移民たちは宗教迫害から逃れ自由を求めて大西洋に船出したが、新しい土地に辿り着ける確信があったわけではなかったらしい。もし大西洋の海原で死ぬことがあっても天国に行けるとの神のお告げを信じていただろうから、神の愛と御導きで陸地に着けたならばそこに天国のような国を創ろうと誓ったという伝説は僕には納得のいくものだった。その清教徒の誓いを知ったのはキリスト教日曜学校だった。鳥取県の米子東高等学校時代、友人たちに連れられて聖書読書教室に通った時、アメリカから来たスミス牧師は高校生の僕たちに苦難の旅をした清教徒たちの話をしながら聖書を解説してくれた。彼の話にアメリカとアメリカ人をイメージした僕は、しばらくしてキリスト教精神で創立された京都の同志社大学に入学した。臨済宗相国寺と京都御所の間に設立された同志社で毎週水曜日のチャペル・アワー（Chapel Hour）に出席しながら、隠岐の島の浄土真宗の家に生まれた僕は、キリストと親鸞は似たようなことを言っていると思ったことがあった。宗教部の竹中教授はチャペル・アワーで、『ルカの福音書』の話を通して出席者たちにキリストの教えをキリスト教信者でない人々（二〇〇〇年も前の非クリスチャン、異邦人、aliens／エイリアン）にも分かるように話してくれた。大変教養の深かったルカは、キリストの教えとして、「貧しい人々は幸いである、なぜなら神の国はあなた方のものである」、「飢えている人々は幸いである、嫌われ追放された人々は幸いである……、なぜなら神はそれらの人々に救いを差し伸べる方であり、天国はそれらの人々の国である」と語る。僕の祖父幸三郎が親鸞の『歎異抄』にある御言葉、「善人なおもって往生を遂ぐ、いわんや悪人をや」を、子供の僕にも理解できるよう「善人でさえ救われるのだから、悪人はなおさら救われる」と分かりやすく話してくれたことを覚えている。

神に誓って天国のような国を創ろうとした清教徒移民たちは、苦難に満ちた長い航海の末、新しい大陸に上陸した。やっとたどり着いた念願の大地。やがてこの地は、世界一のスーパーパワー大国、アメリカ合衆国となる。一〇〇〇ページ近い故ブリンクリー教授のアメリカの歴史を著した『The

Unfinished Nation』（『未完の国』）は、コロンブスによるアメリカ大陸の発見、清教徒の上陸から米ソ冷戦が終局を迎え始めた二〇世紀の終わり近くまでを扱うものである。この「未完の国」アメリカを「個人主義」というテーマで二〇〇ページ足らずの博士論文にするなど途方もない考えだったかもしれない。アメリカ人でもない日本からの大学院生の論文テーマ提案書を不安な表情を隠そうとしながら受け入れてくれたブラメル教授に、僕は十分な感謝をした覚えがなかった。無知から来た傲慢さがあったに違いない。謙虚さを完全に失っていた、とずいぶん後になって思い返している……。彼の不安そうな表情は僕の「途方もなさ」に向けられたものであったのだろう。そのことに気づかずに、アメリカの「個人主義」に挑戦する意気込みだけでなされた論文テーマ提案だった。

無産者が暴力革命をせずしてブルジョアジーになれる国

未開の大陸に着いた清教徒たちは、まず生存と種の保存に必要な「衣食住」を手に入れることから始めなければならなかった。それまで何千年と続いてきた「衣食住」の経験を頼りに、朝から晩まで働いた。水のある所に家を建て、土地を耕し、「食」を賄なった。幸い家を建てる木々はあった。有り余るほどあった。水のない所では井戸を掘らなければならなかったが、大自然の中には水も草も食用としての動物や鳥たちもあった。動物や草からは「衣」も調達できた。厳しいニューイングランドの冬は穏やかな南部とは違って衣食住は困難だったが、工夫して生き延びる人間の知恵は動物たちのそれよりも高かっただろう。驚かされるのは、おそらくそれが最初の「個人主義」だったと想像されるのだが、衣食住に必要なものはすべて無料（英語で言う「フリー」free）であったことだ。この広大な土地が、ダイヤモンド以外の地球上のすべての天然資源を有する豊富な土地が、誰も所有権を持たない無料の土地だった。生物の生存に必要な水や空気を含めて、すべてが「フリー／お金の要らないタダの物」だった（！）。

清教徒たちと彼らに続く移民たちは労働を通して個々人の所有物・所有権を主張し、認めていくようになる。古いヨーロッパでは、王国と貴族と教会が「神から与えられた」（divine/God-given）ものとして土地も水もすべてを所有し、すべての権利さえ彼らのものであった。平民は彼らの臣民、奉公人、人の顔をした所有物だったが、ヨーロッパでは何も持たない無産者階級・階層（property-less）だった人々が、新大陸では誰もが財産所有者（property-owner）になった。誤解されやすい言い方だが、マルクスの言葉を借りれば、アメリカではプロレタリアートが暴力革命をせずしてブルジョアジーになれた、ということである。アメリカで「アメリカの革命」というのはただ一つ、アメリカン・レヴォリューション＝アメリカン・レヴォリューショナリー・ウォー（アメリカの革命＝アメリカ独立戦争）のことである。

近代史でアメリカの無産者階級・階層が革命（多くの場合、暴力革命）を経ずして財産所有者になれたのは、ほとんど例外と言っていいかもしれない。それを誇示するために、アメリカの大統領は概ね「アメリカ合衆国は世界史上にあって国家建設に例外的な素晴らしさを誇っており、合衆国人民は世界にも稀な、例外的に素晴らしい国民である」などと述べ、随所で「エクセプショナリズム」

（exceptionalism）という言葉を使う。僕が知る限りでも、オバマ大統領はこの「例外主義／エクセプショナリズム」という言葉を演説でよく用いていた。確かに、人種差別の歴史が長いアメリカにあって、黒人のアメリカ大統領は好ましい例外的な例である。黒人・白人の差別的な現実社会を超えたアメリカン・ドリーム（アメリカの夢）の実現を近視化する役割を果たし、その大統領演説には人種を超えてアメリカも世界もが痺れた。

新大陸上陸以来清教徒たちと彼らに続く移民たちにおいては、個人が一生懸命働けば、人種・宗教・生まれた家柄・男女の区別なく、すべての人々が、少なくともアメリカにあってはすべてのアメリカ人が豊かになり平和に暮らせるとする、〝Do-it-yourself, self-reliance〟（自分のことは自分でやれ）という「自立・独立・主体性」を意味する「個人主義」が生まれ、現在も幅を利かせている。個人の「自主的で、往々にして他人に頼らないことを仄めかす」個人主義は、個人の人生観を超えてアメリカのエトス、道徳的な精神文化として現在も存在する。それを可能にする広大な新大陸の大地、その上そこには天国に一番近いカトリック教会と法王、カトリック教徒、王や王女、彼らの下部である貴族も、地主も、大家も、ネズミの敵としての猫（ネズミたちの冒険を描いたハリウッド映画、スピルバーグ監督の『アメリカ物語』によれば）もいなかったことを前提にして、この個人主義は成立する。

しかし、ヨーロッパの清教徒たちが上陸する前に、二万五〇〇〇年以上も前から自然のままの大陸には、アジアから渡ってきた先住民たちが暮らしていた。「インディアン」と呼ばれたアジアの祖先を持つアメリカ先住民は、一六〇〇年の初め頃、当時のマサチューセッツ州プリモスに上陸してきた清教徒たちが生存の危機に遭遇していた時、「衣食住」を供給し危機を救った人々だった。サンクスギヴィング・デー（Thanksgiving Day、感謝祭）が合衆国挙げてのアメリカ国民の祝日となっているのは、この先住民と宗教迫害で逃れてきたヨーロッパの人々の歴史的な出会いと社会学における民族・人種・文化の交流を彩る証拠である。その証拠を見る時、「個人主義」を進めてきたアメリカ人の発展と二万五〇〇〇年以上続いてきた「集団主義」の先住民に対する仕打ちは、西洋と東洋の文明の対比・対立以上のものを僕に問いかけてきた。彼らに対する虐待が公然とアメリカの歴史として語られ出すのは一九六〇年代になってからである。

先住民の日々の生活に「個人主義」の概念が存在したのかどうかは疑問視してもいいと思う。部族としての集団生活は、狩猟（hunting）と採集（gathering）の経済的活動を基盤にしており、一部の定住した部族を除いて、ほとんどの部族は「種」（spices）として共同・集団で生活していたから、「個人」（individual）という概念があったかどうかは分からない。個の利益を追求してグループ内で対立したり闘争することはめったに見られなかった。むしろ、個の生存はグループの生存に不可欠だった「集団主義」が遺伝子に組み込まれるようにして「種」の保存・維持が続けられたと言えるかもしれない。逆に、個と集団の調和を破る場合は個を含めた集団の存続そのものを危機に貶めたと結論していい（ただし、ここで述べるのは人間社会の「個人主義」と「集団主義」の文脈の中のみにおいてであり、集団・部族（グループ）間の協調・対立はここでは扱っていない）。こうした集団生活を営む先住民たちは、やがて自分たちの豊かな生活を求めて「私有財産」追求に走るヨーロッパからの白人たちによって追い立てられ、迫害され、抵抗する者たちは殺されていくことになる。

当初の清教徒たち、移民たちは、広大な自然の中で個々人の対立というよりグループという集団主義が個人主義よりも生存そのものの生活形態であった。家を建て、畑を耕し、狩りや採集もグループの皆で協力し合った。個々の住居のみならず、教会や学校の建設や収穫も家族を含めたグループの共同作業だったし、その過程で集団の共同生活・コミュニティーが生まれた。コミュニティー内の相互依存は、外からの「敵」に対して集団として防衛の機能を果たした。しかしながら、アメリカはアメリカ「個人主義」を重宝しても「集団主義」を同じように有意義な概念として得意がる文化・精神を持たないし、むしろ二つは相克する概念・精神になってしまった感があった。博士論文を書く作業をしながら、変質し多様化し内部矛盾さえ起こしてきたアメリカ個人主義の苦悩に、今日のアメリカの苦悩と挑戦が見られるかもしれないと感じた。

教皇・大司教・司教・司祭・教会・信者と三角形に組織化された強大なカトリック教に異議を申し立て、対立し、太西洋を渡り新大陸へ脱出した清教徒たちは、「集団主義」的なヒエラルキーを回避し神との直接対話を望んだ「個人主義」的な宗教だった。ユタの町でもオレゴンでもニューヨークに来てからも、十字架が飾られた住居も墓石もほとんどないこの個人主義的な信仰態度はプロテスタントに限り未だに続いているように見えた。

神に導かれて苦難の旅を乗り越え、新大陸に辿り着いたと信じる清教徒たちの生活は、何から何まで自分でやる（do-it-yourself）という自立・独立独歩の「個人主義」だった。家族・隣人共同の作業と教会での祈りであったが、ヒエラルキーの集団主義の概念よりも、神と個の上下関係よりも平等な一個人と神の関係を維持し、上下関係の中に起こる差別と支配関係の集団よりも神の前には平等な一個としての共同体・コミュニティーを目指した。ある意味では、一緒に住み、暮らし、所有物と責任分担の共有を維持するグループ（コミューン：commune）とも言える生活形態であり、民主主義的な個人主義あるいは個人主義的な民主主義と言えるものかもしれなかった。アメリカの民主主義の芽と、自由と平等を謳う合衆国憲法の個人の尊厳の精神を垣間見せる。そして、勤労を通した豊かさで、ヨーロッパでは見られない天国のような国を創ろうとした清教徒ピリグリム（巡礼者）の話が、現代のアメリカの理想主義を支える例外主義（エクセプショナリズム：exceptionalism）を納得させうる。

産業革命と資本主義の発達で変化する個人主義

一八世紀から一九世紀にかけて産業革命と資本主義の発達において、独立合衆国の憲法起草者のメンバーでもあった実業家・政治家ベンジャミン・フランクリンと社会学者マックス・ウェーバーを参照すれば、変化した個人主義が見えてくる。前者は、「早寝早起き、熱心な勤労と質素倹約をする人々には、天国への門が広く開かれる」とアメリカ人の経済的成功の秘訣を鼓舞し、後者は『プロテスタンティズムの倫理と資本主義の精神』の中で、「新教徒たちにとって金儲けすることは神のお告げ（calling）でもあった」として、プロテスタントの勤労精神と資本主義の目的の一致をアメリカに見た。貪欲までに金儲けに走り経済的に成功することは、資本主義の真髄でありそれはまた神からの呼びかけと一致していた、とアメリカ資本主義の成功と宗教の影響を指摘した。利己的な自己中心的経済活動が個人主義を肯定し強化した。世界の多くの人々が目撃し、かなり否定的に評価するアメリカ人の自己中心的な行為、行動はこの個人主義から来ているが、アメリカ人にとっては当たり前のことであり、神から祝福されることはあっても他の誰からも非難されることはないのである。

アメリカ心理学においても僕は個人主義的なイデオロギーでグループを否定的に捉える傾向を多く見つけた。人間の態度・行動における理論や概念が、集団主義を否定的に捉え個人主義を肯定的に捉える例は高等教育の世界でも多い。例えば、一般教養心理学の一五〇名を超す大教室で使った教科書がその例を示していた。新入生が選択する一般心理学の多くの教科書で、最後の章は大体の場合「社会心理学」の単元であり、個人の社会的な態度・行動、とりわけ集団・グループとそれが個人に及ぼす影響を学習する。指定された教科書で取り上げられたテーマや話題のいくつかを示す。

（a）「社会的抑制」（social inhibition）。他人がいたり、他人の期待がある場合、個人の演奏や演技がうまくできない。

（b）「非個性化」（deindividuation）。大勢の人に囲まれて自分がはっきり認識されない場合、個人は普段よりも反社会的な振る舞いをする。

（c）「社会的促進」（social facilitation）。グループの中で仕事をすると個人は一人の場合より生産的になる。

（d）「社会的手抜き」（social loafing）。集団で仕事をすると、一人の時には見られない手抜きが起こる。

（e）「責任の分散」（diffusion of responsibility）。集団に紛れ込むと個人は責任逃れをする傾向がある。

（f）「集団思考」（groupthink）。グループで物事を決定する場合、往々にして個人一人でする時よりも間違った決定をする傾向がある。

（g）「分極化」（polarization）。グループで決定する場合は極端に走る傾向が生まれる。

（h）「追従」（conformity）。グループの社会的圧力に押されるようにして個人はついつい服従・追従してしまう傾向がある。

（i）「従順」（obedience）。グループの中にあっては個人は権力者・権威者の命令に従ってしまう傾向がある。

（j）「社会規範」（social norm）。個人はその個人の住む社会規範に縛られて、自分で態度・行動を決定するよりはその規範通りに動く傾向がある。

ここに載せたのは三〇近い社会心理学上の理論や概念の一部であるが、一〇分の一（c）が向社会的、肯定的な個人の行為を表した例であり、残り一〇分の九の理論・概念はすべて集団あるいはグループの中における個人のネガティブな行為を表している。どの社会でも集団・グループの中にあってはポジティブとネガティブな両方の行為が見られるから、教科書には両方を半々ずつ掲載するのが当然のことだと思う。しかし、ユタ、オレゴン、ニューヨーク（その後も、四つの大学で三〇年近く教職に就いた）での経験から言うと、アメリカの大学の心理学教科書には集団・グループの中の個人の行為を否定的に捉える「アメリカ個人主義」のイデオロギーが強く反映されていると、僕は思った。

アメリカとソヴィエト社会主義共和国連邦が協力し共通の「敵」であるドイツ・イタリア・日本のファシスト三国同盟と戦った第二次世界大戦後、すぐに米ソ冷戦になって対立した時、その対峙はあたかも資本主義の個人主義（individualism）と社会主義の集団主義（collectivism）のイデオロギー対立として短絡的通俗的な理解が幅を利かせた。この「個人主義」はアメリカの精神であり、個人の自由と民主主義のアメリカと、一党独裁で個人の自由、民主主義を圧殺する社会主義・集団主義のソ連との対峙であり、非和解的で善と悪の対立のように宣伝された。冷戦下のレーガン大統領のアメリカで、「アメリカに好ましくない外人」（undesirable alien）として逮捕・拘置・釈放された日本人の僕は、個人主義を博士論文のテーマに選び、アメリカ人顧問の期待と不安を感じながら四苦八苦していた。

「豊かにはなったけど、幸せにはなれなかった」

集団主義の日本から来た僕は、生まれ育った日本の集団主義の「悪」の側面も分かっていた。矢谷家の九代目として生まれた長男の僕はとても大事にされて育てられたと思う。親父は「神風特攻隊」の候補者として静岡の浜松空軍部隊に配置されていたが肺炎を併発する病で太平洋上のアメリカ軍攻撃への出陣が少し遅れた。矢谷家の長男だった親父は未婚で後継ぎもおらず、気を利かせた上官の計らいで四、五日の「休暇」がもらえた。「嫁さんもらって、種付けして基地に戻って来い」という命令に従い、隠岐の島に戻った。両親が見つけた嫁と身内で式を挙げ、急いで種付け作業を終えて浜松に帰る直前、ヒロシマに原爆が落とされ基地に帰る機会を失ってしまった。それからちょうど九カ月経って、僕が生まれた。「原子爆弾が落とされんかったら、お前生まれてこなんだ」と僕が大きくなってから母親から辛そうに言われたことを覚えている。親父の方は浜松の基地に戻れなかったことをずっと、多分死ぬまで悔やんでいたと思う。四〇〇人以上の戦友で生き延びられた浜松部隊の兵隊は親父を含めて三人だけだったと僕が知ったのは、同志社の入学式に行った折、僕の在学中の後見人になってくれた田中さんから親父の話を京都の旅館で聞いた時だった。田中さんは生き残った三人のうちの一人だった。

たぶん矢谷家で大事に育てられた僕が集団主義の窮屈さを感じ始めたのは、高校に入る前頃だったと思う。日本海の離れ島で生まれ、育てられたのは島根県だったが、通うことになった米子東高校は鳥取県にあった。有名な進学校に越境入学させられたのだ。田舎にいては将来立派な人間になれぬ、という母親の強迫観念もあって僕をどうしても内地の都会の大学に送り込みたかったらしい。戦後、とりわけ敗戦後落ちぶれつつあった昔の田舎、小さな離れ島の小さい漁村といえども、古い「名家」らしかった家の跡取り、長男の僕を何とか立派にしたいという母親の功名心もあっただろう。親類縁者に中でも際立った「教育ママ」だった。封建時代から続く日本の「家」、しかも離れ島の「名家」であればなおさらに、家の長男に対する期待とプレッシャーは、一六、七の子供には理解を超えるもので、理不尽とも思える社会的な圧迫となった。それは日本やアメリカの思春期の子供たちの多くが経験する不可避的な成長過程なのだが、陣痛の苦しみに似た必要不可欠な生の営みに違いない体験、成長期に起こるアイデンティティーの危機として理解される過程に特有な個と社会の葛藤の体験だった。僕はその体験を、集団主義と個人主義の文脈の中で考えてきた。封建社会から近代化社会へ移行する過程の痛みと言っても差しつかえない。僕の考えていた集団主義はそんな概念であり、それとの関連で、必ずしも対立とは言えない概念で、個人主義についても考えていた。ヤタニ・ケースの端緒となったオランダの国際政治心理学会のテーマ、アメリカの「個人主義と国家主義」の強い相関関係は、反核運動のユニークな認知的不協和の表れでもあった。一見対立するように見える個人主義対集団主義という構図ではなく、個人と家族・家・親類・村・社会・国家という複雑な人間社会総体の社会的集団との関連で捉える僕の考え方は、『Habits of the Heart』（1985）という本でさらに強められた。

カリフォルニア大学バークレー校の社会学者たち五人の共著であるこの本は、僕の誕生日一〇日前にブラメル教授から贈られたものだった。〝Individualism and Commitment in American Life〟の副題があり、〝individualism〟（個人主義）を論文テーマに選び四苦八苦している僕を激励するためのプレゼントだった。表紙の裏側に、〝For Choichi— a committed individual with a big heart〟とあった。タイトルを和訳すると『心の習慣――アメリカ人の個人主義と誓約』（一九九一年に島薗進・中村圭志による日本語訳が刊行。邦題は『心の習慣――個人主義のゆくえ』）となる三五〇ページを超す大著は、中産階級のアメリカ人たち一五〇人余りに彼らの人生を直接聞き取り、社会学的な分析を施したものであった。一流大学バークレーの五人の社会学教授たちは、アメリカの個人主義がアメリカ社会・文化の要であると結論しつつも、それが同時にアメリカ人社会に深く根差す苦悩となっていることも報告していた。「わたしたちアメリカ人は豊かにはなったけど、幸せにはなれなかった……」。これは、社会学よりも社会心理学の分野に相応しいテーマであっただろうか。学者の卵の挑戦だと僕が大見得を切る傲慢さや不遜ではなく、未完の国の移民たちの多くが共有しなければならないテーマと取り組む厳粛な気分にさせられた。

僕の論文テーマ提案書が長くなったのは、「豊かになったアメリカ人がなぜ幸せになれなかったのか」という苦渋に満ちた実存的な問いに答えようとしたからではなかった。たぶん個人主義それ自体に宿る二律背反（antinomy/self-contradiction）した概念の挑戦に立ち往生した自分が、どこから作業を始めるか混乱した結果だったのかもしれない。そして、デナから贈られた〝Habits of the Heart〟を再び訪れ、その中にあるアレクシ・ド・トクヴィルの『アメリカの民主政治』（*Democracy in Amerika*, 1835, 1840）に出会った。社会学者か彼らの学生でしか読み切れないような古典だが、ある一言が僕の論文作業のきっかけを作ってくれた。「新大陸のドアを開けると、そこに民主主義があった」――新大陸は旧大陸と異なって、カトリック教会と法王その支配体制、王政や貴族グループ、大地主も、大家も、「ネズミさえおらず」、何万年も狩猟と採集で経済活動を賄ってきた先住民と無限の天然資源を持った広大な大自然が待っていた。旧大陸で一五〇〇年以上続いてきた血なまぐさい宗教戦争も階級闘争もなく、私有財産の資本主義的発想を持たない先住民の世界に、平和な天国のような平等で自由な農耕平民の国を創ろうとした清教徒の神との誓約に似た律義な社会思想が誕生した。

アメリカの革命戦争はイギリスの植民地から解放される独立運動であり、マルクス主義の階級闘争が世界史観となるヨーロッパとは異なる革命戦争だった。集団・階級・階層の支配者・被支配者関係のあった封建社会を持たなかった新大陸アメリカでは、生産手段を持ち豊かな暮らしを得る社会層、ヨーロッパで言うブルジョアジー（有産市民階級）が階級闘争を経ずに生まれた。所有者のいない広大な土地を開拓する清教徒移民たちの労働は厳しかったが、耕した土地もそこにある豊かな天然資源も王国領主や地主を含めた他の封建支配者階層に搾取されることも税金を納める必要もなく、すべて自分たちの私有財産として貯め込んだ。〝Do-it-yourself〟（すべて自分でやれ、そうすれば豊かになれる）というこの「個人主義」はアメリカの精神となった。その過程で、先住民を追い払い、抵抗する先住民を抑圧する「インディアン戦争」（一六六〇年代から一八九〇年代後半までの白人のキリスト教徒による大量虐殺・民族浄化・強制移住）が結果することになったが、それはまたアメリカ合衆国建設過程におけるアフリカからの民族・黒人奴隷化と機を同じくしていた。しかし、先住民の復権と土地奪回、黒人奴隷解放から反人種差別（anti-racism）の政治社会運動（collective political/social movements）は今もなお続いているが、アメリカの歴史で「アメリカの革命戦争」と呼ばれることはなかった。アメリカの個人主義と民主主義は、ウェーバーの言う「神のお告げ（calling）」であり、集団主義の階級社会思想を拒否する、世界史にあっては例外的な概念を未だに残している。アメリカのユニークな、二律背反的なイデオロギーであると僕は執筆過程で考えた。

三四九の文章を三つの個人主義に分類する

一九六ページの僕の博士論文は、心理学、社会学、経済学、人類学、政治学、歴史書等の本と学術誌ジャーナルの文献から（一）「個人主義」の概念を表す三四九の文章を取り出したり、あるいは構成・作文した。（二）文献の再吟味・検討の後、個人主義の概念が三つのカテゴリーのいずれかに組み込まれることが認識された。（a）egoistic individualism（利己的、自分本位型、個人主義）、（b）self-containment individualism（自己充足、自己完結型個人義）、（c）self-development（自己啓発、自己開発型個人主義）。（三）定義に即した広い意味での三つの個人主義を基にして、前述の三四九の個人主義を表す文章を三つのいずれかのジャンルに分類した。この分類は、論文著者である僕がするのではなく、第三者としての五人、二人の社会心理学教授、一人の社会学者、二人の心理学大学院生の上級生の協力を得た。三四九の文章を三つの個人主義に分類する作業の際、五人の審査員のうち、四人（八〇％）が一致した文章と五人全員（一〇〇％）が一致した文章の数は、それぞれ（a）五九／三一、（b）八四／三八、（c）三二／四となった。三つの個人主義の型と分類・再編されたそれぞれの文章を三例提示するならば次のようになる。

（a）Egoistic Individualism（利己的自分本位型：合計五九文）
＊人生においては君は何よりも自分自身の利益を考えるべきだ。
＊もしもっといい仕事に就けるチャンスがあったら、わたしは他人を踏み台にしてもかまわないだろう。
＊誰かに用事を頼まれた時など、わたしはそれがわたしの利益になるのかどうかをまず初めに自問自答する。

（b）Self-Containment Individualism（自己充足自己完結型：合計八四文）
＊他人から同情されるなんてまっぴらだ。
＊わたしが目的達成のためにする努力と他人の努力とは全く関係ない。
＊他人なんてわたしの人生にとって全く意味がない。

（c）Self-Development Individualism（自己啓発自己開発型：合計三二文）

＊君は他の人たちと一緒にやっていける術を磨かなければならない。

＊無知、怠慢、努力の欠如（もしくはこの三つ）が不幸を引き起こす。

＊他人の行動について判断する場合、まず状況とかその人の意図を考慮することが大切である。

（四）三つの個人主義のカテゴリーと各々に含まれる合計七二（三一＋三八＋四）の文章をまとめて「アンケート調査」として作成し、ストーニーブルック大学の学生一五五人の有志（男性九〇人、女性六五人）に「以下のアンケートの質問には正解・不正解はありません。質問に（1）大いに賛成、（2）賛成、（3）どっちとも言えない、（4）不賛成、（5）大いに不賛成、の番号を選んでお答えください」とアンケート調査参加を頼んだ。（五）同じ「アンケート調査」を僕が日本語に翻訳し、日本から来ていた留学生二人に点検してもらった。二人の承認を得た後、僕は九州の熊本学園大学の嵯峨一郎経済学部教授にお願いし、彼の日本人学生たちに参加を頼んだ。嵯峨教授は以前、日本型経営方式の件で何度も手紙でやりとりしお世話になっていた。

アンケート調査の集計が始まり、日本からも調査票が届いたのは、論文提案書を書き上げ新しい審査員に手渡してから一年以上過ぎた頃だった。米日の調査結果の分析を大学のコンピューターセンターに届け、因子分析（Factor Analysis）方法によるデータ分析を行った。論文の主要目的は、広く多様に使われてきている個人主義を三つの個人主義概念グループにまとめ、三四九の文章に表された個人の「個人主義的な態度・行為」が、それぞれ三つの概念とどれほど強い（または弱い）相関関係にあるかを調べることだった。個人の日常会話や、自分自身および他人の評価に使われるのみならず、様々なグループや社会組織、国民の精神行動、文化の評価においてまで語られる個人主義であるが、その定義はまちまちで、明確でないまま議論されていた。とりわけ、議論は善悪の倫理・道徳の価値判断を伴い、個人やグループ・社会、国民の精神文化評価まで言及された。日本人とアメリカ人、ビジネス界における日本型経営方式とアメリカ型経営方式、社会主義・共産主義と資本主義、ソヴィエト連邦・ロシア対アメリカ、西洋と東洋などのトピックはここで述べてきた通りである。個人主義と集団主義が対立しているように語られ、前者が「ポジティブ／善」で後者が「ネガティブ／悪」の含意を察知した時、個人主義の社会心理学的な研究が博士論文のテーマになるとして僕を動かした。

アメリカの反核運動における認知的不協和、第二次大戦後の敗戦国に見られる「負の相関関係にある」個人主義と国家主義がアメリカでは「正の相関関係にある」不思議さ、ヤタニ・ケースに見られたアメリカ政府とアメリカ人たちの攻防、そして「豊かにはなったけれど、幸せにはなれなかった」という個人主義的なアメリカ人たちの不幸、個人主義研究に四苦八苦していた僕に、顧問のデナは時々同情の励ましをしにオフィスにやって来た。「博士論文は就職の助けになるメシのタネだが、削るところは削らないと、死ぬまで論文は終わらないかもしれんぞ……」、「最近のニューヨーク・タイムズによると、博士課程の院生で、博士号を収得したのは全国で二三％、七七％はコースワークは終えたが論文ができなかった、とのことだ。しかし、Ph. D. を取って大学教授になったら、君は何をしゃべってもいいし、どんな活動をしてもいい」。多くの場合、彼は最終学位の困難さを述べながら僕に発破をかけたが、論文を書き終えたら「君は何をしゃべってもいいし、どんな活動をしてもいい」と、誰からの妨げもない自由の身になれると励ましてくれた。

オーラル・デフェンス（学位最終口頭審査試問）

データ分析を進め、デナと何度も会合を持ちながら論文を書き上げ、コピーを各審査委員に配布、オーラル・デフェンス（oral defense：学位最終口頭審査試問）の日程を決めた。当日は審査員四名の他に教授たち、そしてアン、キティー、イヴォン、トム、ダニエル、ジェラルド、マーサーを含めた多くの院生たち・同僚が出席してくれた。審査委員は、社会心理学科のデナ・ブラメル、ロナルド・フレンド、W. Averell Harriman 経営・政策学部のマニエル・ロンドン、そして社会学部のデヴィッド・ハーレー教授だった。四人の審査員たちには一カ月ほど前に論文コピーが届けられていたから、内容は大体把握していたはずで、僕が始めから終わりまで報告することは不必要だと思っていた。博士号に値する独創性と心理学界への学術的貢献の二点を頭に入れて、次のプレゼンテーションをまとめた。

（一）「個人主義」という言葉は日常会話でよく使われますが、学術分野では社会学や人類学の分野、ビジネス世界の経営・組織論の分野に多くの研究があっても、心理学ではほとんどない主題です。例外として国際比較心理学で見られる東洋の集団主義と西洋の相対する文化として語られます。対立という範例からすると、個人主義と国家主義は一般に対立する概念とイデオロギーであるが、アメリカにあっては両者が微妙に協調しているように社会生活上に見られます。個人主義的な生活習慣の中で、アメリカ人の多くが国家主義を象徴する三色の星条旗を頻繁に振っているのを見て、多くの外国人はびっくりします。それはあたかも、両者がアメリカの精神を象徴しているように見受けられます。

赤色は勇気と大胆さ、白色は純真と潔白、青色は警戒・忍耐・正義を表していると言われますが、開拓時代から今日に至るまで戦争のたびに星条旗が振られてきました。僕は、一六六〇年代から産業革命の当初まで続いた先住民に対する「インディアン戦争」、二つの世界大戦、朝鮮戦争からヴェトナム戦争、のことを思い出しています。キリスト教徒がヨーロッパから逃れてきて、苦難の末辿り着いた新大陸に天国のような国、平等で差別がなく誰もが自由で平和な国を創ろうとして暮らしてきましたが、戦争をしなかったことがないほどにいつも国外に敵を見つけては戦争を繰り返してきました。「敵」とは、アメリカの「way of life」(人生観)、言い換えればアメリカの「自由と平和、平等と民主主義」を脅かす敵のことです。僕は先住民や朝鮮人、ロシア人やヴェトナム人たちがアメリカ人の敵であったかどうかを今ここで問うつもりは全くありません。カリフォルニア大学バークレー校の社会学者五人が書いた本が一時平和であった頃の一九八五年に出版されました。〝Habits of the Heart: Individualism and Commitment in American Life〟というタイトルの本ですが、その中で、人生観を訊かれた一五〇人ほどの中産階級のアメリカ人たちに共有している感情が吐露されています。「（人生の成功を求めて）一生懸命働き、豊かにはなったが、幸せにはなれなかった……」といった心情に、僕は個人主義に徹した人々のベネフィットとコスト（benefits and costs）の二律背反性を問うているのです。

もちろんすべてのアメリカ人ではありませんが、経済的観点から言えば世界一金持ちで豊かな国、政治思想的にはおそらく最もリベラルで自由で民主主義的な国、ギャラップ社の調査によれば世界中で移民したい国のナンバーワンに選ばれた国、事実、移民が創った国、そして今も創られつつあるそんなアメリカ合衆国の精神と生活信条とも呼ぶべき個人主義を博士論文テーマに選びました。その多様で複雑に絡み合った多民族のアメリカの個人主義を研究すればするほど、あたかも泥沼に引きずり込まれるように溺れそうになりました。多くの人々が、学者たちも含めてですが、当然のこととして受け入れている個人主義の議論の中に、二律背反性とも言うべき側面があるのではないかと疑問に思うようになりました。集団主義に対抗する個人主義ではなく、奇妙な言い方ですが、個人主義に含まれながら集団主義とも協調できる個人主義があるのではないか、といった疑問です。拡大解釈すると、個人主義にコミット（〝Individualism and Commitment in American Life〟に見られる）して個人主義を徹底しても、物質的に豊かにはなれたが、その反面精神的に幸福になれなかったのは、個人主義のベネフィット（benefit：利益）とコスト（cost：損失、犠牲）の自己矛盾のことを吐露したわけで、それは個人主義の一面だけを捉えて個人主義の別の側面を見ていなかったことではないか、といった疑問でした。

把握しきれないほど複数・多数の定義（変数）がある場合、その変数をまとめて変数の小グループ（因子）を作っていく手法、すなわち、因子分析法（Factor Analysis）を採用し個人主義の本質に迫る少数の因子を探求しようと試み、まずその多様な変数を三つの大きな概念として構築しました。それらは文献の再吟味を通して出てきた三つの概念、Egoistic Individualism（利己的自分本位型個人主義）、Self-Containment Individualism（自己充足自己完結型個人主義）、Self-Development Individualism（自己啓発自己開発型個人主義）でした。そして、僕自身の主観を排し、より客観的な分析を導くために第三者として、二人の心理学教授、社会学教授が一人、二人の大学院上級生の五人の協力を得て、総計三四九の個人主義の態度・行為を表す文章を三つの概念に即して取捨選択をしました。三四九の文章は単に多数で実用的でないのみならず、書かれた文章が曖昧で意味が明確でないもの、文面は異なっても内容が同じような文章、三つの概念に当てはまらないもの、あるいは三つの概念の二つ以上の解釈ができる曖昧な文章などを振り分け、五人全員が三つの概念のいずれかに当てはまる（一〇〇％）との同意を得た文章だけを採用し、それをアンケート調査として再編しました。三四九の文章は七三まで縮小されました。それをストーニーブルック大学の学部生、男性九〇名、女性六五名、計一五五名に被験者として回答してもらいました。

（二）個人主義調査の因子分析による主な結果は次の通りでした。

＊利己的自分本位型個人主義と自己啓発自己開発型個人主義の二つが最も顕著な個人主義の型として現れました。

＊利己的自分本位型個人主義と自己啓発自己開発型個人主義は相関関係が非常に弱く（r = 0.03, p<.001）、統計学的に言えばこの二つの個人主義は「独立した因子」（independent Factor）と言うことができます。

＊アメリカの心理学者が作った「協力的相互依存測り」（Cooperative Inter-Dependence Scale by Johnson & Norem-Hebeisen）でこの二つの独立した個人主義を測定すると、利己的自分本位型個人主義は強い負の相関関係（r = -0.443, p<0.001）が見られ、自己啓発自己開発型個人主義は無視できない正の相関関係（r = 0.225, p<0.0042）が見られました。

日本での調査では、熊本学園大学の学生たち一一二名（男性五五名、女性五七名）が個人主義調査アンケートに自発的に参加してくれました。

＊日本の被験者においては、「他人からの離脱型個人主義」（Detachment Indi-vidualism）だけが最も顕著な個人主義の因子として発見されました。

「他人からの離脱型個人主義」に関する文章のいくつかを取り上げるならば、以下のような構文があります。

＊どうせ失望する危険があるくらいだったら、他人と関わり合わない方がいい。
＊人は自分の家族のためならどんな犠牲もよろこんで払うべきである。
＊わたしはグループ活動をするよりも一人でいた方が好きです。
＊家庭生活が楽しいものであるという考え方は過大評価されている。
＊もし政府が借金が増えるようなことがあっても人々を助けるためならそうすべきである。

日本人の大学生の個人主義調査結果を見て、僕自分が日本人であったと改めて感じさせられたことを口頭試問のプレゼンテーションで発表したら、会場から一斉に明るい笑い声が聞こえた。目の前の審査委員全員も声を出して笑っていた。もし僕がアメリカ人院生だったら、真面目で厳しい博士論文の学位最終オーラル・デフェンスで出席者たちが大声で笑うことなどなかっただろう。笑った彼らは、日本人はみな集団主義文化の国民で、アメリカ人はみな個人主義文化の国民であると確信し、当たり前の事実を受け入れながら僕を見ていたから、僕が日本人であると再認識したと言った途端、ユーモアを含んだジョークだと思ったに違いない。笑わなかったのは僕一人だったかもしれなかったが、真面目な日本人である僕はユーモアやジョークなど言えるプレゼンテーションをしているつもりは全くなかった。笑い声で会場に活気が生まれたのは僕の論文の主旨を提示するのに役立ったかもしれないけど……。

日本の大学生に行った個人主義調査は、集団主義社会の個人主義を顕著に表していた。質問事項のそれぞれの内容分析からも明らかなように、個人はほとんどの場合、自分自身に依拠した態度・行為の決定（自分本位：self-oriented）をするよりも、むしろ他人あるいは組織（家、グループ、社会全般）との文脈で決定が行われる傾向（other-oriented）が強い。そこから、自己中心の個人主義ではなく、自分以外の他人、自分を取り巻くグループに依存した集団主義の呼称の分類がなされた。すなわち、日本人の個人主義は集団主義に対立した概念として理解され、因子分析の結果、「他人からの離脱型個人主義」（Detachment Individualism）が統計的に唯一の因子（factor）として作り出されたのは予期された。

アメリカの大学生たちを被験者として行われた調査結果は、複数の個人主義が見込まれ、結果は、二つの利己的自分本位型個人主義（Egoistic Individualism：ＥＩ）と自己開発型個人主義（Self-Development：ＳＤＩ）がアメリカ個人主義の要素と見なされた。しかもこのＥＩとＳＤＩは全く相関関係のない独立したアメリカ個人主義の要素であり、さらに重要な発見は、「協力的相互依存測り」（Cooperative Interdependence Scale, 1979）を用いてＥＩとＳＤＩを測定すると、前者は統計学的に強い負の相関関係（r = -0.443, p<0.001）を示し、後者は統計学的に無視できぬ強い正の相関関係（r = 0.225, p<0.0042）を示した。言い換えれば、ＥＩを推し進めるほど他人と協力したり相互依存の行為

から遠ざかり、チーム・ワークを求める行動やグループ活動を過少評価したり疎遠になる傾向を示し、コミュニティー活動にも参加を渋るだろう。逆にＳＤＩを推進すればするほど、他人との協力関係やコミュニティー活動が盛んになると期待できるということである。

これらは個人主義論争に極めて批判的だが建設的な見解を提示している。第一に、これまで個人主義の科学的学術的な研究は、一方でイリノイ大学の元国際比較文化心理学会長トリアンディス博士と彼のグループが、集団主義と個人主義の対立する枠組み（paradigm）で行ってきたが、他方では個人主義の多様で二律背反性を含む定義を無視して、あたかも画一的、近視的、一枚岩的な定義で使ってきた。個人主義が集団主義と対立するというのではなく、どちらの個人主義（例、ＥＩかＳＤＩ）を育てるのか、推進するのかを考慮しなければ、アメリカ個人主義の誤解は深まるばかりか、混乱が進むだろう。先に述べたアメリカ個人主義をアメリカの精神の真髄だとしてきた人たちの「豊かにはなれたが、幸せにはなれなかった……」とする苦渋を伴った心の虚しさを理解することはできないかもしれない。「愛とか家族を含めた社会的つながりがないところに自信に満ちた自己評価と幸せな感情（self-esteem）は生まれ難い」とヒューマニステック・サイコロジスト（人道主義心理学者）のアブラハム・マズロー（A. Maslow, 1970）も言っている。

アメリカ個人主義と日本の集団主義を比較した調査の結果を紹介します。比較というよりは、むしろ融合と言えるかもしれませんが、アメリカの学生たちにアメリカ型経営方式と日本型経営方式のどちらを好むか、アンケート調査をしました。一九七〇年後半から八〇年代に学術誌に発表されたいくつかの論文の著者は、アメリカ人、日本人、イギリス人が含まれ、両経営方式の特徴を指摘しています。例えば、「短期雇用と終身雇用」(short-term employment vs. life-time employment)、「会社への忠誠心の有無」(company loyalty)、「競争・個性と協力・チームワークのどちらを強調するか」(competitive & individualistic vs. cooperative & team work)、「雇用経営者の個人的決定か集団的決定・根回しか」(individual decision-making vs. collective decision-making)、「個人の責任か集団責任か」(individual responsibility vs. collective responsibility)、「短期間の評価・昇進かゆっくりした評価・昇進か」(rapid evaluation & promotion vs. slow evaluation & promotion)、「不特定なキャリアパスか特定されたキャリアパスか」(specified career path vs. non-specified career path)、「各部署の関心か会社全体の関心か」(segmented concern vs. wholistic concern)、「まず高給かそれとも雇用安定と給料両方の関心か」(preference of high pay or job security)、「労働組合か会社組合か」(trade union vs. company union)などを二、三行の短文にまとめ、アメリカ型／日本型を伏せて学生たちにアンケート調査をしました。学生たちは消費主義に浸かったジェネレーションXの世代、ミー・ミー・ミー世代(ME-ME-ME-generation)を代表していますが、彼らは圧倒的に(八〇～九〇％)日本型経営方式を好みました。集団主義文化の日本人経営者が個人主義文化のアメリカにやって来てアメリカ人労働者を雇うと仮定した時、例えば映画『ガン・ホー』(*Gung Ho*)に見られるように、当初は雇用者(日本人)と被雇用者(アメリカ人)の間に文化の違いから来る「対立」が見られますが、それは「いい車を作る」という両者の同じ目標で解消されます。これから先の一〇年から二〇年、おそらくアメリカの道路をアメリカ人が作った日本車が多く走ることになるはずです。集団主義と個人主義が非和解的に対立するのではなく、融合し合えると考えられる個人主義の特質――集団主義に見られる「他者とのつながりを通して、個人の啓発・成長・歓び」を獲得できるＳＤＩ――が存在する、と考える僕の仮説と研究結果から確信を持って推測できます。

博士論文（Ph.D. thesis）の中身の多くは数量化した個人主義の統計的な数字が多く、小説を楽しく読むようには書かれてはいなかったと思う。ボブ・リーバート教授がコメントした「文学のような博士論文テーマ提案書」は僕が気に入ったプロポーザルだったが、「科学的」ではなかったと気がついたのは改題した二番目の提案書のリサーチとデータ分析が始まってからだった。

社会心理学ではその名称の通り、個人と社会総体の関係が切っても切れない関係として考察される。孤島に一人暮らしているわけではなく、歴史とも分離できない人間の行動・態度の研究においては、今日のこの瞬間の心理・行為は過去と未来を抜きにしては語れない。いつどこから始まったか分からない過去といつどこで終わるかもしれない未来に思考を馳せる時、科学的な研究方法の一つは数学・数字を用いることなのだが、数量化できない領域が多い「種としての人」の研究に携わるのは想像以上に挑戦が待っている。主義とかイデオロギー、個性とか精神文化、目に見えぬ意識や無意識という概念に至っては、観察も数量化も限りなく困難な作業であれば、顧問ブラメル先生が言っていた「削るところは削って進めないと、死ぬまで終わらないぞ」といった脅し（激励？）が理解できた。

一時間あまりのオーラル・デフェンスに対して、審査委員からも参加者からもあまり質問は出なかった。幅広い文献のレヴューと数多く書き並べられた数字に関してはいくつか問われたが、勉強した範囲でそつなく答えられた。答えられぬところは、正直に「分かりません」（I am afraid I do not have the answer for your question）と答えた。僕が知る限り、国際比較文化心理学の領域で欧米・西洋とアジア・東洋の精神文化比較から起こった個人主義と集団主義の対比・対照の研究はあったが、社会心理学・個性心理学（social/personality psychology）の分野で、個人主義を研究し、個人主義の最も顕著な特質とその二律背反性（ＥＩ／ＳＤＩの概念）を提示したのは僕が初めてだったのではないか。最後の質問は顧問のデナからだった。

「チョウイチ、君の他に誰か同じような研究発表をした心理学者はいるか？　わたしは参考文献（reference）のことを訊いているのだが……」

僕の感じていた不安と同じものをデナも抱えていると思った。僕の研究自体に疑問や不安があるわけではなく、大学院学生が踏み入れた研究分野に誰か一人でも先駆者がいたら、そして彼もしくは彼女が学界で権威があり尊敬されていればさらに好ましいことは理解できた。

「誰もいません。論文テーマ提案の際にも、論文を書き上げる際にも調べましたが、僕が初めてだったように思います」

四人の審査委員たちが別室に移った。出席者たちの多くも退席し、僕と僕の友人、同僚たちが部屋に残された。「デフェンスはうまく行ったね」「大丈夫、心配いらない」「パーティーしなくちゃね」と次々に声をかけてくれたが、僕はやはり心配だった。最後のデナの質問に、もうちょっと彼を元気づける返事ができたのではないか、と幾分悔やまれた。

「ナナ（奈那子）は来なかったの？」

キティーが訊いた。「子供の世話があるからね。三時半にはソーラが学校から帰ってくるし、ウイも含めて三人の子供ベビーシッティングしているから来れなかった……」と返事した。こんな張り詰めた場所に付き合わせるより、あとから結果を聞かせる方が彼女にとっては楽だろうと思った。しかし、待つのがこれほど辛いと感じたのは大学入学試験の結果を待った時以来か、いやその時よりももっと緊張していたかもしれない。

四人の委員が再び入室してきて、みんなの緊張は一段と高まった。

「ドクター・ヤタニ、立派な研究発表だった！」（Dr. Yatani, your job well done!）

デナの最初の発言だった。審査委員会のメンバーたちからも祝福の言葉が続いた。長期拘留から解放された時の連邦拘置所の官吏が叫んだ「ミスター・ヤタニ！　あなたは今から直ちに釈放される」という声が遠くから聞こえたような気がした。

第四章　好ましくない外国人の明日の「明日」（Tomorrow's Tomorrow for An Undesirable Alien）

仕事を探す

　仕事に就くことができる最低で最後の資格が与えられ、僕はさっそく仕事探しを始めた。学位を取ることが三三〇〇マイル（五〇〇〇キロメートル）の大陸横断をしてストーニーブルック大学に来た目的だったから、他人様に比べて大幅に遅れてしまった。言い訳はできなかった。しかもアメリカ滞在資格は学生ヴィザだったから、学業を終えた卒業の段階で一年以内に就労ヴィザ（working visa）に書き換えなければアメリカを出国しなければならなかった。全国紙の大学新聞、〝The Chronicle of Higher Education〟やアメリカ心理学会の学術専門誌に載っている「求人欄」を見て二〇近い大学に応募した。最終学位欄に「心理学博士」（Ph.D. in Psychology）と記入するのは晴れがましかったが、東海岸の名のある大学に応募する時はいつも緊張した。

大学入学や会社就職の際に提出するような印刷された既製の用紙があるわけではなく、大学教員の応募者はほとんどの場合、自製の履歴書（レジメ：vitae）を作成する。名前の下に最終学位と大学名、現住所と電話番号およびEメールアドレス、次に出版された学術研究論文と学会発表の一覧、教えた科目など、実績を記載。生年月日、性別、結婚・家族など個人的なことは記載しない。年齢、性別などは雇用差別の対象となるおそれがあるばかりでなく、教職という仕事（プロフェッション）には関係がないからである。また採用する側は応募者の年齢、宗教および政治思想、結婚も含めた家族関連の質問をすることは法的に禁じられていた。したがって、応募レターでは、求人の内容において自身の履歴がいかに相応しいものであるかを主張することに重点が置かれた。そしてその主張の根拠として学位、研究出版・発表の記載と原稿のコピーを添付したり、学部生および同僚・教授のティーチング評価記録コピーも提出することが多い。〝Talk is cheap〟（口はうまいが、中身は……？）、〝publish or perish〟と言われるように、自らの実績に基づいて話していかないと、信用されないプロフェッショナリズム（プロ意識）の挑戦に満ちた教員採用行程である。

応募に関する書類を受け取ったとの返事は一週間以内に届くが、厳密な書類審査を経て最終選考のインタヴュー（面接テスト）まで漕ぎつけるのは容易ではなかった。五月にオーラル・デフェンスが終わり、仕事探しが始まって一二月の終わりまでの半年間に来た返事は、ジョージア州のエモリー大学（Emory University）、ニューヨーク州立ジェネシオ大学（The State University of New York at Geneseo）、同じくニューヨーク州立の二年制大学 community college の一つオレンジ校からだった。

全米でも名の知れた私学エモリー大学の心理学部から電話インタヴューの連絡があった。電話が来た午後四時頃は、ちょうど僕は次男のウイと他人の子供をベビーシッティングしていた最中で、インタヴューを受けるには都合のいい時間帯ではなかった。奈那子は自作した絵本の売り込みでニューヨーク市内の出版社を回っているか、ニューヨーク市立大学の一つ、Fashion Institute of Technology（デザイン・ファッション・ビジネス・テクノロジーのキャリア教育大学）で夕方のクラスを取っていたかで外出していた。タイミングは悪かったが就職のチャンスは失いたくなく、インタヴュー受諾の返事をした。声の主は僕に礼を言って、テーブル席の選考委員メンバーを紹介し始めた。その一、二分の間に受話器を手で塞ぎながら、小声で二人のチビたちを急かしてベッドルームに押しやった。

五、六人の質問者たちのインタヴューは大変友好的（friendly）で好意的（favorable）なものだった。ヤタニ・ケースの質問もなく、もっぱら僕のリサーチとティーチング・フィロソフィー（教育理念）について訊かれたが、無難に答えられたと思った。レジメと四つほどの出版原稿、学会発表原稿を送ってあったから、僕についてはおおよそのことが分かったうえでの形式的なインタヴューと思われるほど納得のいく「面接テスト」だった。問題があるとすれば、僕の英語の発音訛りと、インタヴューの最中、部屋から出て来た子供がちょっと泣き出したことだったが、この二つの事柄が「採用」に直接関わるとは考えられなかった。「チョウイチロウ・ヤタニ」は外国人の名前であるし、訛りのある奇妙（？）な英語発音が、高等教育の現場で何か大きな問題をもたらすわけではないと思った。オランダの国際学会では大多数の出席者が訛っていたし、ここは移民の国アメリカである。訛りが何かの障害になったというような話は個人的に聞いたことはなかった。夜行電車でマンハッタンから帰ってきた奈那子にきょうのインタヴューの話をしたら、表情を少し曇らせながら「ちょっとマズかったんじゃないの?」と言われた。彼女が正しかったのかもしれない。二週間後、「最終選考の素晴らしい三人の候補者の中で一人を選ぶのは難しい選択だった。残念ながら選ばれたのはドクター・ヤタニではなかった」という丁寧な返事が届いた。

ジェネシオ大学からは、「最終選考審査に選ばれた三人は『面接』と心理学の理論の中で、候補者が一番好む理論を一つ選択し、四五分間の『講義』を行う」ことが要請されていた。インタヴューと講義の前日、選考委員会のメンバーとの夕食に招待したいから、一日前に大学に足を運んできてほしいとも手紙に書かれていた。食後、大学のゲスト・ハウスに宿泊が可能とも手紙にあり、助教授のポジションで受け入れる応募者への期待を感じた。地図で調べると、ポートジェファーソンからジェネシオまでは約三八〇マイル(約六〇〇キロメートル)、車でロングアイランドを西に二時間走り、マンハッタンのジョージ・ワシントン・ブリッジから北へ六時間ほど飛ばすと、合計約八時間ほどで目的地に着ける。僕は夕方五時頃までに大学のゲスト・ハウスに到着できるよう自宅を出ると心理学部の事務所に電話をかけ、面接の準備をした。ところが、僕がジェネシオに行くために二日間車を使うと、残された三人は身動きがとれなくなってしまうことに気がついた。車社会のアメリカにあっては、買い物もちょっとした外出も車がなければたちまち「陸の孤島」になってしまう。しばらく職探しが一家の優先事項だったからか、こんな基本的なことに気がつかなかった。ジェネシオ大学に予定変更の電話を入れ、最寄りのロッチェスター国際空港まで迎えを頼んだ。緊張はしていたが見知らぬ土地への小旅行に期待感もわずかに膨らんだ。

空港で僕を迎えてくれたのは若手の教員らしい男性で、大学のキャンパスまでは三〇分ほどのドライブだった。校舎の前で同僚らしき女性を紹介された後、三人で町のレストランに向かった。二人は心理学部の先生で、改めてお互い自己紹介をしながら食事を始めた。若手の彼らは自分たちの時の面接を思い出したらしく、自分たちの面接体験とかジェネシオの学究生活、学生たちのことや町の様子などを話してくれた。これから面接を受ける僕にとって緊張を和らげてくれる内容だった。僕は生まれ故郷の隠岐の島や京都のこと、アメリカに来てからユタ、オレゴン、ストーニーブルックを渡り歩いたことを話題にした。長い旅（a long journey）について一コマ一コマ写真のように切り取りながら話すのは、肩の凝らないもので、三人の夕食のよいツマミになったと思う。

面接は夕食を共にした二人を含めた心理学部の教授たちだった。内容はほとんど思い出せない。おそらく、それが思い出せないほどに穏やかで、教科書通りの質疑応答だったのかもしれない。リサーチの内容も教育理念も学位も、教授たちの推薦状も学生たちの僕の評価も、研究の出版・学会発表もすべて審査した書類選考のうえで、応募者中トップ三人が最終選考審査の対象となる。インタヴューに招待されるのは、これから職場で同僚となるであろう人物に直接「インタヴュー」（面接）して確認し最終決定するためだからだろう。彼らがこの面接で意図しているのは、書類では決して分からない生身の部分を見るためだ。僕はアジアの日本から来た黄色人種であるが、黒髪・背丈・体躯・恰幅・声色・訛り・眼つき・服装・靴など外から見える部分と、目の前にいる応募者から感じ取れる雰囲気、perception／感覚なども選考上無視できない要素なのだろう。〝Seeing is believing〟（百聞は一見にしかず）と言われるが、日本には「色が白いは七難隠す」（White skin hides seven flaws）という諺もある。人種差別が高等教育のニューヨーク州立大学にあるとは思いたくなかった。

アブラハム・マズローの「欲求段階論」（Hierarchy of Needs）を「講義」のテーマに選び、「人間が自己実現に向けて絶え間なく活動し続けるモチベーション／動機づけ」を社会心理学上の観点から話した。受講者は一五、六人ほどで先生方と職員のように見受けられた。面接に招待された時、ジェネシオ大学の学生たちに講義をするのかとばかり思っていたから、ちょっと面食らったが、普段通りの講義ができたと思う。論文の個人主義のリサーチで、自己実現（self-actualization）という概念が自己充足自己完結型（self-containment indivisualism）の個人主義であり、社会性を否定した特質を批判したいくつかの文献に出会ったが、それが因子（factor）として統計的な重要性を成立させていないことを講義の中で指摘した。

自宅から車で半時間ほどの小さな田舎空港に迎えに来てくれた奈那子は、開口一番「インタヴューうまく行った?」と訊いてきた。「悪くなかった」と僕は答えたが、一週間ほどして届いた手紙には、「残念ながら、勤め口（employment offer）は別の応募者に与えられた」と書かれていた。

面接も講義もうまく行ったと信じて良い知らせを期待していたが、改めて言われるまでもなく、確かに僕にとって「残念」な知らせだった。

それからすぐ、最後のインタヴューの手紙が届いた。マンハッタンから北上したオレンジ郡のニューヨーク州立コミュニティー・カレッジからだ。日帰りできる距離だったから車を飛ばして面接を受けることにした。先の二回と同じような内容と行程をこなして、午後三時前には無事終わった。これから帰ると電話したら、受話器を取った奈那子が「近くの店に行って、ニューヨーク・タイムズを買って読んでごらん」となぜかぶっきらぼうに言った。「なんでや?」と訊く僕に、「読んだら分かる」と言って電話を切った。全国版新聞の一面に、「冷戦に挑戦――学者『リスト』と闘う」(Challenging the Cold War: A Scholar Fights the 'List') とデカデカと記事が載っていた。

家に戻ってきた僕に奈那子は「一面にあんな記事が出たら、もうお終いね」と呟いた。就職活動はもうだめか、と僕も肩を落とした。やり切れない気持ちを持っていく場がなかった……。

それから長い夏が来た。夏期は九月から始まる学校の求人広告が増え、期待薄の僕もまた仕事探しを始めた。そして八月の中旬、聞いたこともない大学からインタヴューの手紙をもらった。何度も繰り返してきた同じ準備をして、家から六〇〇キロほど離れたアルフレッドの町に出かけた。ナイアガラの滝から南東一五〇キロほど、ペンシルヴァニア州の境にある山の中だった。学生三五〇〇人の大学は当時工学部だけが四年制で、それ以外の文・理学部、商・経済学部、応用工学部の学生は卒業後、四年制の別の大学を目指すという二年制のユニークなニューヨーク州立工科大学 (State

University of New York College of Technology at Alfred）であった。今度は家族から車を借り切って、二泊の面接旅行に出かけた。面接には一五、六人の教職員が出席、選考委員の一人はアファーマティヴ・アクション（Affirmative Action：人種男女雇用機会均等法を推進する機関）メンバーであることが面接の初めに告げられた。理想の国を建設しようとした清教徒の「アメリカの夢」が二〇世紀の終わりでもかすかに残っていた証拠と言えば、事大主義の欺瞞かもしれなかった。欺瞞を受け入れた、社会心理学の最高の理論として僕が依拠する「認知的不協和論」（Theory of Cognitive Dissonance）はフェスティンガーからブラメル、そして今の僕に受け継がれてきていた。面接が終わった僕は一〇時間の道のりを飛ぶようにして帰宅した。途中スピード違反で違反チケットを切られたが、午後一〇時ちょっと前に自宅に着いた。そこにタイミングを見計らうようにニューヨーク州立工科大学の社会・行動学部科長から電話が入った。

「ドクター・ヤタニ、あなたを助教授として迎えたい。選考委員会の何人かはあなたがオーヴァークオリファイ（資格過剰）である故、このポジションを提供してもアルフレッドに来ないのではないかと懸念しています。しかし、あなたがこれを受け入れてくれれば、わたしたちはとても嬉しいです……」

「いいえ、オーヴァークオリファイ等ということはアカデミアには絶対にありません。採用通知ありがとうございます。家族と僕は喜んでアルフレッドに行きます」

日本では果たせなかったがアメリカに来てやっと新しい定職を得て、やり残していた僕の「六〇年代」の一つの区切りがついた。ヤタニ一家はまた鍋・釜・衣類・生活必需品一式を詰めた貨車を車で牽き、アルフレッドに向かった。今度はおむつの要らない引っ越しだった。

友人望月上史の死と藤本敏夫

「六〇年代」にやり残していたもう一つのことは、友人望月上史の死について書かなければならないということだった。五年ほど前にも彼の死について書く機会を与えられたが、十数行ほどしか書けず、その記録は松岡・垣沼共著の本、『遥かなる一九七〇年代‐京都』に残ったが、彼らの本の目的に合致していたかどうかは甚だ心許なかった。「遺書のようなつもり」で著した彼らの学生運動の記憶に対して、僕の「序文」は学生運動の「混沌と狂騒の時代」一九六九年で終わっていた。反戦・平和の学生運動が最高潮に達した六八年から六九年、作り上げた運動の高揚をどこまで高め広げ社会変革につなげるか、その問いに答えようとして答えきれなかった、と僕は今でも思う。答えようとした人たちや組織はあったとは思うが……。

僕らについて、二卵性双生児みたいだ、と言ったのは大学新聞局のトンガだった。トンガというのは綽名だが、確か僕ら二人より一歳か二歳上の彼女は新聞局の部室に隣接した学友会室にやって来ては僕らを揶揄った。僕ら二人はその自治会ボックス（活動部室はそう呼ばれていた）に寝泊まりして二年間寝食を共にして運動に没頭した。五〇％の遺伝子情報を共有しても、態度・行動のもう五〇％はかなり異なっていた。僕は実存主義者風な詩人リルケと作家カフカに魅了され、僕の勝手な思い込みだったかもしれないが、望月は革命思想・革命家マルクスとレーニンに憧れていた。アメリカのヴェトナム侵略戦争が激しくなり日本政府が侵略戦争の後方基地になったかのような時期に、僕ら二人はヴェトナム反戦、戦争を支持する日本政府に反対する運動を学生生活の中心課題のように進めていた。ヨーロッパやアメリカ国内でも同じように反戦・反政府の学生運動が勃発していた。新入生の頃、戦没学生の戦死直前の手記を集めた『きけ　わだつみのこえ』を読み、その序文にあった仏文学者の渡辺一夫が引用したパリのレジスタンス詩人ジャン・タルジューの短詩に心打たれた僕は、それ以来知識人の社会的役割をいつも考えていた。文学の政治性と言っていいかもしれないが、英文科の秋山健教授は二回生の「英米文学演習」のクラスでいつも僕をたしなめた。「矢谷君、文学に政治を持ち込んだらイカン。政治を文学的に理解するのもヨクナイ」、と。

死んだ人々は、還ってこない以上、
生き残った人々は、何が判ればいい？
死んだ人々には、慨《なげ》く術もない以上、
生き残った人々は、誰のことを、何を慨いたらいい？
死んだ人々は、もはや黙ってはいられぬ以上、

生き残った人々は沈黙を守るべきなのか？

（ジャン・タルジュー、一九〇四 - 九五）

二回生になって初めてヴェトナム反戦デモに行き、ガンに倒れることになる藤本敏夫に文学部自治会に誘われた。自治会ボックスに出入りして三回生で文学部自治会書記長、四回生で学友会中央委員長、それから京都府学連委員長になった。隠岐の島から京都に出てきた田舎者が、あっという間に学生運動のリーダーに押し上げられた。部室の床に敷かれた煎餅布団の寝床で学生運動やガールフレンドの話と共に、彼はマルクスとエンゲルスの『空想から科学へ』や『資本論』『共産党宣言』など、僕の全く知らない世界や歴史について話をしてくれた。僕をリーダーらしく訓練してくれたのだと思う。学生集会の前でアジテーションをする僕の後ろにはいつも彼が控えていた。

一九六八年一〇月の「国際反戦デー」の前後から、七〇年の「沖縄デーから安保闘争」の運動方針を巡って、三派全学連の党派・党内闘争が見たこともないほど極めて過激になった。全員加盟制の自治会運動としての学生運動は、第二次大戦の軍国主義と敗戦の三〇〇万人を超す犠牲の上に築かれた民主主義と新日本国憲法擁護・平和を進める学生運動だった。だが、三派全学連の指導部、とりわけ共産主義者同盟（ブント）とその学生組織、社会主義学生同盟（社学同）にあっては、ヴェトナム反戦・反政府運動は「革命的高揚から革命的情勢への過渡期」に突入しているとし、社会主義・共産主義の革命運動としての性格を持たなければならないと主張し、暴力革命を指導する革命党の建設と「赤軍」を組織しなければならないと党内闘争を進めた。赤軍派は資本主義・帝国主義権力に対して武装闘争を準備し、赤軍派に与しない党内諸派は反革命的と見なして暴力的攻撃を辞さない風に見えた。

自治会・学友会の「大衆運動」の中央委員長という役割にあった僕と、ブント内の赤軍派の影響の強かった望月との間に「隙間風」が吹き始めた。隙間風というよりも、もっと冷たく二人を凍らせるほどに深刻な突風だったかもしれなかった。その嵐の前兆に気づかないほどに、僕の彼に対する問いかけは無知で無邪気で子供じみたものであったに違いなかった。望月は僕にイライラさせられていた。

「革命根拠地を海外へ求めると言うけど、どこの国を考えているんや？」

「キューバや北朝鮮やな……」

ソヴィエト社会主義共和国連邦（ソ連）や中華人民共和国（中国）の名前は出なかった。社会主義国のスーパーパワーであるソ連や中国の名前がなかったのは理解できる気はしたが、理由は訊かなかった。

「革命と言うけど、日本のプロレタリアートは今どこにいるの？」

「よう分からんけど、革命党が指導すれば蜂起する。上部構造の影響で革命意識がマヒしているが、革命党の教育によって意識変革が起こる……」

社学同系全学連委員長の藤本敏夫が先導した国際反戦デーの防衛庁突入権力闘争も、僕たちがやったASPAC御堂筋占拠闘争も労働者階級・プロレタリアートは全く動かなかったではないか。あれは革命運動ではなかった？　……その通りだった。「革命的高揚から革命的情勢への過渡期」に突入していたのか？

「キューバや北朝鮮に行くというけど、受け入れてくれるの？」

「金日成やカストロをオルグするんや」

「ブントや社学同の中に、朝鮮語やスペイン語できる人いんのか？」

「そりゃ知らんけど、通訳する人間付けたらええんや。行ってみんことには分からへん」

僕は茶化したわけでは全くなかった。望月も時々笑っていたから、自問しても答えられなかったことかもしれなかったし、確かに通訳を付ければいいわけで、そんなことは僕が心配することではなかった。理想を持ち、革命を志す人々の組織の内部では全く現実的な事柄など話にならなかったかもしれない。

「ゲバ棒を銃に持ち替えると言うけど、人殺しは嫌だな。僕にはできんわ」

「マルクスやレーニンが言うように、暴力革命を通してしか革命の成功はない。ロシア革命を見たら分かるやろ」

「他に方法はない？　絶対ないかな？　マルクスは、すべてを疑え、とも言っているで……」

赤ヘルを被ってはいたが、京都大学から同志社に来るブントのリーダーたちの幾人かは、同志社の学生運動が牧歌的だと幾分蔑む傾向があったし、党派・党内闘争が激しくなってからは、矢谷は反革命的だという発言を何度か聞いた。面と向かって言われたこともあった。しかし、京都や東京で革命のために何万人も、撃ち殺さねばならないというのは僕にとっては恐ろしいことであり全く想像することができなかった。

「The pen is mightier than the sword（ペンは剣よりも強し）って言うし、僕はそっちの方がええわ」

「お前なあ、政治と文学は違うで。現実と文学混同したらあかんど」

望月は僕の他愛ない問いかけにだんだん疲れていたようだった。

「ロシア革命のスローガンはパン、土地、平和だった。労働者と農民と兵士が統一戦線を組んだが、日本の労働者と農民は何を今求めているんだろうか？　自衛隊の兵士は……？」

党派の望月と自治会運動の僕との間に吹き込んだ隙間風は、次第に大きな嵐となって二人を引き離していったのだと思う。

「7・6事件」の前日、七月五日の昼過ぎ、学友会ボックスで望月は「俺東京の集会に行くけど、お前京都に残れ」と言った。「僕は行かんでええのか？」と訊いた。「行かんでいい。お前は大衆運動のリーダーや、学友会運動の責任者やないか。ブントの党内闘争には付き合わんでいい」と答えた。翌日東京で起こった内ゲバが予め決まっていた赤軍派の方針だったならば、そして、もしそれを望月が知っていて京都を離れたのなら、僕は何としてでも彼の東京行きを止めるべきだったと後悔した。知っていながら行ったとすれば、僕を京都に残したことは、結果として、僕が内ゲバに加わることも、死に至るような障害を負うこともなく、そう、命を救われたことになった。

二〇一九年に発行された『一九六九年 混沌と狂騒の時代』（鹿砦社）の表紙の文字通り、「7・6事件」の「証人たち」がブント内の内ゲバの証言をしているが、五〇年以上過ぎた今も分からぬことが多く、誰をどう責めていいのか分からないほどに因果関係が暈けて見える。おそらく「因果関係」など分かりようがないかもしれない。そもそもどこからいつ誰によってゲバルト（暴力）が始まったのか知りようのないことではないか。ソ連においてはロシア革命が終わった後の一九三〇年代も「反革命」と見なされた一五〇〇万人近い党員・民衆の大粛清があったし、ソヴィエト連邦共産党から中国共産党の指導下にあった日本共産党の戦前戦後史を垣間見ても、武装闘争を放棄した一九五五年の第六回全国協議会（六全協）までの過程で起こった党内闘争と内ゲバの悲惨な歴史は次の時代の教訓でもあった。「六全協」から生まれた六〇年代の「新左翼」の党派・党内闘争と内ゲバ、とりわけブント内の党内闘争と内ゲバは、その長い革命運動・組織が血にまみれた無数の死と犠牲の結果の総体にあって、望月と僕の隙間風は無数の針の一本の針の穴ほどにも小さく、語るほどの価値もなかった。〝一卵性双生児〟の二人にあっては、しかしながら、ダムを崩壊させる蟻の穴の比喩をもってしても語り切れない深刻な葛藤があった。

望月は死に僕は助かった。学生という身分であり人生が始まったばかりの彼には、やりたいことがたくさんあったはずだ。革命運動の最中に子供を持つことなど考えられないと言っていたが、ガールフレンドと一緒に暮らすことについては嬉しそうに話していた。将来の仕事についてはあまり話さなかったが、「お前、同志社に残って先生すっか？」と僕の将来については気になっていた風だった。僕ら二人はビラ作りや看板作り、授業のクラスに行って反戦集会の参加を呼び掛けるなど、日々の活動が忙しく二、三年先の就職の話などほとんどしなかった。卒業したらどんな仕事をしたかったのだろうか？　内ゲバに連れ出されて、殺される将来など思いもしなかったはずだった。行き当たりばったりか予期せぬ出来事か、復讐の怒りに押し流された仕返しゲバルトの結果か。反戦・平和の希望を抱いて日々活動を共有する仲間に暴力を振るうなど本末転倒も甚だしかった。ゲバ棒は携えても、それは平和のための強い意志表示・シンボルであり、機動隊員の一個人に対する恨みで傷つける意図はなかったと思う。暴力に臆病な僕は、後頭部に警棒を打ち落とされ十数カ所の縫合を要したケガをＡＳＰＡＣ反対運動の大阪御堂筋で負っても、打ち返す意志など全くなかった。暴力は手段であり目的であるはずがなかった。「目的が正しくても手段を合理化することはできない。目的には手段が含まれるべきだ」と、『遙かなる一九七〇年代‐京都』の中で高橋和巳に拠りながら垣沼真一は断言する。

暴力から暴力が生まれる。暴力を振るう者は暴力によって仕返しされる。暴力で作った組織は暴力で内から崩壊する。臨床心理学でも社会心理学でも暴力行為から結果する恐怖・無力感・社会的引きこもりの報告は限りがない。親から子に、子から孫に、暴力は遺伝のような確率をもって引き継がれる。どこかで暴力を断ち切らないことには――どこで断ち切るか？

暴力で組織内論争を勝利すると、手段としての暴力が目的化し、よって正当化される。組織内にあっては、暴力を行使する者が指導的な役割さえ担うようになる。暴力が正義で、組織内で君臨する。封建制度を克服した近代化の民主制度にあって、軍隊がシヴィリアン・コントロールの下に置かれたのは、近代化した人類の知（智）であったに違いないと思う。現代社会で暴力による軍事政権政府が長続きするとは思えない……。僕は文字でしか想像できないのだが、「革命軍」で政権を取った後どのようにしてその軍隊を解体するのだろう。もし政権を得た革命軍隊が半永久的に政治（ガヴァナンス）をしないならば？　社会主義革命を暴力革命で成功させたプロレタリアート独裁は、どのようにして自らの独裁を消滅させるだろうか？

二律背反な「アメリカの平和」

アメリカのトランプ前大統領は「わたしはあなた方の声である」と言いＭＡＧＡ（Make America Great Again：もう一度アメリカを偉大な国にする！）の目標を掲げて、七四〇〇万票（四八・六％）の票を得たが、八一〇〇万票（五一・三％）を獲得したバイデン大統領に敗北した。彼の敗北は不正な選挙の所為だと陰謀説を吹聴し、二〇二一年一月六日、二〇〇〇人を超える熱狂的なトランプ支持者がワシントンＤＣの議事堂に突入した。この暴徒たちには銃で武装した支持者も含まれた。この「1・6議事堂襲撃」では五人の死者と多くのケガ人を出した。武装した者たちが発砲していたら、さらに犠牲者が増えたことは想像に難くない。現在、前大統領は「わたしは盗まれた選挙を取り戻すために、あなた方の報復をするために二〇二四年の大統領選挙に立候補する」と気勢を上げ、四四％という共和党支持率（二〇二三年三月一〇日現在）も持っている。

これは非暴力的な民主主義に「飽き、社会的不満の積もった」アメリカの危機の表れであり、民主主義とは全く異質なポピュリズム（『アメリカの民主政治』一八三五・四〇年）であり、社会学者アレクシ・ド・トクヴィルが言ったアメリカの「多数の暴政」とそれを支える「知的自由の欠如」の表出である、と僕は考える。ナショナリズムと利己的な個人主義で戦争によって繁栄と平和を建設しようとしてきたアメリカの危機だと僕は言いたい。個人的な暴力、組織の暴力、国家の暴力によって「天国のような理想の国を創ろう」と、清教徒たちは神に誓ったわけではなかった。

この一〇〇年、二〇世紀の初めから二一世紀の今日までアメリカ資本主義国家の強さは際立っていた。国境・文化を超えた全世界的な価値観と見られる、自由・平等・民主主義・人権などを可能にする社会に一番近い国が、アメリカン・ドリームの夢に託されてきた。それを支えたのは経済力と政治力と原爆を含めた軍事力に依拠してきた結果と言える。しかし、それはいつも暴力が「勝利」を決定する戦争を続けてきた結果であり、第二次世界大戦の「戦勝国」であったアメリカがもたらした「夢」であった。しかし、夢を見続けるためには戦争を続けなければならないアメリカの二律背反的な、「アメリカの平和」を僕は今「明日の明日」として語り始めたいと思う。

ヴェトナム戦争とアフガニスタン・イラク戦争の二つの戦争で「強いアメリカ、正義のアメリカ」の自信がぐらついたのはアメリカ人だけでなく、まさに世界がそう感じた。二つの戦争は軍事力だけでは平和が来ることはないことを思い知らされた。とりわけアメリカの指導者たちはその現実を目にしたと僕は思う。そうでなければ、世界最強の軍事力を持つアメリカ政府は戦争を続けたに違いない。戦争を続けると財政も怪しくなり、国民の支持も減り、世界から受ける尊敬すら危うくなって、政府指導者たちは名誉ある撤退を選んだ。平和の方が戦争よりアメリカン・ドリームの夢を損なわずにすむと言っていいと僕は思う。日本でヴェトナム反戦運動をしてきた望月も僕も、あれはアメリカの敗戦でありヴェトナム人民と彼らの民族解放戦争を支持した世界中の反戦運動の勝利だったと見なしていいと思った。

米ソ冷戦体制下、ソ連は八〇年代に一〇年間続けたアフガニスタン戦争に敗北し、国内ロシア人たちの支持も失い冷戦にも負けた。アメリカの「冷戦勝利」はアメリカの勝利と言うよりは、ソ連の敗北と言った方が適切だとする政治的な見解に多く出会った。八六年のチェルノブイリ原発事故、レーガン政権との米ソ核兵器制限協約、国内にあっては言論・報道の自由をめぐるグラスノスチ（開放政策）とペレストロイカ（政経の再構築政策）を進め、一九九〇年代初頭からマルクス・レーニン主義から社会民主主義へと「近代化」への移行を始めた。それはロシア連邦の崩壊とアメリカ・ヨーロッパの「反共・民主主義のカラー革命」と相まって旧マルクス・レーニン主義、ロシア共産党の復活と今日のウクライナ戦争に発展してきた。九〇年代からのソ連の崩壊とロシアの混乱の過程で、中国が台頭し世界第二位の経済大国は世界政治に新しい大きな変化をもたらして二一世紀が始まった。そして、二一世紀の始まりは、二〇〇一年の「9・11」とアメリカの史上最長の戦争、アフガニスタン・イラク戦争で開けた。「テロへの戦争」はアジアにおける二度目の敗戦をアメリカにもたらした。僕はヤタニ・ケースで返せないほど世話になったアーサー・ヘルトン弁護士をアメリカのイラク戦争で失った。彼は二〇〇三年八月一九日、国際連合本部から派遣されイラク・バグダッドの人道的状況（humanitarian conditions）を調査していた時、カナル・ホテル爆撃（Canal Hotel Bombing）で殺された。二〇人の死者と一〇〇人以上の負傷者を出したホテル爆撃で国連代表のセージオ・ヴィエイラ・ド・メロ（Sergio Vieira de Mello）とアーサーは犠牲になったが、アメリカは何を勝ち取ったのか、誰も語ることを忘れてしまったようだ。

「一度目は悲劇で二度目は茶番（喜劇）のようなアメリカのアジアでの戦争」——極めて不遜で、非難を免れないと確信しつつ、マルクスの言葉に準《なぞら》えてあえて言おう。ヴェトナム戦争で二〇〇万人以上のヴェトナム人犠牲者を出したアメリカは、自らも五万八〇〇〇人以上の兵士を死に至らしめた。両国の犠牲の上に、アメリカは何を達成したのだろうか。戦争という暴力を使った両国の平和ではあるまい。戦争をせずして達成するヴェトナムとアメリカの平和もあったに違いないし、軍隊の暴力を使わずして追求する共通の手段を求めるべきだった。僕は「目的の中に手段も含まれる」という命題を話している。

マルクスは『ルイ・ボナパルトのブリュメール十八日』の出版に当たり、エンゲルスへの手紙の中で、「ヘーゲルはどこかで、すべての偉大な世界史的な事実は二度現れる、と述べている。彼はこう付け加えるのを忘れた。一度目は偉大な悲劇として、二度目はみじめな喜劇として」と書いた。僕は、アメリカ史上最長の戦争であるアフガニスタン戦争が、ヴェトナム戦争から何も学ばなかった多くのアメリカ政府指導者と彼らを選んだ、民主主義を自負するアメリカ人たちのことを話している。

暴力と暴力政治と軍隊という暴力装置を過少評価し過ぎることを厭わない僕は、非暴力主義を基盤に非暴力ヴェトナム反戦運動や市民運動を展開したアメリカの六〇年代を思い出している。SNCC（The Student Non-Violent Coordinating Committee）やSDS（Students for a Democratic Society）のヴェトナム反戦運動組織と連帯した同志社大学文学部自治会の反戦運動は、僕が始めていたし、その後アメリカに渡った理由の一つともなった。ヤタニ・ケースで僕をアメリカの内側に釈放するキャンペーンを張ってくれた人々の中に六〇年代当時学生だったアメリカ人がいたとエドは拘置所で話してくれた。ユタの新聞 *Salt Lake City Tribune* も僕のヴェトナム反戦運動を取り上げたメディアの一つだった。

生き残った僕らの「明日」

二〇一四年秋、同志社の学園祭の行事の一つである学友会倶楽部（自治会に参加した経験を持つ卒業生の親睦会）に招かれて五〇年ぶりに友人、参加者の前でアメリカ帰りの「五〇年後の良心」の話をした。参加者の一人から、「六〇年代以降、同志社のみならず日本全体で学生運動が起こらないのは、あの当時の内ゲバや暴力的な運動が大学や日本社会に悪い影響を与えたからじゃないんですか?」という質問が出た。僕は返答にたじろいだことを覚えている。「昔のことはもうええんやないか!」という僕を庇ってヤジを飛ばしてくれたのは当時活動を共にした同志とも言うべき友人だった。ヤジの後幾分出遅れた僕の返答は、質問者に同意したものだったと記憶している。

政治・社会運動においていかにして暴力と縁を切るか、今の僕には明確に答える自信はない。フィロソファー・ザ・パキスタンが僕に諭してくれたように、「物事を平和的に解決しようとする限り、あなたは将来成功する」と信じて努めようとは思う。望月にも伝えたいのだが、死んだ彼とは話ができない。「7・6」の前日まで議論したことについて、そのいくつかには答えが出たことを話したいのだが……。松岡が編集した『一九六九年 混沌と狂騒の時代』に赤軍派の総括と自己批判が載っている。しかし、望月は読むことができない。自己批判だけでは不十分で、何年もかかって自己批判の活動を公の前に示さなければならないだろうが、活動が不十分のまま病死したり、自死を選んだ人もいた。いまだに暴力を続ける人たちもいないわけではない。連鎖反動から来る暴力の特質から逃れられぬ悲劇が理解できないほどに暴力の罠にはまってしまったと講釈しても解決できぬイデオロギーの魔力に竦《すく》みそうだ。

望月の死を無駄にしないために、生き残った僕らは彼の死を無駄にしない生き方をしなければならないと思うが、それは「明日」を生き残った誇りでもう一つ次の「明日」を準備することかもしれない。

あとがき

一〇年近く前に、『日本人の日本人によるアメリカ人のための心理学』（二〇一四年）が、松岡利康が社長の鹿砦社から出版された。雑誌『紙の爆弾』創刊当時「ペンのテロリスト」宣言をしていた社長の出版社はずっとメディアの世界では主流を外れた「タブーのないスキャンダラスな出版社」で、僕はアメリカ政府から「テロリストかコミュニストか、アメリカに好ましくないエイリアン」と見なされていた。

書き終わったこの原稿は、今回も鹿砦社から出版されることになった。「もう一冊出してもらわないことには、私は引退できませんよ」と松岡に脅されていたが、彼の定年退職の願いを叶えさせてやるわけにもいかないとも思っていた。僕より五歳も若いとはいえ、日本で七〇年代以降も長く闘い続けた松岡は〝無数の傷を負った老兵〟の域に達しつつあったことは米国で暮らす僕にも容易に想像できたが、二人ともやり残したことは一つや二つではないだろうと思っていた。この原稿は前回の『日本人の日本人による……』の続きでなければならないが、そうなってはいない。僕自身の人生の歩みとしては時間の前後が逆になっている。七〇年代後半「絶望的な暮らしの日本」を離れアメリカにやって来たが、ヴェトナム反戦の学生運動の代価をアメリカでも支払う羽目になっていた。逃げ場のなかった僕はヴェトナム侵略戦争を犯したアメリカ政府と再び闘う以外に道はなくなり、また無駄な抵抗を試みざるをえなかった（ヴェトナム反戦運動時は一人身分の学生だったが、この時の僕は学生時代に出会った伴侶がおり、二人のジャパニーズ・アメリカンの息子たちがいた）。『ヤタニ・ケース　アメリカに渡ったヴェトナム反戦活動家』は、僕の二回目の「反アメリカ政府・抵抗の試み」の結末と「明日の明日」を踏み出した「日本人の日本人によるアメリカ人のための心理学」者の未来の行為を予感させるものとなっている。

松岡と僕は偶然にも京都の同志社に在学したが、一九六〇年代後半の僕と一九七〇年代前半の彼は五歳の年齢差故に大学生時代を一緒に送ってはいない。鹿砦社は六〇年代から七〇年代の激動の政治の時代の一〇年間を歴史の記録に残そうと、三〜四年前からその一〇年間の学生運動の盛り上がりと絶望的な終焉を記録に残すためシリーズで数冊刊行した。その一〇年間の前半と後半の五年間、二人は別々に同志社に在ったが、「明日」に向けて一緒に闘った、と思う。アメリカのヴェトナム侵略戦争と日本政府の侵略加担政策に過激に反対し、平和と自由で公正な世の中の「明日」をめざして――しかしながら、『一九六九年　混沌と狂騒の時代』『一九七〇年　端境期の時代』『抵抗と絶望の狭間　一九七一年から連合赤軍へ』の三冊が語る四年足らずの年月は、全く思いもしなかった「明日」だった。

一九六〇年代後半から七〇年代前半という一〇年間のアメリカのヴェトナム侵略戦争は、ヴェトナム民主共和国（社会主義の北ヴェトナム）とヴェトナム共和国（資本主義の南ヴェトナム）が争った第二次世界大戦後の社会主義と資本主義の代理戦争と見なされた戦争でもあり、戦後生まれの若者たちは冷戦を争う二つの大国、アメリカ資本主義国家とソヴィエト社会主義共和国連邦の両方に失望していた。一方では、ドイツ・イタリア・日本のファシズム三国同盟がもたらした第二次大戦のヨーロッパとアジアを解放し、かつて〝正義〟だと見なされたアメリカのヴェトナム侵略戦争を糾弾し、この侵略戦争に加担する自国政府の戦争政策に激しく反対したが、他方では、世界大戦後東ドイツのベルリンやハンガリー、チェコスロヴァキアで起こった民主化闘争に軍事介入し抑圧したソ連をも批判した（ソルジェニーツィンの『収容所群島』日本語版は一九七四年の出版であり、当時の僕ら学生たちが知っていたらソ連邦に対する失望はもっと深まっていたにちがいない）。

さらに、少なくない学生たちは戦争が兵器による暴力だけではなく、政治とイデオロギーの暴力であることも実感していた。地球上のすべての人々を七〇回以上殺しても余るほどの核兵器を保有した米ソ二大国家の、あたかも資本主義か社会主義かの選択を強要するような「冷戦」下にあって、一九六八年の「10・21国際反戦デー」を中心とするヴェトナム反戦運動の驚くべき広がりは、戦争のない未来の「明日」を志向した政治・イデオロギーを超え世界中の人々を結び付けた結果だった、と同志社の学生自治会の長にあった僕は考えていた。しかし、日本にあっては六九年から学生運動内部の指導権争いが顕著になり、それは内ゲバを伴った政治・イデオロギーの対立が「平和と民主主義」の国際反戦運動の目標を無視・反故にするような暴力的振る舞いとなり、ヴェトナム反戦という目的を達成しようと政治参加した人々、運動の主体の存在をも否定する（死に至らしめる）行為に結果した。手段によって目的が殺される悲劇（mistaking the means for the end）は、第二次大戦を終わらせたヒロシマ・ナガサキの繰り返しの前兆すら想像させたのではなかったか……（!?）。

第二次大戦後（きっと最後の世界戦争であったはずの第二次世界大戦の後）、南北朝鮮戦争を通して米ソの「冷戦」が始まった。冷戦下、アジアの二つの「小さい」国々ヴェトナムとアフガニスタンで「戦争に勝てなかった」超大国アメリカとソ連は、そもそもなぜ戦争を始めたのか自国の国民にさえにも明確に答えが出せず敗戦を招いた。二〇世紀の終わり、僕たちは核兵器を使わずに辛うじてヴェトナムから敗戦・脱出したアメリカと、社会主義連邦内の民主化運動とアフガニスタン戦争で疲弊したソ連が核兵器を使うことをせずに「冷戦の敗北とベルリンの壁の瓦解・ソ連邦の分解」を経て、フランシス・フクヤマが言うイデオロギー対決の終焉・「歴史の終わり」を見たと錯覚した。

しかし、次の二一世紀はアメリカとロシアの新しい戦争で始まった。「9・11」を発端にしたアメリカの「テロとの戦い」（War on Terror）と「カラー革命・民主化運動」抑圧に続くロシアのウクライナ戦争（Ukrainian War）は、資本主義対社会主義イデオロギーの終焉ではなく、「戦争という暴力を使わない退屈な営みとなる最後の人間の歴史」どころではなく、暴力という戦争で血塗られた二〇世紀の繰り返しで始まった。しかも、ロシアはロシアの平和を守るためにウクライナで核兵器を使う選択を公然と国際社会に宣言した。人類史上初めて核爆弾をヒロシマとナガサキで使ったアメリカは、三度目を使うことなしに、ウクライナ戦争を「平和的」に解決、しかも暴力を使わないすべての方法を探す努力をするべきで、冷戦後の「最後の人間」の社会・政治的な行為の方向を求めることになるにちがいない。

心理学教授として僕個人にできる「冷戦をアメリカの内側から終わらせる活動」は顕微鏡によっても見えぬほどの微々たるものだが、「タブーのないスキャンダラス」な鹿砦社がこの二〇年以上繰り広げてきた「平和と暴力」に関する取り組みは、主流の大手メディアが束になっても太刀打ちできぬほどにジャーナリズムの使命を果たしてきたと僕は認めたい。たった二、三の出版物だけでも見てみたまえ、日本で唯一の反原発雑誌『季節』（旧『NO NUKES voice』）、六〇年代後半から七〇年代前半の学生運動の「総括」シリーズ、「反差別」運動内部における大学院生リンチ事件。戦争における国家の暴力、平和と差別を標榜する者たちの暴力、社会変革の手段に暴力を絶対化するイデオロギーに盲目な組織指導者たちを崇める思想に対して、二〇世紀を生き延びた人たちが二一世紀に入って「明日の明日」を語らねばならないと思う。日本に在る松岡は、アメリカで暮らす僕に「もう一冊」とメールを寄越したが、二人はこの原稿を出版した後、もう一冊を準備しなければならないかもしれない。

終わりに、日本語が怪しくなり、さらに英文の交じったややこしい文章を辛抱強く編集、校正していただいた津山明宏氏に深く感謝します。そして一番終わりになったが、アメリカ政府に対して最も危険で無謀な抵抗の中、「明日」の生活費も見通しがないほどまでに貧乏させたこともあった家族の奈那子と二人のジャパニーズ・アメリカンの息子たち、壮良（Sohra：ソーラ）と宇意（Wii：ウイ）、にもかかわらず、いつも不甲斐ない夫・父を見守り勇気づけてくれた三人にあらためて礼をしなければならない。最後に、心配かけっぱなしだった亡き義母・渋川フミ、この五月二九日亡くなった母・美知子と海外の学会とはいえ日本の葬式にも帰れなかった父・亮蔵の冥福を祈りたい。

矢谷暢一郎

二〇二三年一〇月二一日

［著者略歴］
矢谷暢一郎（やたに・ちょういちろう）
1946年、島根県隠岐の島生まれ。
1960年代後半、同志社大学在学中、同大学学友会委員長、京都府学連委員長としてヴェトナム反戦運動を指揮。同大学中退。
1977年渡米、ユタ州立大学で学士号、オレゴン州立大学で修士号、ニューヨーク州立大学で博士号を取得。ニューヨーク州立大学、セント・ジョセフ大学、ニュージャージー・ラマポ大学等で教鞭を執る。
1986年、オランダでの学会の帰途、ケネディ空港で突然逮捕、44日間拘留。「ブラック・リスト抹消訴訟」として米国を訴え、いわゆる「ヤタニ・ケース」として全米を人権・反差別の嵐に巻き込んだ。現在、アルフレッド州立大学（ニューヨーク州立大学機構アルフレッド校）心理学名誉教授。
著書に、『アメリカを訴えた日本人——自由社会の裂け目に落ちて』(1992年、毎日新聞社)、『日本人の日本人によるアメリカ人のための心理学』(2014年、鹿砦社）がある。

ヤタニ・ケース　アメリカに渡ったヴェトナム反戦活動家

The Notebook of An Undesirable Alien in America

2023年11月19日　初版第1刷発行

著　者——矢谷暢一郎
発行者——松岡利康
発行所——株式会社鹿砦社（ろくさいしゃ）
本社／関西編集室
〒663-8178　兵庫県西宮市甲子園八番町 2-1　ヨシダビル301号
Tel 0798-49-5302　Fax 0798-49-5309
東京編集室／営業部
〒101-0061　東京都千代田区神田三崎町 3-3-3　太陽ビル701号
Tel 03-3238-7530　Fax 03-6231-5566
URL　http://www.rokusaisha.com/
E-mail　営業部 sales@rokusaisha.com
編集部 editorial@rokusaisha.com

装　丁——鹿砦社デザイン室
印刷・製本—中央精版印刷株式会社

ISBN978-4-8463-1531-3　C0036